至暗岁月

日军粤港细菌战研究

谭元亨◎著

中国长安出版传媒有限公司
中国长安出版社

图书在版编目（CIP）数据

至暗岁月 / 谭元亨著 . — 北京：
中国长安出版传媒有限公司，2021.12
ISBN 978-7-5107-1071-1

Ⅰ.①至… Ⅱ.①谭… Ⅲ.①纪实文学－中国－当代
Ⅳ.① I25

中国版本图书馆 CIP 数据核字（2021）第 198166 号

至暗岁月

谭元亨　著

出版发行		中国长安出版传媒有限公司 中国长安出版社
社　　址	北京市东城区北池子大街 14 号（100006）
网　　址	http://www.ccapress.com
邮　　箱	capress@163.com
电　　话	（010）66529988-1323
印　　刷	唐山玺诚印务有限公司
开　　本	710 毫米 × 1000 毫米　1/16
印　　张	16
字　　数	280 千字
版　　次	2021 年 12 月第 1 版
印　　次	2021 年 12 月第 1 次印刷

书　　号	ISBN 978-7-5107-1071-1
定　　价	56.00 元

前　言

在惨烈的第一次世界大战之后，1925年6月17日，大战双方及其他国家，共73个国家，在瑞士日内瓦签署了《禁止在战争中使用窒息性的、有毒的或其他类似气体和细菌武器作战方法的日内瓦议定书》，即《日内瓦议定书》。日本政府签署了这一议定书。然而，没过几年，日本政府便违反国际人道主义最基本的原则，在中俄边境实施了大规模的细菌战，并在日本天皇批准下，设立了进行细菌武器研究、实验和制造的秘密军事基地关东军第731部队，并随后在东亚迅速扩大与发展，其中杀人最多的，则是驻扎在广州的"波"字8604部队。

在太平洋战争爆发三年前，日军在南京城破后滥杀无辜百姓、战俘的行为，震惊了整个世界。

之后，则是著名的三大血案：

其一，1942年1月开始的南石头大屠杀。

其二，1942年4月的巴丹死亡行军，4万名战俘在押送途中被虐杀。写有《南京大屠杀：第二次世界大战中被遗忘的大浩劫》一书的张纯如，在采访这一事件的亲历者时，终因承受不了其血腥、悲惨和恐怖而自杀。

其三，稍后的缅泰死亡铁路，超过10万名英美战俘与当地劳工，在苦役中丧生。

独有南石头大屠杀，是日军采用细菌武器，无声地、有组织地、通过科学技术手段，杀人于无形之中。至今，大屠杀死难者到底有多少？据不完全统计，已远远超过10万之数，而这一个事件更是被刻意隐瞒了整整半个世纪之久。

不同于奥斯威辛集中营，一开始就有历史记载。

南石头大屠杀，日军不仅杀了上10万人，同时还妄想杀灭掉历史。

但正如诺贝尔奖获得者、著名哲学家和数学家罗素所说："这些罪行

— 1 —

的全部真相永远无法查清，但中国人民会牢记不忘。"

因此，南石头大屠杀不仅仅是一部历史、一部血腥的大屠杀历史，更是一部抹杀了历史的历史、一部日美合谋以达成掩盖细菌战黑幕的"浮士德式的契约"的肮脏史，以及当今异常艰难地历经 20 多年让历史重现的又一部历史。

三重历史！

一重历史，已经够沉痛的了，何况三重！

写下这一重又一重的历史，我眼里流出的已不是泪水，而是血，腥红的血！

现在就让我们揭开这一重又一重的历史吧！

目　录

第一章　史上空前的生化杀戮

一、集中营、难民所的"定义"

珍珠港事件之后，不到半年，丧心病狂的日本法西斯在太平洋战争初期，就制造了三大屠杀事件，惨死于他们手上的难民、劳工和战俘达数十万之多。

最早发生的，当是南石头大屠杀。香港沦陷后，自 1942 年 1 月 11 日，便开出了第一批难民船，人数从几千到上万不等，抵达南石头检疫所所在的码头的时间，则在 1 月 12 日至 13 日。这时，沙门氏菌的投放已经开始，死亡也从难民船一到达时便发生了。

在南石头以几百每日甚至更高的死亡速度"推进"之际，在菲律宾，则爆发了震惊西方世界的巴丹死亡行军。这次死亡者不是难民，而是已经放下了武器的战俘，被日军从巴丹押往 106 公里外的奥德内尔战俘营。从 4 月 20 日出发，几天之内，再加上在战俘营的时间，被屠杀与虐杀的战俘就超过半数，轮船转运中又死了 2 万多人。7.5 万盟军俘虏死了近 5 万人，近三分之二。

而缅泰死亡铁路，几乎与巴丹死亡行军同时发生。一条在山峦与深涧中穿行的铁路，本须六年的计划才能完成，然而，在残暴的日军枪口与刺刀底下，仅仅一年多便铺设完毕。代价是，每公里铁路死亡人数为 209 人，与南石头每天死亡人数差不多，其中战俘死亡 1.6 万人，而劳工死亡人数则远远超过 10 万，一路上都是倒毙的尸体。

三大屠杀事件所致死亡人数，已超过南京大屠杀死难人数的 30 万，但对刽子手的清算却还没有彻底进行，尤其是广州南石头的死亡营。

　　一直以来，人们都在追问：在南石头难民所里究竟发生过怎样的人间惨剧？其惨剧程度到底有多大？我们所能知道或记录下来的有多少？有没有谁能比较完整地描绘或者追述当时发生的一切？

　　对于这样的追问，我们无以回答。

　　就算有回答，也只能令人失望乃至绝望。

　　没有可能作出哪怕是百分之一的回应！

　　一切都被"完美"地掩盖住了！

　　德国法西斯的奥斯威辛集中营中被虐杀、毒气杀死的人数，都大致有一个统计，甚至某个纳粹分子手下死了几百几千人，有的还有个名字留下来。当这些集中营被解放时，里面还留有成千上万人。作为幸存者，他们大都保留了记忆，日后还出版了很多回忆录。对杀人者的追缉、追诉，到今天尚未停止，出版的研究著作更是难以计数。

　　也许是德国文化的严谨，有的集中营甚至还留有死难者或被关押者的名册。

　　然而，堪比奥斯威辛的南石头，我们却找不到多少幸存者。当然，也不可能发现什么"名册"，甚至一个大致的统计数字，都未必拿得出来。而加害者或杀人者的罪恶，更难以有什么记录。至于研究著作，更是只有寥寥几本。

　　英国历史学家劳伦斯·里斯在其著作《奥斯威辛：一部历史》中，就提到日本战犯杀人的心态——"无罪"心态：

　　　　我还见过一些日本战犯，他们曾犯下现代历史上最骇人听闻的暴行。在中国，日本士兵剖开产妇的肚皮，将刺刀刺向她们的腹中的胎儿，他们将农民捆起来当练习刺杀的活靶。日本人对成千上万无辜百姓的凌虐，毫不逊色于盖世太保最残忍的行为，而日本人的致命医学实验远远早于门格勒在奥斯威辛所做的研究。

　　对于中国读者而言，门格勒的名字也许并不陌生，他是奥斯威辛集中营里臭名昭著的医生，负责对送进集中营的囚徒进行生死筛选，杀人无数，其人体实验更是令人发指。然而，对在南石头杀害更多囚徒的日本军医少将佐藤俊二，中国人却鲜有所知，那种悄无声息的规模性屠杀，迄今仍没几个人了解。

仍如里斯所说：

> 人们可能会认为这些人具有某些"常人无法理解"的特质，但经过调查便会发现，事实并非如此。他们在一个高度军事化的社会中长大，接受过最严酷的军事训练，自孩童时代起就一直被灌输崇拜天皇的思想（天皇也是军队最高统帅），准宗教性本是人之常情，而日本文化在历史上又不断强化着这种倾向。

于是，杀人，无非是按按电钮、送送试剂、计算用量那么简单，与被杀害者根本用不着面对面、无直接关系，于是，罪责感又从何而来呢？这比挥刀砍杀、开枪射击都简单得多、轻松得多，坐在办公室里边喝茶边按键都可完成。

科学的或医学的手段，把罪感化解于无形之中。

更何况，他们面对的是集中营或难民所这样的"化外之地"。

在中文语境中，"化外之地"，是无文明、不受任何法律或规矩约束的地方。《辞源》修订本引《唐律疏义》释其意为："诸化外人同类自相犯者，各依本俗法。"诸如食人族的"俗法"之类。

但这似乎并不很准确。

因为集中营、难民所是在人类文明业已存在数千年之后出现的，它们甚至是人类文明的产物，如同原子弹。

意大利政治哲学家吉奥乔·阿甘本在其著作《无目的的手段：政治学笔记》里，对集中营、难民所或收容所的存在，给予了本质性的分析。他认为，收容所中发生的事件，已超出了关于犯罪的司法概念，收容所是一个例外的空间，它被置于监狱法及刑法的权限范围之外，是被置于正常法律秩序之外的一片领地——这倒是接近"化外之地"的意思。

收容所与监狱法无关，因为它不是监狱；与刑法也无关，因为其收容对象未必是刑事犯。而收容所中难民的死亡，如寒冬中冻馁而死，炎暑下中暑而亡，亦与惩罚无关……人死了，未必可以"问责"。

而"问题"也就出在这了。

正如阿甘本所说：

达豪以及后来很快增设的其他收容所（萨克森豪森、布痕瓦尔德、利希腾贝格）实际上一直在运作……这类收容所已经在德国成为永久现实。

在这样的地方，合法的居民"已经被剥夺了所有政治身份，并被完全还原为赤裸生命"。

为此，他们成了"牲人"，"人类被完全剥夺他们的权利和特征，以至于达到对他们做任何行为都不算是犯罪的程度"。

于是，无论是奥斯威辛集中营中的犹太人，还是南石头难民所里的粤港难民，他们也同样变成了"牲人"——半畜半人，或"马鲁大""圆木"之类。对他们的屠杀，不等于杀人，也只是杀牲口，而集中营与难民所，也就成了死亡营、灭绝营乃至宰人工厂，这是第二次世界大战中最罄竹难书的反人类罪行——无论用毒气，还是细菌。

显然，这是制度性的、企业化的杀人，这种非人性化，甚至与原始时代的茹毛饮血都不能画等号，因为这更冷血、更残酷，而且是规模化的。随着南石头有可能被揭露出来的恐怖、冷血，罪大恶极的系列事件被揭露出来。一如里斯所言：

> 对过去发生的某些事件，我们不可能与之达成和解。
>
> 任何人都不能。
>
> 无法宽恕。
>
> 不可原谅！

有人试图把这描述为介乎法律与非法律之间的灰色地带，其实，集中营的围墙作为一种限定，便有了强制的意味。这更是一种有组织的杀戮、规模化的死亡，比黑色更黑，那是一种深不可测的黑色、绝望的黑色，怎能说成为灰色呢？而制造黑暗者，在其准信仰中，甚至还以为这是一种必需，一种……光明。

那就让我们看看这种"光明"吧！为了消灭治安隐患的"光明"。

二、为了消灭治安隐患的"光明"

有三位幸存者的口述，是所有幸存者中最多、最具体、最真实的，他们当中，接受报纸、电视台和调研者采访的次数，也比别人要多。

而这三人，更是幸存者中年龄最小的。

其中，钟瑞荣生于1928年，香港难民大规模进入南石头时，他14岁，是三人中年龄最大的，但依然只是一个少年而已。

肖铮，算是三人中"出镜"最多的，1932年出生。当时，他也就十来岁，初通人事。

最小的则是冯奇，又名冯庆章，当时估计也就六七岁。当然，他进入南石头的时间还是早一些，那时香港难民还没来。

冯奇是作为在广州街头讨饭的小乞丐被抓进难民所的。1938年10月，日军在大轰炸后，进入了广州，进行了治安整肃。成为孤儿的冯奇，个头再小，也逃不过日本巡逻兵的眼睛。他不止一次被抓，抓了又跑，跑了再抓，总之，跑不了。类似他这种身份，早早进入难民所的，当然还有很多。他算侥幸，最后逃出来了。

钟瑞荣是住在难民所附近的居民，就在南石西村。他这个年龄，不大不小，身子还灵活，所以被抓了进去，但还能翻墙出来。墙也许不算太高，却还有铁丝网。他能翻墙，本事也不小。他说过，难民所是"有进无出"，他数不出也找不到进去了又出来的人，除了他自己。由于他在三人中年纪最大，他见到的、记下来的，包括对人数的估算，应是最为准确的。然而，无法解释的是，当他第一次接受香港记者采访后，有关机构不再介绍记者去采访他了。那是1994年底之后、1997年香港回归之前。当然，这要除了我与所带的学生，我们后来再度采访了他。遗憾的是，随着钟瑞荣年纪渐老，记忆力也已衰退。而我于2017年春节再度带香港记者采访他时，他已住院，无法开口说话，不久便撒手尘寰了。

冯奇是三人中最有文化的，他不仅写下了不少证词，而且有同期声录像。另两人识字不多，肖铮甚至连签名都让儿子代劳。

肖铮不是被抓进去的，与同是南石西居民的钟瑞荣不一样，大概是年纪小点，他没被抓。他被关进难民所，则是该所一个姓陶的干事建议的。1941年底、1942年初，寒冬腊月，肖铮一家人又冻又饿，无法度日。陶干事说他们是本地人，不会对他们怎样，可以进难民所去喝点粥、弄点饭，白天进去，晚上出来，守门的都认识，不怕的。而他的父亲肖秋也算是难民所雇佣的民工，与另五个人一道，负责把难民所里的死人抬出去。有了这层关系，孩子们进出无所谓了。

然而，代价却太大了。

同进去的弟弟，才7岁，进去后喝了几次粥，没几天就浑身发冷，没撑几天便死了。

肖铮也不知是得了什么病，除发冷发热外，还开始烂脚。好在，他算命大，撑过来了，直到采访时，他还捋起裤腿，把当年烂脚留下的疤痕给记者们看，让拍拍照。后来才知道与他一样烂脚的，不仅难民所里有，外边的也有，这个症状应是感染炭疽杆菌的后果。

肖铮同样有一句话，难民所是"有进无出"。

父亲后来也很快死了，六个抬尸人没有活下来的，他的弟弟更是最早便死了。

只有他，作为历史见证人活了下来。

在钟瑞荣去世前两年，肖铮离世了，算起来，他比钟瑞荣还小四五岁。

这三位，也许因为小，所以才活到近几年过世，多少留下了一些刻骨铭心的见证。当然，他们本身不是来自香港的难民，但难民所中被抓来的广州人也还有不少，所以才有"粤港难民"这样的称呼留了下来。

他们不仅目睹了1942年1月11日第一批从香港来的数以千计的难民的到达，以及日后更多批数以万计甚至是上10万难民被拦截在南石头江面，陆续进入难民所的过程。

他们更在难民所里有相当一段时间，与香港难民同住在残败不堪、透风漏雨的号子里，经受恐怖、风雨，尤其是死亡的威胁……

当然，更看到了日本侵略者灭绝人性的虐杀、惨无人道的恶行，很多是今人无法想象的，更无法容忍的！

而这一切都发生过！

不仅仅从这三双无辜的、无邪的童眼里看。

还有更多的成人，香港的、广州的、顺德的，数以十计的幸存者，虽然是当年难民中的千分之一乃至万分之一，但他们看到并记下来了。

为了中国，也为了人类。

最小的冯奇，在南石头出出进进的时间，长达五六个年头，是南石头大量死亡的见证人，尤其是 1942 年香港难民被投入南石头后纷纷死亡的亲历者。我曾带电视台记者对他进行过录像、录音。

如他所说，广州在遭受大轰炸并被日军占领之后，他"成了无家可归的流浪儿"，家人不是死亡就是失踪了。自沦陷之日——1938 年 10 月开始，他便在街头乞讨，与年龄相仿的孩子，还有大人一起。在街头流浪有大约一年时间，1939 年的 8、9 月间，一个漆黑的夜晚，他遇到手电筒光乱晃，原来，那是日军士兵与便衣队在搜查，他与不少流浪者被抓。他记得被抓的地点是在西关第十甫。他被扔上了车，发现车上已挤满了人，都是衣衫褴褛、无家可归的城市难民。

就这样，一车人开过了珠江，抵达了南石头。

从此，他与南石头难民所分不开了。

那时，关在难民所里，每天只能分到两壳（粤语，小瓢的意思）味粥。所谓"味粥"，便是放了少许盐的稀粥，用以充饥。难民所里陆续有人死去，大都认为是饿死或病死的，死了的被抬出去，又有人填补进来。可到后来，进来的人多了，难民所里人满为患，于是，冯奇第一次在南石头待了不到一年，便被"清理"了出来。这批被清理的，大约有 2000 人，就近送到了船上，顺流而下，再横渡珠江口，被送到了东莞的厚街镇。

到了厚街，男女被分开关押，男的关在一座学宫内，女的则关在附近的祠堂里，没有粥喝，每天发的是两三斤番薯。不久，又要转移，说的是去开荒，下午出发，押着走了几十里地，天黑了，八九点钟，枪响了，队伍后边不知死了多少人。小冯奇幸亏走在前面，枪一响，队伍大乱，他算是清醒，拔腿就往山上跑。同他一齐跑的，跑脱了不少。

显然，这是最早解决难民所人满为患的一种方式——在太平洋战争爆发之前一年半，日军对难民的"解决方案"已初步形成。

逃脱半年之后，冯奇一路乞讨，直到 1941 年春节，他终于靠讨饭又回到了熟悉的广州。

然而，在广州没几天，他又一次被抓去，送到了才离开不久的南石头，再度成为南石头难民所的难民。

也许他年纪小，"危险性"不大，而且生命力特别旺盛，几番折腾还能活下来，于是被"选"中成为难民所中有幸外出的劳工，每天外出，在附近开垦种地。南石头在郊外，荒丘野岭，乱草丛生。

此时，难民所每天的死亡人数，在不断增加，开始十几人，后来几十人，直到香港难民来后，更激增到一二百人。遇到恶劣天气，如暴风雨等，死亡者竟达到每天好几百人……

是冯奇，凭借少年的记忆，虽已过古稀之年，仍能背诵得出当年在南石头难民所里流传的打油诗：

笼中鸟，难高飞，不食味粥肚又饥。
肚痛必病无药止，一定死落化骨池。

虽然难民们并不知道心狠手辣的日本侵略者早早已在实施往味粥中投放沙门氏菌以消灭他们的计划，但对食物的恐惧与无奈，都集中反映在这27个字当中了。

冯奇一次又一次地逃过了生死之劫。

由于种田、挑水、送菜什么的，机灵乖巧的冯奇抓住了机会与难民所近侧的农民混熟了。

一个叫钟元的当地农民出面做了担保，让他于1944年的一个夜里藏在箩筐中离开了难民所，到他家当了长工。管理难民所的伪政府人员，毕竟还大都是本地人，疏通一下关系，冯奇总算又在最后关头逃脱了厄运。不过，1944年底，日本法西斯也快要走到末路了，没有几天可蹦跶的了。因此，难民所做勤杂的胡苏等人让他走了。到1945年8月，日本侵略者向中国投降，14年艰苦卓绝的抗日战争终于赢得了胜利。不久，冯奇的大哥、舅父，在广州的报纸上发了寻人启事。幸运又一次降临到冯奇头上，他终于找到了亲人！

只是父母亲均已被证实死在日军的大轰炸中，他当时因为上学没留在家中，才幸免于难。

被炸时的家，就在西关的黄沙铁路附近。

那正是日军轰炸的目标。

我们曾想进一步了解，为何恶劣天气死人会更多？

这个问题，是另一个当年的少年肖铮回答的。

他从另一个侧面印证了冯奇的证言。

他说，1938 年 10 月，日军攻入广州后，有近一年的时间，即 1938 年底至 1939 年 10 月左右，南石头惩教场里边是空的，原来的人早已跑空了。日军来了之后的 1939 年，开始用大的葵树叶，还有竹子，给已穿顶的囚房盖上了顶。这些关人的楼房大多为两层楼，国民党统治时期是用来关犯人的，本就是监仓。

用葵树叶、竹子盖上房顶后，房子便能关人了。

冯奇是最早一批被抓进来的小乞丐、苦工。

就近的广州造纸厂也被日军占领，原先从德国购进的造纸机器，全部被运往日本。

难民所周围都拉了有电的铁丝网，不少难民要翻墙逃跑，被电死的不在少数。

而用葵树叶、竹子盖的屋顶，一遇暴风雨天气就会被风掀开，甚至被刮走。平日，同样挡不了风、遮不了雨，监仓里沤臭了，也无法清理、干燥，只怕比猪圈、牛栅也不如。一旦遇上严寒酷暑，关在里边，也是让人生不如死。

因此，遇到恶劣天气时，死亡率就更高了，一天死上好几百人。

身体再好，即使顶住了病毒，也未必顶得住恶劣的天气。

三、大屠杀的"合理性"与"必要性"

一个原本是监狱的地方，被"改造"成了难民所或集中营。这不仅仅具有讽刺意味，还有更恐怖的意义。无论如何，在现代而言，监狱是与法律分不开的。

南石头作为早年的惩戒场，是专门关押"政治犯"的地方。严格地说，是 1927 年"四一二"政变之后，成了政治犯的惩戒场、反省院。对政治犯而言，法律的界限本身就已经很模糊了。不少中共早期的领导人及著名人物，都被关在这里并被杀害。简单数数，就有萧楚女、熊雄、邓培、刘尔崧、李森、何耀全、熊锐、陈复、沈春雨等，鲁迅曾专文撰文怀念中山大学的学生领袖毕磊，不是文中称的"失踪"，而是在这里被杀害了。

从"政治犯"过渡到"难民"，法律就更荡然无存了。杀害政治犯，或许还有这样那样的借口——无论法律怎么说也罢，而大规模地"消灭"难民，连借口都不会有。这种大屠杀的"合理性"何在？"必要性"如何？恐怕连加害者也未必讲得清楚。但杀害还是发生了，无任何理由要讲。

惩教场的容量本身只有 1200 人，后来加以扩大，建了新楼与原"井"字形监仓相连，成了"茸"字形，容量扩大了一倍，超过了 2000 人。而在香港难民到达之际，就连连接的镇南炮台里的通道都挤满了人——不，塞满了人。

而这样，人数又一次翻番，上升到了 5000 人。

铁打的营盘流水的兵，从 1942 年 1 月到 1945 年这三年多的时间内，"流水"似的死去了多少个 5000 人？需要用多久，整个难民所的关押人数就完全"刷新"？几个月、一个月，甚至更短。要知道，在南石头码头被拦截的香港难民，每每是几百条船，多的时候更近一千条，人数远远超过 10万！5000 人的难民所，得有多快的"消化"速度？！

幸存者一致表示，1942 年 1 月前，每天死亡人数是以 10 来计算的，而在这之后，因为香港难民大量涌入，每天死亡人数则是以百来计算的。

如此计数，三年多40多个月1000多天，香港难民被"消灭"的速度该有多快。

当年，这一切都在严格控制、有效管理之中。

每天早上，便有一个姓陈的难民所职员在统计人数——不，是统计"病号"的人数。这些濒临死亡的难民，在这个姓陈的安排下，被"搬"去了"病房"住院。

所谓的"病房"，其实就是停尸间。当然，"病人"未必立即死去，但很快会被当成尸体运走。

开始，有两部猪笼车拉尸体。

夜里，还有汽车来拉。

全都按部就班、井井有条。

不过，这种管控仅仅是面上的东西。

背后的科学化、系统化的杀人管控，有待进一步揭示。

翻墙逃出来的钟瑞荣，是怎样躲过难民所四面墙上密密匝匝的通了电的铁丝网，我们无法想象。十四五岁的少年，为了活命，自然想尽办法，冒了很大的风险。

前后20年间，他接受了多次采访，我也带着自己的博士研究生不止一次坐在他家门外的石阶上，以及家中的小厅里，听他一次又一次地追述一幕接一幕的人间惨剧。

从化骨池到万人坑；

从猪笼车到抬尸人；

从焗人的密室到喂蚊的隔离间；

从"医务室"到刑具房；

……

他眼神中的不忍，每每都让我们不敢追问下去。从他67岁，到88岁，直到89岁，再也发不出一个字……

可有一幕，或许在这十四五岁少年心中留下的创痕太深了。几乎每次采访，他都似乎忘记了上次曾追述过，又一次地重复，又一重的悲怆……

初通人事的少年，最忘不了的是难民所的……"大肚婆"。

他说不清那里边有多少孕妇，几十、上百，或者几百，而累积起来，甚至过千——这从比例上可以算得出来，数万、上 10 万的难民中，孕妇占千分之一并非不可能。记得看过有关文章，凡是遇上战祸或天灾，人口大量死亡之际，每每会刺激怀孕率的持续增高。这也是人类反抗死亡的一种本能。

因此，被抓到或解送到难民所的孕妇不在少数。

然而，在极度的饥饿、恐慌和无助中，孕妇与腹中的婴儿，又怎能存活下来？

中国人称孕妇为"双身人"，也就是一个人有两个身子，于是，需要吸收的营养便成倍增长，孕妇面临的饥饿感不是一般人所能体会到的。

而饥饿，更早早地把她们逼疯了。

味粥不敢喝，怕发作拉肚子，最终难逃一死……可极度的饥饿感却无法抵抗。

生下孩子后，连胎盘都被抢走吃掉，这已不是稀罕事了。

而钟瑞荣最忘不了的一幕是——

就在南石西的兴隆街上，一天，锣响了又响，显然，有人被拉着游街示众了。

是什么人？

钟瑞荣一看，都傻了，被游街的是一个已分娩了的产妇。这不算什么，最可怕的是，她脖子上、胸前，挂满了细小的肠子与各种内脏——而日本兵则在后边押着她。

同行的朝鲜人会说中国话，向村民介绍，这个女人不是人，把刚生下来的婴儿杀了，用衣服点着火烤了吃，被难民所的职员发现……

"这就是你们支那人，没人性，吃人，吃自己的婴儿，简直不是人。"

被推、扯着的产妇也喃喃地发出声音：我不是人……

她跟跄着前行，目光散乱，精神已不正常了。

这都是难民所里的饥饿逼的。

是谁没人性？是产妇，还是逼得产妇去吃掉自己婴儿的日本侵略者？

这样的悲惨场合，你怎么解读？

游街之后没几天，这个产妇还是饿死了——成了后人立碑的"饿毙难民"中的一员。

就算不游街，她还能活几天呢？在里边的产妇，有哪个能活着出来？

更没有存活下来的婴儿。

我们不忍对这种可怕的场面多加描绘，见过这场面的幸存者每每也只能讲上寥寥几句，顶多骂上"灭绝人性""猪狗不发""残暴之极"……

不知在欧亚大陆另一端，奥斯威辛集中营中，是否也发生过这样一幕？杀害孕妇，连同婴儿的暴行当然少不了，但这东方式的侮辱性游街，恐怕只有日军才做得出。

而且是倒打一耙。

无法再记录下去了。

无论如何，钟瑞荣翻墙是成功了的，保住了性命。只是能有他这般侥幸的，并没几个。

大部分都加速了死亡。

一个顺德籍与冯奇一同做劳工——开垦、种田的菜农，名为梁明，追述了一段惨烈之极的往事。

日军检疫所与难民所分开在两个地方，难民所连着镇南炮台，挨着江边。而检疫所则与码头相连，难民到那里须走上一小段路，先到检疫所的下所。梁明以为那是医院，其实是隔离室，凡是在码头检疫站"查"出有问题的难民，便被送到下所隔离，从此消失得无影无踪。梁生几乎天天看见有穿白大褂的日本军医在下所出入，并且配有翻译。下所往后走，上山岗，则是上所，那里还有个20多米高的瞭望铁塔。上所位于岗顶，能看到江面上很远的地方，而且通风很好，所以是日本军医与教官们住的地方，还有饭堂什么的。这距难民所更有一段距离了。上、下所是日军的驻地，难民所则由伪政府的汉奸管理。当然，日本兵同样把守在那里。

梁明看到，每天一到晚上七点钟之后，下所便有不少日军出去了，他们每个人手中都有一个吸蚊器，目标区域是附近的农村。梁明问过村民，方知他们专门闯进村中的每家每户，说是帮村民抓蚊子——钻到蚊帐中去吸蚊。至于吸蚊之际还会发生什么，谁都心知肚明，尤其以调戏、强奸妇女为甚。而他们不仅仅是吸蚊子，还把吸血的蚊子放进玻璃瓶中，更是专门"挑选"村中的青年，一同与蚊子抓回到下所。

显然，是把人抓去做试验。

梁明亲自见到，就近的棣园村里，有一个叫范茂的年轻人就这样被抓进了下所。

进去后，关进隔离的密室，让蚊子咬得体无完肤。

范茂受不了，终于找了个机会逃了出来。

但不久后，又被日本士兵抓了回去。

这下子，范茂就惨了，日军特地施了酷刑。

先是强迫范茂喝水，喝不下，就强力灌，一直灌到肚皮鼓得很高，无法灌下去为止。而后，便将范茂打倒在地，仰躺着，把一块门板平放在凸起的肚皮上。接着，站上了两个日本兵，似踏跷跷板，一踏一踏地。范茂口中被灌进去的水一股一股地喷了出来，反反复复。踩了多次，直到范茂不再吐水，日本兵以为范茂已经死了，这才收队，回了上所。

几个小时后，范茂却醒了过来，没有死，凭一口气，挣扎着爬回了棣园村。

村民看见他时，他已成了黄泡仔。

没过几天，他在极度痛苦中死去了。

这只是其中一例。

梁明还看到，在另一个叫鸡春岗村村子，一个叫李日的青年被抓走了。可怜这个青年，刚刚结婚没多久。

李日同样进了下所。

他被抓时，有很多人看见，日本兵顾及影响，没有把他杀掉，不久便放了出来。不过，他已不再是年轻力壮的新婚男子，而成了跛子。原来，他被送到一个被村民叫作剐人场的地方，即造纸厂内，将大腿根部位割开，抽掉了一条筋，人就这么废了。

剐人场常常传出惨叫声，后来就听不到了。

李日后来又活了多久，已没人知晓。

与范茂、李日一般遭遇的，不知有多少村民。

问题是，他们因为是就近的村民，所以才为人所知。而被送进难民所的香港难民，凡是进去了的，一个都不准出来，也没有出来的。在那里边，香港难民该遭受怎样的虐待，怎样的酷刑？

难民所有军犬，就是秋田犬，很凶。凡是逃跑的，被军犬追上——恐怕几乎没有不被追上的，只能被活活咬死！

而被抓回来的，在夏天用火水罐（汽油罐）把头罩住，双手双脚都被捆住，站在大日头下暴晒，直到活活闷死。

　　还有被皮带抽、皮鞭抽、藤条抽打的……

　　至于难民所里大家心照不宣的刑具房，无论任何人，都是直着进去，横着出来，而里边有怎样的刑罚，无人能出来讲。

　　开枪直接击毙的，就更数不清了。

第二章　"寓言"的世界

一、"儿童游戏"

我不能说三个少年用的是"儿童目光"。

20多年前，对南石头这个"东方奥斯威辛"的悲惨历史，我曾写下了这么一段文字：

> 我曾被公认为一位儿童文学作家，无疑，对艺术、游戏的字眼颇为熟悉，而儿童与游戏艺术的关系，也就更值得玩味了。可此刻"香港难民"四个字，却久久停留在我这个儿童文学作家的眼底下。

无疑，这四个字是一个特有名词，其数量在几十万之众……

而今日电视新闻，仍不时有关于难民潮的报道。

在卢旺达、赞比亚，在土耳其、伊拉克……在波黑……

在地球的每一个角落？

我在海外讲学时，没少遇到华裔的越南难民——他们中间有的曾在香港的难民营中守候了几百个日日夜夜，终于得到了"份额"，各自被分派到了美洲、大洋洲，连欧洲也有。没有人愿意回忆起当日漂流海上的悲惨岁月——已剥夺殆尽撑上难民船后，仍要遇上海盗、鲨鱼，以及风暴，南洋的台风是一个接着一个的，死里逃生者十里余一……有人抱怨，自己投亲靠友，乘飞机外逃，没被当作难民，因而没有救济金。而被当作难民看待的唯一标准是：是否从海上乘船漂泊过来……其实，这也没什么可抱怨的，船上侥幸生还的一个人，就足以代表十条生命，他承受过的苦难，是多少救济都无法补偿的。

尤其是儿童！在经历过死亡、伤残的恐惧之后，在他们心灵中种下的，不仅仅是仇恨、多疑……心灵的伤残比躯体的伤残更为可怕，难民营中长大的一代所激发出的"人性之恶"，是无法想象的。当他们业已麻木，若无其事地从累累的尸体边经过时，当他们随意从别的儿童手上夺过食物与玩具时，当他们也会扣动扳机视杀人为儿戏时……人类的灾难之深重便不可言说了。

我曾翻阅过若干德国法西斯集中营的资料。

不必复述毒气室、细菌部、冷冻舱什么的了，这已经有不少史料、文献、电影、纪录片言说过。那惨无人道的历史一幕，如今哪怕只一提起，也令人战栗。

我只说我的"发现"。

我的"发现"是，纳粹暴行的实施者，竟几乎把儿童天真的想法与恶魔残忍的暴虐有机地结合在一起，以至于我不得不承认人性恶是与生俱来的！

一个党卫队队员，号称"旋转木马"的操纵员。但这"旋转木马"不是给儿童以乐趣，而是一种虐杀人的方式。他把一个犹太人吊在屋梁上悬空着，而后，将其往左旋转200个圈，便放开了。这一松手，绳子马上便带动"玩物"反向疯狂地旋转起来。

这一转，他便与观看者捧腹大笑，仿佛得到了很大的满足。

转一次，再来一次、两次、三次……你能想象这内中的残酷么？

儿童有虐待动物的"天性"？

虐待狂所追求的是快感！

还有，让一个犹太人抱住双膝坐在地上，手上戴着拷子，用粗棍从胳膊与膝盖之间穿过，悬空架起在两张桌子之间，人头朝下，屁股向上而后进行鞭打，人便在棍子上翻起了跟斗。

这可也是儿童式的"好玩"？

更有甚者，行刑前挖个大坑，坑里点上大火。将犹太人赶到坑边站着，打一枪，往坑里掉下一个，再打一枪，又掉下去一个，被打死的被烧得嗷嗷惨叫……

这同打靶游戏一样。

还有，让囚犯裸体跳过当跳高横杆的手杖，跳不过的便用手杖打死，剩下的再跳，手杖节节升高……直至囚犯被全部"淘汰"……

类似这种"儿童游戏"的暴虐，可谓不胜枚举。

杀人犯的想象力显然比儿童丰富得多！

只是在南石头这个"东方奥斯威辛"中，是否有同样的"儿戏"？！

然而，我万万没有料到，在南石头，也同样有这种"儿童游戏"。

一样暴戾，一样可怕。

而这一追述，则同样出自当年还是儿童的幸存者口中，比范茂遭遇的跷跷板更为残忍。

这是肖铮所回忆的。

而且是一种……"集体游戏"。

难民们集体背靠着围墙，因为被带有尖刀的枪紧逼着，一动也不敢动——当然，也动不了。手脚都已被捆住，想逃脱都不可能。

刺刀锃亮，显然已磨得锋利。

而刀尖，则正对着肚皮，顶住了肚子的"高点"。

为了避开刀尖，靠墙站的难民只能慢慢吐气、偷偷吸气，可只要肚皮缩进去一点，刺刀也就会逼近一点。

这似乎是一种毅力"游戏"，看谁坚持得久一点。

但无论坚持多久，难民们的肚皮收缩到了尽处。为了呼吸，不得不鼓起肚子。于是，这一下子，刺刀便会扎进肚皮，一搅，肠子也就出来了。

没有当场毙命的，也活不了几分钟。

于是，一个个活着的难民，便成了贴着大墙的尸体。

日本兵感到十分快意，每每会哈哈大笑：这难民能耐得住多久？到底耐不住了吧？肚皮硬还是刀刃硬？

被喂蚊子吸血的，被割肉切指的，被挑手筋与脚筋的，无论年轻人还是小孩子，都成了这种"实验品"，挑肚皮无非是其中一种。

有的，还来不及进难民所。

数以百计的难民船布满的南石头江面，不是三五天就可以把人——"检疫"，分别送进隔离室与难民所的。于是，船上也出现了跳蚤、臭虫。本身，南方是绝少这类东西的。于是，腹泻、发烧、烂脚的，在船上同样发生。没人知道为什么，日本兵也不会让你知道。

但无论在难民中，还是在晚间划小船偷偷靠近难民船的，总归有地下抵抗的志士。这在后来的日军供词中也提到过——提到的是被活体解剖的。

船上也有。

但一旦被发现，他们就被捆到了船头，任风浪扑打，直到死去。

更有的，被吊到了桅杆上，冻死，或者被强劲的风吹干，成了干尸，还挂在那里。

这已经不再是"儿童游戏"了！

被活体解剖的，被挂在桅杆上的，这些均是在南石头难民所之外发生的，要么在"波"字 8604 总部（即原中山医所在地）或难民所另一个方向的检疫所中，要么在难民船上。

而难民所中早早抵达了的香港难民呢？

迄今为止，我们还没能找到一例：能在难民所侥幸生存下来，并且能离开的香港难民中的任何一个！

无论是钟瑞荣，还是肖铮，抑或冯奇，以及其他幸存者，无一不证实，日军对香港难民管得特别严，只有进去的，没有出来的。

分明被难民船送来的都是香港难民！

他们被"消灭"得太彻底了！

显然，香港难民，大都是一家一家而来，拖儿带女，而整整一家人消失了，也就不会有人知道了。

一家一家的灭绝，如同南京大屠杀，所以查找起来，几乎无从下手。因此，直到今天，我们有的只是当地村民的证词和日本老兵的忏悔供述。

满门灭口——这是最残酷的杀人方式，一般情况下，施害者是害怕报复，才斩草除根。日本侵略者这么做，显然是害怕自己的罪行太大被报复——罪恶滔天，在全世界可谓"登峰造极"！

因此，我们才无法统计出死于南石头的香港难民！

凭什么，他们该受到这样的灭绝与虐杀？

日本人自然是振振有词："我是东亚的解放者，从白人殖民者手下解放亚洲人，香港人已成了白人殖民者的奴才、走狗，所以死有余辜，该杀！支那人嘛，就是马鲁大，不可以被当人看待，当列入彻底消灭之列。"

二、另一种逻辑

侵略者有侵略者的逻辑。

却有另一种逻辑：先设定一个不可能的事实、虚假的事实，而后假惺惺地加以批驳，自然会驳赢，再然后，顺带把真正的事实真相也否定了，因为这一样"不可能"。

曾有人指出，所谓日本人的化骨池，本身是不存在的，因为日本人不可能花那么大的成本，用硫酸去化掉难民的尸体，因为无论化骨池是大是小，都不可能倒下去那么多硫酸。

化骨池一被否定，紧接着便有人附和。当然，不仅鹦鹉学舌，还变本加厉，进一步提出：哪来的什么"万人坑"，无非是乱葬岗罢了。

至于化骨池，在日本《大东亚战争陆军卫生史》中，早已"不打自招"了——这是日本陆上自卫队卫生学校编写的，足足有九本之巨，而且描写得非常详细。

在书中，日军遮遮掩掩地做了如下在广州处理细菌致死者尸体情况的记载：

> 霍乱流行之际，最难的是处理的是尸体。广东人只信土葬，刚开始仅考虑安抚居民，亦为了保持街区的卫生，故选在河南南边 6 公里左右，距居民区稍远的地方土葬。时间一久，地方越来越少，况且人手与车辆无法保证，所需的经费也实在太多，只好改为火葬。可是火葬须用的燃料（汽油、木柴）也难以筹措，末了，则决定"E 式尸体处理法"。也就是用水泥砌上一个面积约 2.5 平方米，高约 3 米的不砌底的四边形梯状深坑，从上面放下尸体，任其自然腐烂。这样的深坑造了两个，堆放约五六十具尸体。等过一段时间，先让这些的尸体腐烂，水分渗透到地下或蒸发后，再堆放五六十具。就这样循环进行。

到最后，尸体化完，再封闭上部入口，上面写上"无名灵碑"几个大字，请僧侣超度，骗取居民的好感。但是，由于风向，附近乡庄常常闻到无法忍受的尸臭，人们十分厌恶。这一来，必须另加考虑。

2.5平方米显然是大大缩小了。幸存者说有两个大房间大小。我曾测量过为25平方米。

这里首先就没有否定"化骨池"的存在，虽然这个词是施害方所用，但它却是真实存在的，是用来化解死亡的香港难民尸骨的两个池子。

也没否定日军是如何设法销毁尸骨的，虽然没提到硫酸，但还是提到用木柴，用汽油，等等。

还有欲盖弥彰的"霍乱流行"，现在事实已经再清楚不过了，是日军专门向水井里、"喂粥"中投放了沙门氏菌引起的大规模死亡。

连"无名灵碑"的虚伪，也昭然若揭。

证实化骨池存在的，至少有数十人之多，不仅仅是附近的村民，还有侥幸逃出的幸存者，以及死者亲属。

一是已提到的肖铮：

> 在化骨池里面，一层死尸一层白灰，死的人多了堆到满，死尸发臭，搞到附近村庄都闻到气味，上面的伪军官来到这闻到臭味，呕吐，就下令不准把死尸放在这里，就把死尸抬到现在纸厂医务所后面，现在纸厂宿舍那里，一排都是，挖个大坑来埋，那时我的父亲参加抬死尸。

二是死者的亲属，一个叫何金的：

> 我爸爸在1941年被日本人拉入难民所，我们去找他就有人告诉我他已经死了，扔进化骨池了。我们两姐妹就想把尸体搬回来，就去化骨池找我父亲的尸体。我当时站在石阶上叫人去翻尸体，翻到第六个才找到。化骨池有两个，四四方方，很大，有一间屋子那么大。

还有更多……

广州市档案馆曾找出了一份民国三十六年（1947年），关于迁葬南石头难民骸骨的市政府文件，内中包括广州市卫生局呈的报告、批复，穗会一字第 1048 号审计、费用开支——卫生局掩埋队临昨费支付档卷，支付预算四份，估价表一份，图表一张。报告是打给当时的广州市市长，打报告的是卫生局局长。掩埋队队长为张楚材，费用项目为雇工 20 名 2 万元，石碑 30 万元，碑基立碑工料费 55 万元，还有口罩、消毒水、草绳等，共计 135.7 万元。

报告原文摘录如下：

南石头惩戒场内于本市沦陷时被敌伪拘禁难民，因饥饿毙命者甚众，现存白骨累累，念此无依，情殊可悯，抑且有碍卫生，乞赐转饬卫生局择地迁葬，竖碑为记，以慰亡魂等情；当经转饬所属掩埋队从速办理，现据该队卫掩字第六号呈节称：职当经本月十六日亲赴指定地点切定查勘该场原日设有大水池两个，高宽方形约为八九尺之谱，敌伪时期，将该池加高墙壁辟作收容难民尸体之用，现池内确有难民骸骨数百具之多，兹择定小北外七星岗以作迁葬地点……

广州市档案馆还提供了立碑的照片，碑文为：

此项饿毙难民骸骨系由南石头惩戒场内迁葬于此以留纪念

无名难民坟墓

广州市政府

民国三十六年十月吉日立

报告这一部分，证实了南石头村民所言，两个化骨池，是一半在地下、一半在地面上，在原池四周砌上围墙加高而成的。直到 1947 年，未化掉的骸骨还有数百具之多。当年的何金，是先拾级上墙之后，再下去，在死人堆中翻找出父亲的尸体的，不难想象这一惨状及恐怖。

而化骨池，是在难民所内，挨近围墙。1994 至 1995 年，这一事件被揭露出来之际，我们还可以看到地面上的遗迹，并拍下了一些照片。

1958 年后，在这里组建广州自行车厂。在拆毁原难民所围墙之际，参与建设自行车厂的成员、后来出任过自行车厂厂长的梁佳元，于 2017 年 12 月 21 日上午在家中接受我与《广州日报》记者杨逸男等的采访时证实，拆围墙时，每拆一段就有一个坑，坑里有很多碎骨，大一点的则是胫骨。那不是化骨池了，是什么原因埋下去的，不知道。那时候，要求年轻人不迷信、不信鬼，住进原难民所监仓改造成的宿舍。改造时，一不小心就会翻出人骨头来，好在年轻人不怕。到 1970 年重修，依旧在地下翻出不少人骨。化骨池在今厕所边。

请留意，这仅仅是在难民所围墙之内。

前边提到的顺德菜农梁明，在日军投降之后，还到难民所内看过。他专门到了两个化骨池的上方，从化骨池上方约 70 厘米见方的开口往下看，只能看到一汪黑色的水，臭气冲天。这个开口，是过去用于抛尸下去的，一次可扔进去五六十具尸体，这显然是一种处置尸体的方式。

而过了一年多，化骨池的黑水已干涸了，政府雇的掩埋队，还从下面找到尚未化掉的骸骨数百具。

"一定死落化骨池"，难民中流传的打油诗，是怎么形成的，已不难解释了。

然而，这并不是难民唯一的"去处"。

三、杀人方式的"进化"

在这之前，还没加墙增高的大水池，尚未使用。这是 1939 年冯奇第一次被抓进难民所的情况。

直到他 1941 年春，他在东莞逃脱后不久，又第二次"重返"南石头。而这次，化骨池已经出现了，霍乱开始"流行"了。

到了 1942 年 1 月，也就是香港难民大规模被遣送到南石头之后，两个化骨池的容量显然已经不够用了，杀人方式也就更"进化"了。这次，冯奇虽说进了劳工队，但一样感染了病菌，发冷发热、高烧。多亏了钟元的同情，取得难民所职员的同意，用箩筐把气息奄奄的冯奇抬了回去，灌了很多汤药——南石头村民不少人是做草药生意的——经过一两个月，才算"还了阳"。

成了劳工，而非被关在难民所里，一样逃不过伤寒，可见当时感染的力度有多大、多么可怕。

这已是 1944 年底了。

从 1941 年春开始——这时香港难民尚未进入，到 1944 年底，这场无声无息的细菌战进行了多久？已近四年了，而这四年中，尤其是香港难民进入后，又有多少人被杀害——这已不是化骨池"收"得了的。

邓岗斜的"万人坑"会是唯一一个么？

它仅仅是被发现而为人所知的一个而已。

从解送到当时荒无人烟的东莞山野开枪扫杀，到使用加高了的化骨池灭迹，再到邓岗斜的"万人坑"，日军杀害难民的罪行一直没有停止过！

冯奇活着归来，只是一次押解行动留下的证明。

这次押解，人数为 2000，也就是南石头难民所在扩充后的正常容量。当时，太平洋战争还没爆发，按正常容量关人，这个数字当是准确的。因此，侵略者押走 2000 人，是一次性把难民所清空，好再送进来新的难民，再度填满，又一个 2000 人。

问题是，冯奇亲历的只能是一次押解。

他所不知道的：还有多少次押解？每次又有多少人？而且，又押到怎样的荒山野岭 "解决" 掉？

没有人知道。

当时人们恐怕还没关注到南石头——直到香港难民来到此地之前。

但他们已关注到广州城里的杀戮。

在由广东省档案馆编写的《日军侵略广东档案史料选编》一书中，有一篇《国民政府主席、广州行辕主任张发奎致广州市市长欧阳驹电》。电文中称：

广州市政府欧阳市长：

据报，广州沦陷时期日本宪兵大佐林清于民国二十七年至二十九年间曾任日南支派遣军宪兵队长，设宪兵队本部于本市维新路，管辖广州市内至汕头、海南岛一带，并在本市河南、西关、东山、流花桥及佛上、黄博等路各设宪兵分队，大派爪牙逮捕我爱国分子及地下工作人员与无辜同胞等。最使人痛心疾首者，乃每星期举行一次斩首比赛，其办法系由各宪兵分队先持人犯集中于宪兵队本部，然后分乘卡车载往白云山斩首。又每逢我方飞机轰炸时，则举行临时斩首。在任内被该林清取（处）死者计有一万二千余人（汕头、海南岛区尚不计算内）。至二十九年中，林清调回日本后，继任者为齐藤美夫大佐，其杀人手段更辣，而被杀者亦更多。现今白云山之死尸俱在，一掘即可明白真相，而广州同胞亦皆可为证也，等情。希速查明具报，并设法搜集佐证报部凭转为要。

国民政府主席、广州行辕主任　张发奎

这里，说明的仅仅是民国二十七年至二十九年间的事。

也就是日军侵占香港的民国三十年之前。

电文中的 "白云山斩首" "现今白云山之死尸俱在" 是得到了证实的，"死者" 人数 "计有一万二千余人"，可谓铁证如山。

我在 1993 至 1994 年，曾往柯木塱等白云山地取山泉水，遇到一疯老头，喃喃诉说当年日军在白云山五龙谷杀人的可怕情景。熟悉这个疯老头的白云山居民告诉我，他就是被目睹日本兵砍下中国人人头的血腥场面给吓疯了的，一直到今天还恢复不了正常。

听起来令人毛骨悚然。

后来调查时，伍镜华、谢木荣、谢万荣三位老人同时指认，当年日军在景泰坑挖了一个大坑，屠杀了无数无辜市民。这个坑长达百米，深数米，抛尸坑内，不用土掩埋，任其腐烂，一时臭气冲天。不盖薄土，尸体腐烂速度就更快，因为华南位于亚热带，温度高，且雨水多，用不着采用德国法西斯的焚尸炉。根据他们的叙述，坑的形状，与南石头邓岗斜"循环掩埋"式是一致的。无论修路上白云山的，还是挖坑的民工，最后也都被灭了口。

不少幸存者都证实，南石头难民所除了在江面上拦截香港难民外，也常有汽车从城里运来难民——后边我们将会提到广州城中有怎样的告示，不许家庭收容港人，哪怕是亲戚。同时，夜间也有汽车出进，运走尸体。离南石头不远，就有一个日军设立的火葬场。直到 2017 年底，仍有老人指认这个地方。当时由于成本太高，这才最后决定"E 式尸体处理法"。

邓岗斜"万人坑"则是无限扩大了的化骨池，"任其自然腐烂"。

而容纳的尸体数量，已不是一次性的五六十具。

是连续不断的数以百计的尸体，是延续了差不多四年的投菌、杀人……

是一直拖尸体拖坏了的两部猪笼车——也有称板车的。

是六个抬尸人的夜以继日，最后把自己也埋了进去。

是日本军犬吃不完的腐尸……

从一次又一次的清空监仓将难民带到荒山"解决"，到用化骨池尸解难民，再到邓岗斜的万人坑"最后处理"，我们看到的是日本侵略者杀人方式的"进化"——开枪要避人耳目到荒野，化骨池立无名灵牌却挡不住弥漫的尸臭，直到邓岗斜的"万人坑"采用了"E 式尸体处理法"，累层式地倾倒尸体于已塌陷的旧尸坑……如此巨大的反人类罪行，罄竹难书！

第三章　不打自招

一、"船上也是难民所"

大规模驱逐香港难民，出于何种目的？在第二次世界大战中，如此高达上百万人的"清除"或"清空"，只有德国法西斯驱逐犹太人可以比较，但集中到一个城市的清理，却还很难找到。

英军本来是准备长期抵抗的，否则，也不会从加拿大等处调兵遣将——守卫香港，连加拿大将军劳森也战死在九龙前线。他们估计，至少可以抵抗几年，所以准备了好几年的粮食储备、后勤用品。然而，才十余天，英军便顶不住了，放弃了抵抗，杨慕琦举起了白旗——他也被送进了难民营，直到战后才重返香港。

既然有充足的粮食储备，作为香港平民的正常生活本应无虞，也不必亡走。然而，侵略者却把全部粮食当作军粮统统运走，运到南太平洋前线，不曾为被占领的地方百姓留下半点口粮。

凭此，他们更有了借口：香港人这么多，高达一百七十万，用什么维持这么大的城市的生计？于是，他们认为，香港无法承担如此沉重的人口，务必大大压缩。

占领军发出了布告，定出人数，只允许保留十来万人。

而这十来万人中，则只能是各种劳工，如造船工人、船员、种地的农民、有恒产者等，以及军队认可的有用之人。虽然到投降之际，他们也未能达到这个目标，可香港沦陷的三年零八个月里，这种驱赶从来就没有停止过。

除了被滥杀者之外，驱赶人数，目的是 150 万以上，实现的则有 120万——1945 年日军投降，香港人口已不足 60 万，虽尚未达到只留下十几万人的目标。

怎么驱赶？侵略者玩尽了花招。

日军专门设立了所谓的"归乡指导事务所"，并且在各个乡区也都分别建立了"支所"，覆盖了九龙、港岛。

指导什么？无非是实现其"限期归乡"的目的。城里到处都是"限期归乡"的布告。

恐吓、威逼、利诱，什么手段都用上了。

没粮食，总不能活活饿死吧？"归乡指导事务所"宣称凡是即时上船离开的，就可以得到一小袋米——大约数两至一斤左右。同时，还有日本人专门发的军票，到哪都可以用，购买食物什么的——最终，这只能是一个谎言。

不自愿走的，还有办法，日军，再加上"胜利友"（汉奸），专门成立了"香港防疫团"，以防疫检查的名义到处抓人、扣人。你不走的话，扣下了，就不知死活了。而被检查过的市民，发给了检疫证，却仍被告之，过一段还得来检查。谁能保证不被感染呢？连检疫证上也专门有第一次、第二次检疫日期的记录。

你不走也得走了。

"归乡委员会"还发动了数以百计的社团，包括慈善团体、同乡会、宗亲会、工会、商会什么的，鼓励其属下的会员尽快离港归乡。

有船，大型的拖轮准备好了，一次可拖四五条大木船，能装载四五百人，乃至上千人的客轮也准备好了，码头上人头攒动。

不愿上船者，还有卡车等候，火车也拉响了汽笛。

一般人认为，上了船，走水路，又是占领军安排的，相对要安全些。而陆路，兵荒马乱，土匪出没，危险性就大了——这么思考，再正常不过了。

然而，你可以相信侵略者么？

高添强、唐卓敏在《香港日占时期（1941年12月—1945年8月）》一书中写道：

> 日军占领香港后，即意识到大量的人口（日占初期估计约160万）除了会带来严重的粮食负担外，亦会对香港的防卫资源的分配构成重大问题。因此，早在一九四二年一月，军政厅即颁布华人疏散方案，

并由民治部成立"归乡委员会"（后改称"归乡指导委员会"），以劝喻、利诱，甚至威逼等方法迫使居民，特别是无业及无以为生者，离港返回原籍。民治部除在广播、报章上大肆宣传所谓"归乡政策"外，同时亦让归乡委员会发动数以百计的社团，包括慈善机构、同乡会、宗亲会、工会、商会等，鼓励他们属下的会员离港回乡。

然而，作者未必料到，"幸运"地上了船的难民的结局，比被袭击、被掠夺更为可怕，上的是一条"不归船"。

上船者，大多是从城市到城市的，因为对应的码头只有城市才存在，而且必须是能停泊客轮的码头。

这一来，"返乡"最大的目的地，也只能是广州。

而构成"香港难民"的主要成分之一，便是当年（1938年）广州沦陷时逃亡过来的广州人。

穗港两地的亲密程度，众所周知，他们几乎全是讲白话的广府人，十来年前创造了罢工时间长度世界纪录的粤港大罢工。如果没有广州方面的支持，根本坚持不了那么久。广州沦陷了，本与广州人有血缘关系的香港人，自然也毫不介怀地接纳了自己的亲人。日军飞机的狂轰滥炸，造成无辜的广州市民死伤上万，逃离广州的就达到60多万。原先超过120万人口的广州，剩下的居民则不到一半。

这60多万人中，逃到香港的，不在少数。

一是香港还是一片安定的绿洲，日英两国尚未开战，生命安全可以得到保证；二是广州人大都有香港亲戚，投亲靠友自然是首选；三是习惯了城市生活的，一般也会去另一个城市而不到乡下。至于乡下，也大都已被日军所占领，并不安全。当然，还是有人逃往粤北及广西梧州、桂林等地，跟着自己的军队走。

因此，广州沦陷后，香港人口也骤然上升了几十万。

而现在，香港却成了战火蔓延的地方，成了恐怖之城、饥馑之城。他们又能有什么选择呢？

只能重返广州了。

因此，香港在此期间减少的近百万人中，被骗或被逼上船到广州的，亦不在少数。

而大船也只能停靠在广州的码头。

在战乱中的选择，很难考虑到方方面面，而且每每很容易为假象所蒙蔽，对很多人来说，上船显然是不二之选。而且，就算没上船的，也有在半路上被逼上船的，这已有不少证言。有时，生死只在一瞬间的念头中。

上船者，没有人想到最终的归宿竟是……死亡。

虽然他们的目的是逃离死亡。

当时的香港报纸，亦不乏对一批又一批"港侨归乡"的报道，这是其中一则新闻《第十九批归侨昨晨启程》：

> （本港消息）关于港侨归乡，在归乡指导委员会指导办理下，由水路归乡者，迄至前日止共达十八批，而第十九批，亦已于昨日晨成行，兹特务情分志如下。
>
> 第十九批启程。查昨晨启行者，只渣甸码头唐家湾一线，是晨因归侨过于挤拥，归乡指导委员会乃增加载运船只，计是晨成行归侨，约五千余人，由帆船十艘及大型汽船一艘载运，而各帆船则由小轮两艘拖带，于昨晨九时许启程，关于归侨乏保护与粮食等，均与前无异。

请留意人数，"五千余人"，使用"帆船十艘及大型汽船一艘载运"，"各帆船则由小轮两艘拖带"。

我们找到的船上的幸存者，正好有乘帆船的，也有乘"大型汽船"的，分别是被半路拦上船或在码头买票上船的。5000人用了8艘船装载。大型汽船一艘可装上千人，那10艘帆船里，每艘则装有三四百人。加上拖带的小轮，此次共有30多条船。

1994年底，我带电视台记者采访了其中一个乘船者，并做了同期声录像。此时，被访者已80岁了，当时应是30多岁，名叫何琼菊，后来还当过幼师、小学老师和校长。她说，她是1942年春节前合家离开香港的，带着家婆及儿女各一个，共4人，专门买上了船票，在中环上了码头。他们家乘的是拖渡船，也就是帆船，全船480人，比上述的三四百人多一点，显然，多挤上100多人。

她说，当时回广州的船，一天有好几班。走的是珠江沥滘水道，从南面开往白鹅潭。然而，没到白鹅潭，就在南石头水面给拦住了。这里有车歪炮台和镇南炮台,共同从西、东两侧扼守了变窄了的江面,出广州,进广州,这里历来是军事重地,从鸦片战争到抗日战争期间。车歪炮台一直还在,镇南炮台当时还残存有炮台和通道,后来还挖出了几门炮。

日军拦阻难民船是有理由的:为保证业已占领多年的广州不受疫情影响,凡进去的港人都得经过检疫;香港刚打过仗,难免有疫情,所以没经过检疫是不能放行的。

后来证明这纯属谎言。

难民们一个个被按在地下,用玻璃管插入肛门,说要验大便。如被认为有问题的,就会被送进检疫所隔离室,从此不知所终。好在何琼菊一家人没验出问题,便又上到了船上,却迟迟不让上岸。

就这样,一个多月过去了。

这一个多月,天气冷也就罢了,却不断有人生病,不是给拉走,就是死在了船上。难民所有派人送"味粥"的,天寒地冻,不喝不行。何琼菊清楚地记得,第一个死在她身边的是一个老头,死了好几天没人管,后来才来人拖走,并且抛到江中。

就这样,船上的人一天天在减少。

何琼菊离开时,480人就余下一个尾数80人了。

难民所所长刘念端也上船来察看过,人们问他什么时候能下船进难民所,刘念端说了句很经典的话:"船上也是难民所。"

这不仅仅说明难民所已人满为患,2000多人的容量翻了一番还不止,包括围墙所连的炮台通道也挤满了人,而且说明船与难民所一样,都在用细菌做杀人武器,实现日军保持广州"皇道乐土"的治安。船已是浮动地狱,没有谁统计过,死在船上的,扔进江中的,有多少香港难民的尸体。

作为汉奸,这个刘念端所长下落迄今未能查到,但他这一经典话语,表述的不仅仅是一个事实,也充分表现出他内心的冷酷无情。

何琼菊的女儿冯锋与儿子冯芳标,也同样予以了证明。

人愈死愈多,下一个势必轮到自己。求生欲望人人皆有。这天,来了个伪警察。他是来探船上的亲人的,何琼菊求了他,塞上了一把钱,请他带封信给在市区住的家姊。两三天后,她的姊夫设法雇了一只小艇仔,悄悄地从外侧靠近拖船,何琼菊就先把两个孩子从舷窗里推了出去,让姊夫偷偷接走。这很冒险,一旦被发现,就会被日军巡逻艇直冲过来撞沉,全都没命。这种惨剧，她在船上已见到过多次了。有的年轻男子跳进珠江，冒死凫水逃走，结果被日军抓住，大冷天把衣服剥光，绑在外边，活活冻死。

抛尸声、打人声、惨叫声，夜夜不断。

由于船多，小艇在船与船中间轻轻划来划去，还是不易被发现的。何家四人，终于逃过了一劫。不过，能侥幸逃出的并没有几个。在她回到广州后，这半个世纪，就不曾再见到过船上任何人——船上 480 人，有几个能活下来？

她是买船票上的船，"自投罗网"；也有在陆路上逃难时，被拦截住不得不上了船的。

她叫何荣清，乘的是俗称"大眼鸡"的大木船。

何荣清的证词称：

> 我所搭的不是什么慈善难民船，而是日军相当的一级机构或头头所决策，由日军和伪政权（当然不会让他们了解内幕了）共同实施的有计划、有组织、有步骤诱逼香港回乡难民，为他们设计好的细菌战实验船，是拿活人做实验的实验船，是直接用细菌杀害中国人的罪恶之船。否则，是难以解释的。

她的船上是不给食物的，得自己掏钱向游走在船只间的小艇购买，但不是随时可买的，特定时间才允许小艇靠近，一般是在下午。

何荣清追忆，正是 1942 年 1 月，他与伯母戚颜彩随着难民潮，晓行夜宿，往广州行走，到宝安南头，就被汉奸拦住，称皇军为表示对难民的关心，专门派船送她们回广州，不要走路，路上有土匪杀人抢劫。当人们犹豫之际，他们便连推带拉把人往江边的大木船上送。一船百余人，当时有四条船，人一塞满，就由小火轮拖往广州。

可船一到南石头，便被拦住，上来荷枪实弹的日本兵。船抛锚后，一个个被人押上岸检疫，而后又送回到船上。

两三天后，船上就发现了跳蚤，船在江心，何来跳蚤？第三天，便有人死了。每天都有日本兵上船选几个青壮年往外带，从此一去无回。七八天后，船上人就只余三分之一左右了，除极少数逃离外，其他的不是死在船上，就是被拉走了。

她清楚地记得，第一个死的是婴儿，因为婴儿的母亲恸哭不已，还遭到汉奸的詈骂。从这天开始，天天都有人死去，而日本人带走的，绝非老弱病残，只选壮实的青壮年。

她的一家，是七八天后一个风雨交加的傍晚，趁船上的看管人员躲雨去了，才花重金，招手叫来了一条小艇，逃出了鬼门关。

回到家里，何荣清大病了一场，有时发冷，有时发热，有时更是高烧不退。医生看了，也说不出个所以然来。经过诊治，也吃了不少药，过了约两个月，才逐渐好转，捡回了小命。

毫无疑问，船上也是日军投菌的地方。虽然没吃难民所的"味粥"，但病菌的传播，照旧做得神不知鬼不觉。

还有一个叫潘杜的，也是合家上的船。他们本是准备回到广州，再设法回粤北曲江上学的。当时，广州有的学校北迁了，有的到了坪石、乳源，包括中山大学也是如此。可上了船后，同样被拦截在了南石头，经过了同样的"检疫"程序，被留在船上，或送进难民所。

他姊弟三人，侥幸设法逃了出来，这才又有了一份证言。

1994 年的调查开始后，香港方面也有人证实，从广州返回香港的人均斩钉截铁地称，日军在广州设有细菌实验室，绝非传闻，而是确有此事，死亡人数不知多少。

珠江口是个喇叭形，两岸的距离之大，仅从港珠澳大桥之宽讫今为世界之最便可得知。茫茫入海口，上百公里，漂浮点什么，都很难察觉。然而，香港沦陷后不久，一个中立国的记者，在乘船经过珠江口时，却被那上面的浮尸惊住了。她是这么写的：

乘坐渡轮过海时的所见所闻令我终生难忘：海里全是漂浮发胀的尸体。市内已有太多尸体尚未埋葬，浮尸因此无人理睬。回嘉道理道的家时，看见多个女人、男人被吊起绑在栏杆上，双脚离地一尺，他们被打伤，有些已经死去，或垂死挣扎，这种情况举目皆是。

市民在街上则随时无端被日军掌掴，甚至以枪托虐打。总督或高级军官路过时，街上所有人都不能稍动。瑞士红十字会代表依格向英人提到他在 1942 年上半年在港岛几乎每日都可能听见枪声，这些无意义的暴行实施于大部分华人主动合作的同胞。

从南石头漂过沥滘水道，进入蕉门，经洪奇门、虎门、横门等，再到几乎是一望无际的喇叭口，这又有多大的距离？如此之巨量的浮尸，是怎样无法掩饰的滔天罪行？

又有多少是船上抛下来的？

钟瑞荣告诉我们，当时南石头江面上，密密麻麻的全是难民船，大大小小都有，连江水都看不到了！

顺德梁明写道：由水路入广州的难民船全部停泊在南石头海港检疫所河面，有七八百船的难民……

冯奇称：大小船靠东塱（那里水深），大眼鸡靠南石西（那里水浅），只有极少数人偷偷给钱落小艇走人……

肖铮在接受《信息时报》记者采访时更称：当时"船停满了离难民所不远的珠江岸边码头，每天都有三四百条船。一条船大约有二三百人，船上的难民都挤满了，坐着没地方坐"。

难民所的胡苏提到，他每天送的报表，其内容主要有每日难民所的开饭人数、死了多少人……香港难民很多，有的住在船上，不知有多少……香港来的许多"大眼鸡"，又叫"三支桅"，每船可装几十至一百人，还有大轮船，记得有一只是日本的，叫白银丸，靠在难民所河边。

……

七八百条船，或每天二三百条船，有大轮船，如白银丸……这些连小学生都不难算得出，船上到底有多少香港难民，显然远远超过10万。遗憾的是，有些人明明得到了这些数据，却不予理会。

《星岛日报》于1994年11月25日——这正是第一次揭露日军细菌部队于南石头大屠杀之际，香港索偿协会发言人吴溢兴回忆当年，就指出：当时香港有160万人，当中约30万人为了躲避战火，纷纷北上广州。

这30万人最后归宿如何？

不管这个数字准确与否、保守与否，但已相当惊人了。

当然，不是全部的人都上了船。

二、来自亲日报纸的证明

丸山茂的证词，绝不等于孤证，这是属于加害方、实施者的证词，而且——得到了证实。

他的证词，一是日本占领军驱赶香港难民的目的。这已有其他方面大量的证据，以及港人减少的数量为证。

二是在南石头拦截香港难民，投入检疫所和难民所的情状。这更有多位幸存者的录音为证，并且还有当年亲日报纸的相关报道为证。

三是奉命投入沙门氏菌后死人激增。这有难民所民谣为证，同样有香港报纸的报道为证，而众多幸存者的证词同样令人不寒而栗。

还可以有很多。

以上三点，皆可成为强有力的互证。

而查香港难民被遣返的系列报道，我们竟历尽艰难，在20多年间才逐一得偿所愿。

1995年8月，我路过香港，从书店购得《香港日占时期（1941年12月—1945年8月）》，里面有1942年报纸报道的第19批难民还乡登船新闻，共5000人乘船出发。当时，我就萌发了要查阅1942至1944年香港报纸的想法，但当时赴港手续不易，且香港尚未回归，要去查找，却未实现。

而在这之后，我也曾试图托人去查阅，未有结果。

直到早几年，有机会在香港多停留几天，更动了这一念头。可惜，当时无论香港大学、香港图书馆都不曾似欧美，把过去的报纸作为胶片，可以在专门的机器上看阅，还是看不成。

2017年去香港大学，好不容易托人进了图书馆，且得知该馆刚刚把旧报纸数字化，查找起来方便多了。然而，正要查阅时，却问起了"有没有介绍信"，末了，又提出了要提前几天预约，这一来，终于没查找。

直到2018年8月19日，我在香港历史博物馆做讲座后第二天去了香港图书馆，一问，即时可查找。不由得喜出望外，与同行的王利文、卞凤奎一道，使用看阅机查找。虽然字体小，眼睛都看痛了，但收获不少。

当年尚存的一些报纸，仅余《南华日报》《华侨日报》。《南华日报》本就是汪伪政府旗下的，开战之初也被接管，经营者也被捕。后来，该报与《香港日报》的经营者获释，二者合并，但政治倾向性是明显的，否则，不允许重新发行。

《华侨日报》本是商业报，与《大众日报》合并，色彩也只能是"和平派"的。据《日本占领下的香港》称："所有新闻的来源受到极大限制，香港占领总督管辖下的报道部，是报社和采访编辑机构的最高上级部门，除了各种琐碎新闻，其他所有新闻部都是从报道部长而来。"

虽然1941年12月至1942年2月期间的报纸不全，但还是找到了相关的40多条新闻。

1942年2月15日《南华日报》的新闻标题为《农历元旦，省港轮停航一天》，"（本报专讯）昨（十四）日为卅四批归侨出发之期。"

也就是说，2月14日之前，已有34批归侨被船载出香港。如我们所了解的，从1月11日开始，也就是每天至少有一批。

每批多少人？我们查到的，均在5000人左右。比如，第19批，"约五千余人，由帆船十艘及大型汽船一艘载运，而各帆船则由小轮两艘拖还"；第26批，"开出原日行走港九之小轮民国号及大天利号，拖带帆船四艘，于上午八时启碇，四千归侨，全数就道，无一落空"。

不过，该新闻称："自本月二日复航以来，原定隔日航行者，迫得改为每日航行而已，领归乡证之侨胞，尚苦于人多船少，无法附搭。"

报道上的数字有所出入，但数以10万计"归侨"被船载走，却是不争的事实。

其中一条新闻是《南华日报》2月16日的报道：

> 直往广州，或取道广州回乡者，约占百分之七十，及最近广州防疫团，因发现侨民中有患"虎列拉"之故，尽由市桥遣送广州侨胞，原船改泊南石头海面，经二十四小时检疫手续，始准登陆。统计留省侨胞，民船达六十余艘，影响所及，船只遂不敷应用。

几个关键词，这里均有了南石头、检疫、侨胞、虎列拉、船员，等等。

从其他报道综合，数以百计难民船滞留南石头，难民船也成了"第二难民所"，亦非推断。

这次查阅，更有力地证明了丸山茂的证词。

这更不是孤证。

当时，报纸上还以动员还乡有多少多少人视为"功绩"予以报道，称至 1942 年 7 月，港岛尚余 58 万，九龙半岛为 42 万，累计约 100 万，与开战前一百七十万少了七八十万；到 1943 年 3 月，再一次大规模遣送；到光复时，仅余不到 50 万了。

其实，在这之前的广州《南粤日报》里，2 月 7 日报道"港九归来难民发现有霍乱"，2 月 20 日更有报道"由 2 月 2 日起，所有返省的港九难民规定先集中在南石头"。

这都是有力的互证。

三、广州即时启动的"严防死守"

那么，通过不同途径，从不同方向进入广州的香港人又如何呢？是否就安然无恙？

其时，广州街头早已贴满了告示：

如有港九难民留居家内，由户主向分局登记
广东省会警察局刑令二保字第 H7 号
会务分局局长

查港九难民归来本市日渐众多，本局对于每日返市难民确数亟应明了，以备随时查考。除分行外合行，令仰该分局长，即便遵照由即日起查明辖内，如有难民招待所设立者，应按日分上、下午两次派员前赴该所，查明新收难民，分别男女、小童，数日登记列表，即时送局以凭查考，又查归来难民中，其由在市亲友招待住宿而不投入招待所或由招待所转往亲友处，寄居者数亦不少，应并查明登记，以期确定仰并饬属通知辖内居民知照。如有新从港九来市留居家内之亲友，应即由房主负责向分局报明登记后，仍照上面办法，每日分上、下午两次列明转报备查。毋谓玩忽，干咎为要，切切。

此令

局长 郭卫民

民国三十一年一月十七日

下面又有"行政局长照办，一、十八"字样。

香港难民是 1942 年 1 月 11 日开始"归乡"的，到达南石头无非是一

两天的时间——船有快有慢，但从陆地回的，则要多几天，至少三四天吧，顺利的话。

从时间上来说，是太"及时"了。

恐怕，1月17日之前，通过不同途径进入广州的，也就数千人罢了。而这纸"刑令"已严令，凡有香港难民到达的，一天须向警察分局申报两次，分上、下午，可见紧张之至，如临大敌，而所谓"投入招待所"，也就是难民所。香港难民"归乡"不到一周时间，便已采取如此紧急的措施，而且还要"连坐"，究竟是何居心？汪伪政府之心，路人皆知矣。

从香港沦陷起，已治理成"皇道乐土"的广州，即时启动了"严防死守"措施。

这也从另一方面证实了南石头"拦截"这一铁的事实。

为什么要这么防堵香港人？"刑令"的用词，显然，公式化一些。而这之后几个月、一年、两年，其行为则会演变成怎样的残酷？幸存者对一汽车一汽车人从市区运进难民所的情状描述可谓不虚。

日本人不是自称是把香港人从白人的殖民统治下拯救出来的解放者么？他们把香港稍有英殖民意味的街道清除得够彻底的了，统统换成了日文命名的街名。那么，他们为何对被解放者非但不施以援手，反而格杀勿论呢？

在他们看来，曾甘心忍受白人统治的香港人，更是劣等人。

我们同样可以从日本《大东亚战争陆军卫生史》中，读出他们的轻蔑与无视，以至非虐杀不可。其中第三章"其他处置事项"的第一节，便是"处置难民"。

文中称，这也是粤港实施霍乱防疫的一个环节。难民就似食物上布满的苍蝇，驱赶就撤，手一停就又聚拢，无论怎么处置，都很头疼。

下面专门就有"香港难民"一节，原文如下：

> 于香港未知用何方式，从市区清理出300余人，每人派发能吃三餐的粮食、一百日元的军票，而后让其搭乘大大小小的帆船，疏散到偏远的地方。而在船上大约三天光景，这些人便在船内赌博、扳（掰）手腕等，这一来，钱、粮便发生不均了。上岸之前，难民中则已有贫富之差、尊卑之分，而市民平等之类，到头仅成了口头上的了。

就算到了广州，花了同等费用处置这些难民，他们有的又设法回到香港，在香港又获得了更多的粮食和军票。就这么反反复复、来来去去，弄得日军伤透了脑筋。

在这几段文字中，多次采用了"苍蝇"这样的字眼来形容"支那人"。

接下来的一节，便是前边引用过的用化骨池"处理尸体"。请留意，都仅说300人。

把香港难民看成"苍蝇"，就足以构成虐杀他们的充足理由了么？难民船上发生的赌博事件，并非普遍现象，这只是日军的借口罢了。而且能反复回到香港的，可能性又有多大？

因此，南石头难民所杀人，只是第一现场。而难民船，如刘念端所称，"也是难民所"，同样是杀人的现场，同样是第一现场。难民所与难民船，都成了"杀人工厂"。

这是侵略者无法抵赖的。

四、"种族灭绝"的定义

南石头难民所究竟死了多少香港难民？包括船上抛尸的、所内化骨池，尤其是邓岗斜的"万人坑"。

也许难以作出一个完全的、准确的统计。

仅从阻截在南石头江面上的难民船数量来说，从幸存者的证言可以大致判断出，人数远远超过 10 万。30 多万逃往广州的难民，恐怕一半以上被拦阻在这里，不是死在船上，就是死在检疫所隔离室，最后全部进了难民所——那同样难逃一死。

从船上到难民所，我们从前边的证言里可以得知，日军对香港难民是管得最严的，绝对不允许离开或出去。显然，对他们的处置，是早已确定了的。也就是说，他们的命运早已被决定。

难民所的监仓，一共有 300 间左右，这是扩容后加了一栋两层楼之后的数量。每栋楼上、下层各 40 间，而三栋楼的连接间，上、下层也各有 10 间，大约为 $40 \times 2 \times 3 + 10 \times 2 \times 6$ 间，即 360 间。2017 年 12 月 21 日，我们采访原自行车厂厂长梁佳元时，他称，1957 年将该所改厂时，监仓还在，改成宿舍，每个不足 10 平方米，每间有 4 张床，上下铺，正常情况下可住 8 人一间。也就是说，总共可住 2800 人。而非常状况下，一间可挤进上倍的人，也就有五六千人，加上镇南炮台地下通道关的人，也就更多了。改造时，炮台里边挖出过几门炮，铁锁链大都已锈颓了。

不断有人死去，也就不断有人补充进来，如汉奸所长刘念端所说："这里（所里）装不下，只好留在船上，船上的人也是难民。"的确，正如肖铮所说，江面上时刻有二三百艘难民船停泊守候，多时如顺德梁明所说达七八百艘。船上的难民清了，船就走了，同样，很快又有船补充进来。

持续不断地运入，持续不断地屠杀！

而这已经是预谋已久了的。

在香港难民来到之前，投菌试验早已在进行，从失败到成功，乃至直接上东京医学院取菌，用飞机运来，当有一段过程，而后，又持续相当长时间。

我们从日本老兵丸山茂的证词中可以看出，他被派到南石头执行任务，已经是1942年的7、8月了。这时因投菌而死亡的难民已很多，且引起了日本兵自身的恐惧。驻守的班长的场守喜更一再警告丸山茂，不要在食堂里吃东西。钟瑞荣也看到，日本兵在江边支锅烧饭，当时还觉得很奇怪，以为是日本人的一种什么习俗。

冯奇的证词证明，1942年1月，香港难民涌入后，难民所每天的死亡人数，从十几、几十，一下子激增到一二百，遇到天气不好，冷雨、暴风雨，更会一夜死好几百人——仅从1月到丸山茂来的7、8月这200来天中，死了多少人？三四万？只会多，不会少。

之后，1943年，又有一次香港难民涌入，不亚于前一年。

我不知道，1994年11月，钟瑞荣第一次接受香港记者采访时，为何会不假思索便讲出了"起码超过10万具"尸体被埋进了邓岗斜的"万人坑"。

记者的报道如是说："世居海珠区南石头西村的六十七岁老人钟瑞荣接受《探照灯》记者访问时指出，广州沦陷时期，日军以南石头难民所（现为一间自行车厂）收押各地逃难人口，香港沦陷前后，大批香港难民乘船逃到广州，也被收押在这个难民所内……日军为处理更多的尸体，就在现在南石头派出所及南箕路一带掘地葬尸，每天都有大批尸体由难民所抬出埋葬。日军雇人挖开一道深沟，尸体填满后，就在旁边再掘另一道深沟，新泥土就用作覆盖前面的尸体。如此，埋尸的深沟就一道道延伸开去，直到一年多后，又重新挖开第一道沟，铺上另一层尸体。我估计，当时被这样埋葬的尸体，起码超过10万具。他还指出，如果南石头村的旧楼拆建，地下一定还会发现无数被日军残害的难民尸骨。"

肖铮也说："1942年，香港难民增多了，死尸抬不完，化骨池也化不过来，日军就在南石头村南箕路一带挖一条条深沟埋尸。……那些死尸腐化后，日军养的狗就会到泥坑里吃尸体。"他也估计，那里埋的难民，至少有七八万。

同类证词，还有不少。

不明白的是，钟瑞荣第一次被采访后，所在街道的负责人就被告之，不可再带人去找他。是因为当时香港尚未回归，接受香港记者采访需要审批，他的行为被视为"违规"，还是他说的"10万"被认为不可能，乃至"胡说八道"，以至于我找他只能一再叮嘱，不要说还有人找过他？及至2017年春节前夕，我再度带记者去钟瑞荣家，老人已经住院，不能说话了，以至于他的侄子颇为气愤地说："你们怎么现在才来，那时（指1994年），我奶奶还在，90多岁，知道得更多，你们都不来找？太晚了！"

我无言以对。

其中究竟有什么原因，人都不在了，还问什么？

至于"10万"这个数字，却有后来挖墙基挖出的尸骨为证。

先是梁时畅的证言："1953年，当时平整土地，需要大量挖土、运土、填土。当地面有主及无主坟迁移后，开始挖掘，发现路两侧不到半米远便有无棺木的尸骨，凌乱不堪，也残缺不全，成形的肋骨、颅骨很少，碎骨为数较多。重重叠叠，每层有黄土30厘米隔开，混有人骨的厚度有20至40厘米。由地表面深至2米内，分布不均匀。我给你们画图标一标，数量之多，无法估计……对这种零碎不全的乱骨，施工民工为了不误进度，只作原土处理，运往需要填土的地方，夯填了事。我们曾为此向老农民了解过，是侵华日军从难民所运出来的，每批死尸太多，只在尸体上掩上薄土……"

原广州造纸厂的老职工曹惠英与梁时畅一样，也记录了当时的情况。她是1952至1953年在造纸厂基建办工作。"当时在建造'职工家属住宅工程'的施工现场，见到平整土地的过程中，由土方工人挖掘出来的无主尸骨（绝大部分无棺木装载，直接埋在土壤中，细骨也成粉碎，只胫骨及颅骨成型），由挖土工人集中堆放，得迁坟工作人员按日清理。"她曾追忆道，"挖掘出尸骨最多的地点，是现在的南箕路东西两侧，其中以现在的南石头街道办事处及派出所的地段为最多，从我只看到的局部估计，不少于三四百个骷髅头骨，令人寒心和恐怖。这些骸骨据当地农民说是日军占领时期，由南石头惩教场方面把死后的尸体搬运到来，挖成大坑穴掩埋的。"

到了80年代，广州造纸厂搞基建又有了新的发现。时任广州造纸厂基建办主任沈时盛在记者采访时表示，在1982年以后在南箕路地段建职工宿舍时（即拆旧平房建新楼房），挖地基时发现大批尸骨共三四批，每批约100具，最多100多具，当时多数挖到1米多深就发现成片尸骨，一层一层的，杂乱无章。后来，纸厂出钱请民工把尸骨运到广州太和与增城腊埔的山区安放。

还有当年下化骨池找父亲尸体，后来也是纸厂基建工人的何金也证实："难民死了都埋在南箕路——现南石头派出所的13巷（现该所已迁走，这是1994年，13巷亦无）一带，当时挖坑，尸体填满了就填土，有的没死也埋了，男女老少都有……解放后建平房宿舍时，挖出许多骨头，将骨头运到燕子岗沙溪万人坟场。"她说当时自己是纸厂搞房管的，在南箕路东边清渠道时，一挖偏些，就会挖出尸骨，人头骨，很是恐怖。

另一个老农黄有也称："沿路长有100多米，横有20米，都埋有尸体，两边两条，横达50米，没断气的也一起埋了……"

自行车厂老厂长梁佳元，也讲到原难民所址内到处有骸骨，尤其是拆围墙时，每个墙垛下都有埋死人的坑……

如果说，过去20年，尚未有人对此提出异议，今天，某些当年还相当积极参与推动揭发这一事件的人，却突然提出那一片本是乱葬岗，未必是万人坑，甚至以另一个地方钻探出汉墓来搪塞万人坑的存在，实在匪夷所思。

就如我在某次会上的发言所说，如果是乱葬岗，那尸体当是凌乱的、不成规则的，分布杂乱，可现在发掘出来的是，一层又一层，有三四层之多，而且每层当中都隔有30厘米左右的泥土，这会是乱葬的么？而且，南箕路西边本是田，所以尸骨少，东边则很多，一层层往下挖，还不知有多少层，颇具规模，且有规则，这不是日军有组织的掩埋，又是什么？

为此，我专门请教过防疫专家、留学德国的著名法医陈安良博士。他曾说：

> 一般尸体腐烂速度，若放置户外，有七八天左右，掩上薄土，则要近20天，而在华南湿热状态下，还会缩短。现在仅2米深就有三层，底下则不知道了，如果仅以100米长、50米宽计算，就达5000平方米，尸体填有至少2米深。中国人的身高，尤其是南方人，也就1.6米上下，一次全覆盖，就不会低于2万具尸体，三层也就6万了，更何况显然不止三层，尸体也不止这个数。因为日本军队是利用邓岗斜有山窝洼地进行"循环作业"的，而现在南箕路已不再有洼地了，如从洼底算起，

已远不止 2 米深了。除了这 5000 平方米外，周围显然还有埋尸的地方，有待进一步发掘。日军先后于 1942 年春夏与 1943 年间两次大规模驱赶香港难民，香港人口锐减了 100 万以上。而这些人又大多数是 1938 年广州沦陷时逃亡香港的。所以，证人说有 10 万之多，是没有错的。更何况用两部猪笼车昼夜不停地运尸体，一直运到车坏了，这又有多长时间？车坏后，再用六个抬尸人继续抬，这时间更长了。

还有在珠江江面上被扔下水中的呢。

何止 10 万冤魂呀！

面对这血淋淋的，同时也是铁铸一般的真实，那些提出"孤证"和"乱葬岗"观念的人，当如何自辩？

其实，死亡者，不仅仅与他们是同一个民族——汉族，而且是同一个族群——香港人大部分为广府人与客家人，甚至与他们有或远或近的亲缘、血缘关系。难民是普通人，再普通不过的老百姓，他们是父亲、母亲、儿子、女儿，或者叔叔、伯伯、姑姑、婶婶、舅父、姨父、姨妈……他们同是有呼吸、有喜怒哀乐的鲜活生命。他们一样好唱歌，好吟诗作对，好守护相助，同样珍爱生命，无论是自己还是他人的生命。他们一样为一日三餐而忙碌，一样在追求幸福、安宁和自由……可是，凭什么，要剥夺他们的一切，包括生命？当他们拖家带口离开香港，放弃原来的住宅、家园，指望能保住唯一的生存希望，逃出生天，可最后，等待他们的是冷冰冰的江水、杀人的病毒，还有化骨池和万人坑……

对香港人这样一个特定的地域群体，称之为族群也可以，加以灭绝，无疑属于"种族灭绝"的范畴。而最早使用这个词的波兰犹太裔学者拉法尔·莱姆金（Raphael Lemkin，1901—1959），使用时间是当年大屠杀发生的 1943 年。他将"种族灭绝"定义为"系统性地、有计划地运用各种方式对一个国家、民族或种族实施灭绝性的屠杀，目的在于损毁对其团体认同至关重要的基础"。

1948 年，联合国通过了《种族灭绝公约》。显然，对数十万香港人的杀戮，完全合乎"种族灭绝"这一定义。事实上，日本法西斯也是这么看待与对待香港人的。从驱逐、上船、拦截，到进入难民营、投菌、虐杀，无疑都是"系统性地、有计划地运用各种方式"对特定的族群——香港人"实施灭绝性的屠杀"。

这是一个狂妄的、灭绝人性的屠杀计划的实施，刽子手是从天皇、军部，到香港与广州的占领军！

五、预谋、合谋与付诸实施

我们当进一步探讨其预谋、合谋与付诸实施。

深入探讨这一历史事件，每每有一个非常巨大的疑问，出现在我们的面前。

那便是，当香港守军投降之后，对港作战的陆军司令酒井隆与海军司令新见政一登上港岛，随后即成立了军政厅，由酒井隆出任最高长官，驱逐港人、实施"归乡"政策旋即开始。不久，矶谷廉介抵达，出任首个管治香港的日本籍总督，取代了原英籍已投降了的杨慕琦。在这段时间内，港督与广州驻扎的"日本南支派遣军司令部"是如何合谋处置香港难民的？当然，对港作战的海陆军司令，本身就从属于"南支派遣军"。只是，当大规模驱逐香港难民，尤其是 1942 年初第一次驱逐 46 万人之际，广州是否知晓，或者打了招呼，抑或未曾有准备？

毕竟，还是两个不同的占领地。

南石头的拦截，进而大规模的虐杀，恐怕不会是未打招呼也没有准备下的临时对应吧？

而只能是早有预谋，且在此合谋的。

不可能有别的解释。

这边把人赶出来，那边说我没准备，不可以破坏已建立了好几年"皇道乐土"的治安，所以拒收。

却不可能又赶回去，所以挡住不让进城，而后……杀之。

表面上，还讲得过去，连站出来揭发的日本老兵也这么以为，可仔细审视相关细节，却不尽然。

在香港沦陷之前，杀戮就已经成规模进行了。

如冯奇一行 2000 余人被押解到东莞的荒山野岭后，后边的枪声响了。冯奇走在前边，个子小，及时逃脱，没被追杀上。又如张发奎的报告，其时在白云山中已杀害了 12000 人……

而在 1939 年初，第 21 野战防疫部队在抵达广州，进入中山大学医学院后，便改名为"波"字 8604 部队，对外称"华南防疫给水部"。迄今，我们手中仍有该部队在中山医门口的合影，门柱上挂有"田中岩部队本部"的牌子，田中岩是 8604 部队首任部队长，而后由佐佐木高行接任。不久，便是众所周知的佐藤俊二，正是他主持了在南石头实施的投菌大屠杀。而中山医则早早已开始了相当规模的鼠疫跳蚤的培养，一直到战争后期被美军飞机炸毁。

在香港难民大规模来到南石头之际，南石头已几度清空，又几度人满为患，一时难以安置。当时代表日军监督管理难民所的叫的场守喜，所长则是汉奸刘念端。的场守喜在应征前是总督府文书科职员，属统计组，到这里制作图表为他专长。前边提到，一个叫胡苏的中国职员专门负责递送报表，即时他便得到命令，香港来的难民太多了，让给水部用细菌来杀死他们。

的场守喜是直接执行人。

他亲自听取了佐藤俊二的口头命令。佐藤俊二还让他发誓，绝不把这件事向外传扬，而且要小心不留痕迹。

难民所里有四口水井，的场守喜直接向里边投放了伤寒菌、副伤寒菌。

然而，几天过去，死亡人数未见增加。难民所是天天有死人的，但死亡人数一般是几十人。

的场守喜亲自观察并询问刘念端等人，这才得知，香港人没有喝生水的习惯，而且也不吃没煮熟、没烹炒的食物，不似英国人。因此，井里的病毒投下去，未能进入人体。

这次投菌，就这么失败了。

的场守喜向佐藤俊二汇报，佐藤出于他的专业认知，觉得还是日本培育的沙门氏菌的病毒性更大，不易被人抵抗。于是，他派出了飞机，专程去东京军医学校取来沙门氏菌，也就是副伤寒菌，送到了南石头。

这次不允许失败。

的场守喜只能精心做了设计。

一是投放的机会。他选择了难民所职员上班前用早餐之际，投菌不易被这些职员察觉，而且，由于每天有新难民进入，分发汤水时，这些不曾住惯的便吵吵闹闹的，这样便可以在不知不觉的情况下投入病素。

二是投放时汤水的温度。这得严格把握好时间，一般而言，肠道系统的细菌怕热，45℃就会有一半左右死掉，而抬出厨房的汤水桶的温度每每超过60℃。得等它温度降下来，而且要降到43℃才行，但需要的时间就很久了。

因此，等汤水温度降下再送进难民所的这一段时间，就很难掌握了。

难民所的厨房设在外边一个钟氏祠堂内，离所的大门有几十米远，如按平时搬送过去，显然是降不了几度。于是，的场守喜便设法找个借口，让汤水桶在厨房门外等候上一阵。而后，进难民所大门，又再度等上一阵，这样一来，温度也就可以降到45℃以下，可以将沙门氏菌投进去，并产生效应。

这么费心了心机，试验了几天，立竿见影了，而且做得神不知鬼不觉。

病毒进入人体后，要几个小时之后方可发作。

当天晚上，就出现了患者，发冷、发热、高烧。

众所周知，肠道沙门氏菌患者死亡率是相当高的。

于是，就如当时在里边的冯奇所描述的，死亡人数从1941年的十几、几十人一天，迅速上升到1942年的每天一二百人，甚至达到几百人一天。"香港沦陷后，有大批香港难民一船一船运到南石头收容所，（每批）约三四千人之多，……与本地难民分开。"

肖铮也证实，1942年"难民死亡为最高峰……香港回来的难民不让自由出入。"

很明显，投菌专门针对香港难民，而本地难民也难免被波及，甚至日本人及难民所职员若不慎也会被感染，冯奇、肖铮后来也同样中了招。

因此，的场守喜才专门告诫后来才到的丸山茂："不要在收容所吃饭，工作完成后，必须对所有器材进行消毒。"

当时，丸山茂是被派到难民所对难民做疟疾验血的——派他们去的人自是心知肚明，为的是检验投菌的效果，却不曾告诉他们前因。为此，得到的场守喜告诫后，他才知道所内充满危险。

丸山茂是1942年4月去的，到7、8月份离开。

其间，的场守喜和另一个叫清水清的，未曾依军队的规定，在服役三年后，可以分批回日本，而是被派往南太平洋战争最激烈的地方——新几内亚投入战争。

丸山茂认为，这"大概是的场与清水参与了滩（南）石头细菌战，所以要封住他们的嘴巴吧"，一旦战死，投菌之事就永远不会有人知道了。

除了在难民所杀人外，还有更卑劣的杀戮方式。

由于不打算再进攻粤北，在两次粤北战役败退后，日军飞机向粤北大量投放了各种病菌，包括鼠疫跳蚤。可是这还不够，丸山茂证明，难民所一度"把 200 多名难民转移到北江上游——即占领区之外地区"，这是指还在中国军队守护下的国土。丸山茂听说，日军向这些人发了数量不少的法币、粮食、衣服。被送到占领区之外的难民，大都是感染了肠炎沙门氏菌但未曾发病的，或者刚刚发病但尚未死去的，无疑全都是带菌者，"把他们当成菌种，在敌方阵地展开细菌战"。

在调研中，有几个调查者提到，在广州以北的花县（今花都）等地，当年有一个又一个的村子因瘟疫而整村灭绝的——不是死，就是逃，成了空村，而后消失。

当年的汪伪政府广东省卫生处曾下公函（生字玖陆号）称：

> 查市内近来发生肠热痢症颇多，该症虽属流行病克山科，惟症候尚非险恶，若事前对于饮食衣服，注意调摄，俾身体抵抗力增强，则此种病菌不易侵入潜伏，该偶一不慎而患感染，若疗治得宜，亦不难及时痊愈……为唤起市民注意，以保健康计，除将病暨病状与其治疗预防方法，详悉阐述，发送各报登载，并刊成小册了，函送各机关学校团体分发，暨饬属切实调查消灭外，相应将该期刊物小册子二份函送，请查照分发所属，俾普通知所防范为荷。

凭此得知，沙门氏菌传染得很广，已经在整个广州市引起了恐慌，这才使省卫生处下文安抚。

第四章　大屠杀的现代化

一、精心的组织策划与布局

曾经有人这么写道：

如果有人问道："你们认为在这屈指可数的几年内，在西欧的基督教文明和文化昌盛的国家，居然有那么一个国家把成百的老人和儿童，而且毫不夸张地说，是赤条条、一丝不挂地赶进毒气室去，这难道是可能的吗？"任何人都会说，绝不可能……因为有两个原因。首先，人们想象不出任何人有任何理由要这么干。否则，他们将会因此而招致全世界人们一代之久的憎恨。如果他们在和平时期这么干，他们马上就会陷入战争，因为人们都将起来制止他们。如果他们在战争状态下这么干，那么他们又能以什么理由来为他们这种行为以及这种行为可能带来的罪名辩解……其次，我们会说："你们要让人民那么干是办不到的。"一支征募而来的军队毕竟是来自千家万户、来自各个工厂的人们所组成的。他们都有自己的妻子和儿女。你能想象，你能让自己有儿有女的人们去把数以万计的儿童赶进毒气室吗……

这些追问，转到日本法西斯身上，却不一定完全对应。

因为他们做的，比德国法西斯所做的更冷酷、更隐蔽、更恐怖，而且更有步骤、更有心计……无论是上层的精心设局——堪比一场死亡上10万的战争，只是自身零死亡——还是下面部门的具体实施，纯粹是技术程序。

日军的精心布局，早在太平洋战争爆发之前便已经做好了。香港一沦陷，便立即实施。

当然，北进与南进的争论，一直让情报人员捉摸不定。直到在日本的佐尔格、在上海的潘汉年最终勘破，斯大林才放手将东线的兵力调往西线。虽说 731 部队部署在中国东北的哈尔滨，但是"波"字 8604 部队早在 1939 年初就进入广州，占据了中山大学医家院。该部队是由第 21 野战防疫部队改称的，其时由田中岩任部队长。不久，中山医便开始生产鼠疫跳蚤，每月可达 10 公斤。而南石头难民所的细菌试验，也同时开始了。开始，是一批批清空难民所，把一次 2000 人的难民解送到无人的荒山野岭，用机枪扫杀；后来，改成了细菌，反复试验，终于奏效——这都发生在香港沦陷之际，也就是说早已准备好了。1939 年 6 月，1940 年 6 月，1941 年夏，广九铁路沿线，广东阳江、乐昌、湛江及海南均已投放了鼠疫、伤寒、霍乱、白喉、赤痢病菌，1942 年之后，则更疯狂。

有了这些准备，尽管在香港遭到中英军队的顽强抵抗，日军伤亡不小，但原本准备坚守几年的英军，在第 18 天就无条件投降。为此，日军狂喜，因为获得了大批的战备物资，尤其是本可供应香港市民数年的粮食可运往南太平洋。虽然在香港也没少发生烧杀掳掠，但类似南京大屠杀已招致国际社会乃至其盟国德国谴责的光天化日下大规模残杀平民的事件，似乎还是得到了控制，只是背后的杀机更狠。

南石头难民所已张开了血盆大口。

从香港日军投降，到第一批难民登船"遣返归乡"，其间不到半个月，圣诞节后举的白旗，1 月 11 日便有数十条船起锚了，效率、速度都是惊人的。

显然，在攻陷香港之前，预案已经有了。

准备长期抵抗，储存在香港可让百万居民充饥数年的粮食，立即便被调往了南太平洋前线，粮食在军舰上堆积如山。至于没了粮食的香港难民又怎么办，侵略者才不负有维持他们生命的责任——新的总督矶谷廉介很快就上任了。于是，一个清理计划迅速拿了出来，全港只允许留下 10 万左右的人，他们必须是水手、码头工人、菜农、"有恒产者"之类，完全为日军的日常事务出力，其余的一概予以驱离。

当然，直到日本战败，他们也未能实现这个目标。1941 年 170 万人口的香港，到 1945 年 9 月，还余下不到 50 万人，减少了 100 多万，而这还是非常惊人的数字，远大过南京大屠杀的 30 万。这 100 万中，活下来的有多少，至今仍未有清理和统计。但是，惨绝人寰的更卑劣的大屠杀，此刻已开始一步一步地在推进之中，没有迟疑和迟缓。

压缩到 10 万人口的目标，本身就已透出寒彻肌骨的杀机，实施起来，那种准备、冷酷，更令人发指——要知道，这可是让上百万香港人最终消失呀！

于是，也就不择手段了。

占领之后没几天，整个香港，尤其是九龙、港岛，便迅速出现了各色的"归乡指导服务所"，相附的还有"归乡者领米处"等，似乎是占领者在大发慈悲，指导你怎么选择合适、安全的路径"归乡"，而且归乡早的还可以有奖赏，发给大米多少两、军票多少张，一路上就无恙了。《香港日占时期（1941 年 12 月—1945 年 8 月）》一书第 22 节"归乡政策"里写道：

> 日军占领香港后，即意识到大量的人口（日占初期估计约 160 万）除了会带来严重的粮食负担外，亦会对香港的防卫资源的分配构成重大问患。因此，早在一九四二年一月，军政厅即颁布华人疏散方案，并由民治部成立"归乡委员会"（后改称"归乡指导委员会"），以劝喻、利诱甚至威逼等方法迫使居民，特别是无业及无以为生者，离港返回原籍。民治部除在广播、报章上大肆宣传所谓"归乡政策"外，同时亦让归乡委员会发动数以百计的社团，包括慈善机构、同乡会、宗亲会、工会、商会等，鼓励他们属下的会员离港回乡。

这当然是诱骗、花言巧语。

还有不动声色的威迫。

香港市民得领取"检查济证"，证明了你已打过了预防针，身上没有疫症，毕竟刚发生过战争，死了不少人。战争后有疫情，这是必然的，所有人都被吓住了。打了一次针就万事大吉了么？才不是这样，"检查济证"上，还有"第一次""第二次"，下边得填上月、日，证明你又打过针了。凭着这一次又一次打针，你不吓懵了才怪呢！

也有不按"归乡指导"走的，而是悄悄地走，摸黑走，通过陆路，越过新界，向不同方向，东莞或者惠州，好逃出生天——不是谁都信日本鬼子的鬼话的。

的确，就算没有诱骗与胁迫，沦陷后的香港人大都有逃离的紧迫感。占领时的枪炮声，街头横尸无数，以及日后仍不时响起的追杀声追赶着他们。因此，中环码头一开始营业，数以万计的难民便涌向待发的客轮，一批就是几千人，有向珠三角各小港口的，有向广州的。

一如历史所记载：

> 日占初期，日人为诱使香港居民返回原籍，曾不惜安排客轮载送回乡。相对陆路回乡，这种方式被盗贼滋扰较小。
> 大部分从水路回乡的市民均从上环一带的码头登船。

也有不知去向的，反正只要上了船，能离开就行。据后来的揭发，有上了公海"斩缆"的，听其在海上自生自灭；有在公海上被开炮轰沉的、放火烧毁的，不少浮尸被潮水冲回香港，已烧焦；也有扔在荒岛上的，战后，岛上白骨累累……这都无法计数。

但大船，如难民见到的日船白银丸等，显然是上大码头、大城市的，这便是广州。大船可装1000人，中的500人左右，小的为三支桅，即"大眼鸡"，也可装几十到100人，每次都是浩浩荡荡整个舰队出发，以致江面上都布满了。被阻截在南石头的，少时二三百艘，多则七八百艘，密密麻麻，见不到水面。离广州城近在咫尺，却没几个人能侥幸逃脱入得了城。

不"听话"，没上船，走陆路逃亡的，在离开新界时，每每也被拦截，那些"胜利友"会把一队队难民押到江边，解送上等候在那里的难民船。此时，他们已一改当初伪善的面孔，强迫难民们上船了。自然，也没有白米、军票会发给你。这就意味着，上船去的是日军指定目标。

你只能上那里——死亡陷阱。

主要把大量的香港难民遣往广州，绝非香港占领军单方面的行为或单方面的意愿。

这边，广州占领军也早已做了充分准备。

一如丸山茂所说：

> 那些人从珠江溯流而上，从香港方向涌向广州市。军方为了保持广州市地治安稳定，不让他们进入广州市，关在南石头难民收容所里，施以惨无人道的细菌战。

如果没有他在 1993 年的揭发，我们无从知晓汪伪政府广州警察部门 1942 年 1 月 17 日颁布的训令背后隐藏了怎样可怕的阴谋。

训令是给各分局的，"如有港九难民留居家内，由户主负责向分局登记"。

香港派船来广州是 1 月 11 日启程的，一般也就一两天到达，便大都拦截在南石头了。可是，陆路上未必全堵得住，虽说已派了汉奸扼守各大路口，拦住了不少，可小路毕竟无法全挡住。所以，已陆续有"港九难民"进入了广州。

训令要求，每天分上、下午，共两次，须及时报告，并且政府专门设立了"难民招待所"，把人送进去。凡"投亲友"不住"招待所"，或已进"招待所"又出来住进亲友家的，统统都得报告，并且要登记，否则，便是玩忽职守。

这就不难解释，南石头难民所，每每有汽车运进去一车又一车的难民，这些人其实还是香港难民，当然是经过身份甄别之后的。所谓"招待所"，也就是难民所。当时广州有多少难民所？据知，有宝岗难民所、岭南大学难民所等。从训令中可看出，伪政府防香港难民甚于防贼，在广州布下了天罗地网，其用心显而易见。

本来，穗港两地，同被一支日军部队占领。

当香港驱逐难民到广州，广州便拦截难民不让进广州，表面上是互不通气，其实演的是双簧，不仅仅是默契。

日本《大东亚战争陆军卫生史》一书中，对难民船途中发生的事情，采取了污名化方式。称在船上，香港人已以赌博，把发给的三餐粮食、100 元军票用作"赌资"，到上岸前，有的就已输光了，肚子饿得不行了，船上出现了"贫富之差""尊卑之分"。这些难民，简直似"苍蝇"一样讨厌。

因此，这些人都该死。

在澳门的葡萄牙人，属中立国人士，过珠江口上澳门，就被从珠江中流下来的无数浮尸吓坏了。

用不着到难民所，屠杀便已开始了。

为什么江面上每每几百艘，甚至近千艘难民船堵塞在南石头？也许原因很简单，南石头难民所一下子进去不了多少人，正常容量为2000人，拥挤一下，也就5000左右。可江面上七八百条船，少说也有上10万人，可这些难民竟不可以放进广州，怎么办？表面上，难民所也有送粥进船的，大家都得设法用钱买吃的，向船边的艇仔买。船一停，据证人陈述，一停就有一个多月，如何琼菊在船上就待了一个多月，逃走时，船上480个香港人只剩下40余人了，那440人并不是逃走了，而是死了，饿死、病死什么的。大冷天，船上居然有跳蚤——一说就明白，是鼠疫跳蚤。何琼菊身边第一个死的是个老人，因为抵抗力差，自然顶不住了。还有被打死的，绑在桅杆、船头"风干"的、冻死的。当然，跳下江的，也被枪打中，活不了。

凭此可知，就算上岸，入了难民所，也难逃一死。

下船，面临第一次"分类"。

用玻璃针管取粪便，初步检验下，被认为有问题的，往前解送，穿过日军检疫所，进入两层楼的"隔离室"。既然"有问题"，那这些人断无生还的可能。更何况，那时候，还会有谁会去追究呢？这些人是怎么"处理"的？我们从幸存者讲述中得知一二，如送进"密室"（封闭的空间）"焗蚊"，让带菌的蚊子叮咬，还有……到已在中山医总部，进行活体试验。

"幸运"的，还能多活些日子，从检疫所侧门出去，往右转，沿小路拐几个弯，便进入了南石头难民所的大门，分别进了那里边的300来个号房里。

但是，又面临另一次分类。

香港难民是不可以与本地人关在一起的，而且香港难民一旦关进去，是不可以出来的。本地难民还有少许自由，何金的父亲死了，被扔进了化骨池，她还能从 70 厘米见方的化骨池口子爬进去，找到上边仅压了几个死尸的父亲并把他拖了出来，带出难民所找地方掩埋。

所以，香港难民的"存活"时间有多长，没人知道。当然，日军有人专门统计，但那是绝密的。

死多少，再放进来多少。

总之，能容纳 5000 人甚至更多的难民所，自 1942 年开始，时时刻刻都是满的。不是 5000 人一次性腾空更换，而是持续不断地即时填空补白，不会有空缺的号子乃至"床位"。

自然，身体好的、强壮而年轻的，捱的时间会一些，十天半个月；而老弱病残的，有的也就一两天；一般的，六七天吧，这都不好说。

其实，也有人大致计算过。

一般情况下，每 3、4 月份，便又风雨交加了。也就是说，最多半月，便足以"吐故纳新"了。

按医生说，万人坑中，所谓"E 式尸体处理法"，就是薄土盖上去自然腐烂，这样比暴露在外尸臭弥漫多少会隐蔽一些。在广州这样多雨的亚热带地区，腐烂时间大致也是半个月左右。而后，埋人的长坑，便会坍塌下去，又可以再扔上一批新的尸体了。

这么说，也已够恐怖的了。

都是——半个月！

恐怕这也有另一种分类：化骨池中，应是本地人，一如《大东亚战争陆军卫生史》中说的，在广州市内，凡是看到手持空罐、饭碗等餐具，来回游荡在街头的流浪汉、乞丐、破衣烂衫的"支那人"，不管男女老少一概押上卡车，送进南石头"收容"起来。何金父亲就这么"进"的化骨池。

而邓岗斜"万人坑"里的，则是香港难民，拖家带口，死无对证，埋了就埋了，连名字都未必有。

死亡之旅也就抵达了目的地。

香港难民被安排的"旅程"到此终结。

香港上船—南石头拦截—船上也成了死亡营—上岸—分类—分别进入检疫所隔离室或难民所决定死亡的先后——难民所中人死后分类，决定扔下化骨池还是万人坑，以及广州的"防范"——市民一天两次的报告—登记—难民"招待所"—市区的"清理"种种。

无论如何，这都是穗港两地精心策划、步步紧扣、严格安排下来的。

对于一场战役而言，这样的组织部署或许不算怎么复杂，因为"敌方"只是手无寸铁的平民，而且更是走投无路的难民。虐杀他们，完全可以按部就班，不会出现什么意外或特殊的变化。

二、科学含量、技术程序、“工作效率”

但是，仅有这些精心组织还不够。

毕竟，这一大屠杀工程涉及上百万香港难民的驱离、遴选、分类、堵截和灭绝，乍一想，这么多难民的死亡，大都发生在一个规模不大的旧惩戒场场内，仅有300来个“房间”，没有毒气室、焚化炉、传送带。除了用船只、卡车运输外，到最后用来运送尸体的也就只有两部猪笼车——直到用坏为止，再雇佣六个抬尸人。化解尸体既无需硫酸、石灰，焚化更舍不得用汽油、木柴……人要被消灭，连对等的有价值的用材，诸如子弹、刺刀都没有，遑论什么毒气室、焚化炉之类了。难民就这么死得无声无息，甚至消失得无影无踪……

也许，这正是日本法西斯比德国纳粹“高明”之处。

德国纳粹建立集中营，设计过各种手段对付犹太人，最后才选定了毒气室、焚化炉，并经历了好多试验，耗费了若干时间；而日本侵略者，却从一开始就组织实施得如此周密、如此顺当、得心应手——或许，是因为香港沦陷之际，欧亚大陆另一端几乎是同时发生了奥斯威辛大屠杀，双方是“心有灵犀一点通”。不！兽性是用不着分别或分层的，都一样！

日军虽没德国纳粹“杀人工厂”那么工业化、技术化，但科学含量却几乎一点不少。而天皇的权威较之希特勒，佐藤俊二的具体实施较之希姆莱、海德里希，丝毫不会逊色，各个地方、各个机构与部门的配合，可谓做到了“完美”或“严丝密缝”。

科学含量、技术程序、“工作效率”……在南石头大屠杀中，可谓达到了惊人的程度。

这里不是欧洲，奥斯威辛“开营”时，气温尚在零度以下，冰天雪地，所以才需要毒气室、焚化炉。这里显然要麻烦多了，投入的人力、物力更多，想隐瞒都做不到，他们虽希望能做到，老天爷却刻意要他们“见光”。

而广州、香港，所处的是亚热带，在北回归线上，即便在最冷的天气，也都在4℃以上，连打霜都极为罕见，包括1月份温度也有高过20℃的，到3、4月份，更有上升到30℃的。而且，空气湿度很大，什么东西都很容易腐败发烂。

对于日本医学界而言，他们对中国南方的气候变化了如指掌，在日军侵略中国之前，他们的情报工作已做得非常到位了。为什么"波"字8604部队在广州被占领时就同时进入了中山医，开始了罪恶的鼠疫跳蚤的培养？而在731这个细菌部队总部，因为处于中国北端的哈尔滨平房，他们做的则是冻伤试验类的人体实验，当然，也少不了活体解剖。

那么，在广州，不怕细菌被冻死而传染不了，发挥细菌武器的功能，有太广大的地区，尤其是有太长、太足够的时间，几乎是全年365天都可以利用。因此，全世界最大的细菌杀人场，就被他们选在南石头。

技术程序。

分工：中山医。

如前所述，在占领了中山大学医学院后，便把它改造为"华南防疫给水部"。

1995年，日本老兵丸山茂重返中山医，予以指证：

> 当时，我是广州"波"字8604部队第一课细菌检验班伍长，部队对外称华南防疫给水部，部队长是佐藤俊二（大佐）。该机构较为庞大，配属1200多名专业人员的师团级单位。本部下设六个课。其中专业将校100人（根据内山武彦的战地日记，不包括兵区医院的人数）。
>
> 总务课是后勤保障、人事、财务管理部门，由熊仑少佐任课长。

丸山茂到了中山医图书馆，马上指证：

> 第一课，是细菌研究课，由沟口军医少佐任课长。本课下设庶务班、研究班、检索班（主任：佐藤大尉）、培养班、消毒班和动物班，共约80人，其中将校官10人，中国劳工7人。

第二课，从事防疫给水研究，江口卫生少佐任课长。

第三课，从事各种传染病治疗的研究工作，由江口军医少佐任课长。

第四课，从事鼠疫培养和病体解剖，渡边军医中佐任课长。第四课是用铁丝网圈起来的，禁止与外部人员的一切交往。食住等一切生活都在里进行，很是可怕！只有晚上点灯时才能看到里面的一些情况，里面的棚子里挤满了油缸（饲养携带鼠疫菌的跳蚤用）。有时从外面运来很大的行李，连哨兵也不能看到里面装的是什么东西。

第五课，是器材供应部门，其科长忘记了。

显然，这支细菌部队的主要成员均为医务人员，不少是医科大学毕业的，为首的佐藤俊二还是医学博士。没有比用一所现成的医学院更驾轻就熟的了。一切设备均可以利用，而医学院的格局，又可以用医学实验把任何罪行掩饰下来。不少幸存者对中山医内部的情况一无所知，只看见穿白大褂的日本军医出出进进，具体干什么，则不清楚。后来，发现了一把"系长室用"的旧椅，一个旧医用铁柜……这才开始深入进去。

这个地方，在丸山茂来后不久，便加上了广州文物保护单位的标牌：

侵华日军细菌战广州大本营旧址

这里主要培育鼠疫跳蚤，战争后期一度高达50万只白老鼠。香港沦陷前，已向粤西、粤北、阳江及外省大量投放。

南石头与中山医，各自有不同的分工。

中山医搜集了大量的活老鼠，培育鼠疫跳蚤。

南石头则专门搜集蚊虫，把人关进密室让蚊虫叮咬，传播的是沙门氏菌等，也就是难民说的是"喂蚊子"。

南石头的居民吴泰伟说："我是南石头村农民，世居在此，今年68岁，一向以种水稻、蔬菜为生。日军侵占此地时我已十几岁，见到和听到一些事情。日军占领广州后，把惩教场改为难民收容所，男女老少都有，人数很多，日军不让难民进入广州市区内。大门口有卫兵守卫，不让难民随便出入，也不准外人进入。难民的生活很苦，每天只有两三两米，年轻的还要种菜、种水稻等。难民中常常饿死、病死好多人。起初，日军把难民的尸体集中到两大坑里，想用硫酸之类的药水化掉这些尸体，但没有成功。尸体的气味很臭，大风一吹过，我们就闻到一股很腐臭难闻的气味，晚上还会见着磷光。我还记得日军占领广州后第四年（1942年），亲眼见到日本兵在稻田中用纱布袋捞孑孓虫，又找人先给饭吃后喂蚊子，然后抽蚊血来做试验。我姐夫被日军捉入检疫所喂蚊，后得病，三年后病死。当时南石头村死人不少，拆了六成的屋，生活很艰难。"

我们不妨看看的场守喜的证言：

> 由于香港来的难民太多，收容所内人满为患，命令南水部，用细菌杀死他们。很不幸，任务落到了我的头上。我直接听取部队长佐藤俊二的口头命令，并发誓不把事情对外张扬，小心完成任务。我首先在收容所内的四个水井投放了伤寒菌、副伤寒菌，但由于难民不喝生水，也不吃没煮过、没炒过的食物，因此，这一计划没有成功。

不成功的原因，当然包括所投放的细菌"杀伤力"显然欠佳，所以得另外想办法。

"波"字8604部队长佐藤俊二，本就是医学博士，他于是作出了进一步的决定。的场守喜说：

> 于是，部队长派飞机去军医学校取来肠炎沙门氏菌（副伤寒菌），准备把它们投放到饮用的汤水中，具体由我指导执行。……实际作业时间选择在（伪）省政府职员上班前的早餐时间，利用还不习惯的难民造成的混乱，推迟挑入汤水桶，在难民不知不觉中投放细菌。……

我们继续来看的场守喜的证言：

> 当晚就出现患者。肠炎沙门氏菌患者的死亡率很高，死亡者不断

出现，死者由（伪）省政府负责埋葬，埋葬的方法是采取就地埋葬，在先埋尸体上不断重叠放上新来的尸体，到最后，连掩盖尸体的土也没有了。

一般来说，肠道系统的细菌怕热，45℃就会有一半左右死掉，厨房或汤水桶的温度超过60℃，降到43℃以下需要很长时间。而等水温降低了再把汤水桶搬进收容所这一时间不好掌握。

丸山茂说道：

> 的场守喜满腔泪花，谁都难以表达出把自己的良心出卖给恶魔的痛苦。他说，喝醉酒也不管用，晚上睡觉总是噩梦缠绕，他说："对你说了之后，心里就好受一点。"

这就是说，东京运来的菌种，很快就奏效了。

当"晚"的原词中日文为"夜"，也就是当夜，不知为什么，另一篇译文译成了"当时"，显然是错译，而且缺乏医学常识，因为沙门氏菌是不会当即发作的，否则，难民马上就不会吃"味粥"了，投菌便会失败了。

而使死亡率迅速上升的，还有华南的气候。因为广州气温很快就从几摄氏度上升到十几摄氏度，乃至二十多摄氏度，甚至30℃，而且刮风下雨的天气也多了起来，每天的死亡，就从一二百升到了好几百，累积起来，这已是一个很可怕的数字，况且因屋顶穿漏进雨而死亡的不少。

佐藤俊二发挥了他的专业特长，达到了目的。

南石头难民所里有两个"病房"，说是发现难民中若有生病者，可到里面治疗。

但这实际上是停尸间。

每天在300多个号子里把病重和死亡的难民指挥抬出来的，是设有专人负责的。如前所述，一个姓陈的难民所职员，还负责统计相关数据。

难民看到，用猪笼车拖上从"病房"里抬出的尸体，有的还在开口一张一合地透气，也有的已被老鼠咬掉了脚指头或鼻子。

猪笼车有两部，一天到晚地运，直到把车拖坏了。这得有多长的时间呢？一部猪笼车上，又能堆上多少早已骨瘦如柴的难民尸体呢？近十条？上十条？

丸山茂以为的场守喜是收容所（难民所）所长，其实后者只是派驻难民所的日本兵。

丸山茂称：有一天，对收容所的难民做了疟疾验血，的场守喜一下子变得很忧心忡忡。

丸山茂后来写道：在宿舍里，的场守喜在图表上记了些东西。应征前，他是朝鲜总督府文书科职员，属统计组，制作图表是他的专长。

"那是什么表？"的场守喜被我的声音吓了一跳，赶紧把图表收进抽屉，忙把我带出屋外，走到珠江边没人的地方，然后很郑重地对我说："有关图表的事，以后不要再问了，知道了对你也没有好处。这事要让大队长知道，我和你都不好过。我告诉你我正在做的事，但为了你自己的安全，这事一辈子也不能说出去。军方为了保证广州市区的治安，把来广州的难民安置在滩（南）石头收容所，但由于香港来的难民太多，收容所内人满为患……"

图表就是对难民死亡数字的统计。

图表则由难民所里一个叫胡苏的雇员送上去的。

日本《大东亚战争陆军卫生史》称：霍乱流行的时候，最棘手的是处理尸体。在广东，人们崇尚土葬，当初为了安抚居民，也为了保持街道清洁，所以选择远在河南边 6 公里远离居民点的地方进行土葬。但随着时间推移，地方越来越窄小，与此同时，人手和搬运车辆也无法保证，加上经费出奇得多，不得不改为火葬，再考虑到火葬用的燃料（汽油、木柴）也不容易到手，最后决定实施"E 式尸体处理法"，即是用水泥造一个占地2.5 平方米（其实应为 25 平方米）、高约 3 米的四角梯形，从上面抬入尸体，让其自然腐烂。这样的建筑物造了两个，堆放了五六十具尸体。过了一段时间，首先放入的尸体开始腐烂，水分渗透到地下，或蒸发后，再堆放五六十具尸体。这样循环进行，到最后尸体收放完毕，才封闭上部投入口，正面写上"无名灵碑"几个大字，并让僧侣超度，从而骗取居民的赞赏。然而，由于顺风，附近的村庄经常闻到难以忍受的恶臭，人们十分嫌恶，于是不能再用此法，必须考虑别的方法。

这是指"化骨池"的掩埋方式。

而在邓岗斜的"万人坑"，则是。

钟瑞荣目睹的是：日军为处理更多的尸体，就在现在南石头派出所及南箕路一带掘地葬尸，每天都有大批尸体由难民所抬出埋葬。日军雇人挖开一道深沟，尸体填满后，就在旁边再掘另一道深沟，新泥土就用作覆盖前面的尸体。如此，埋尸的深沟就一道道延伸开去，直到第一道沟尸体化解，塌陷下去，再铺上另一层尸体。我估计，当时被这样埋葬的尸体，起码超过 10 万具。

而日本老兵丸山茂的证词则是：这个方法还是成功了。当晚就出现患者。肠炎沙门氏菌患者的死亡率很高，死亡者不断出现，死者由（伪）省政府负责埋葬，埋葬的地方是采取就地埋葬，在先埋尸体上不断重叠放上新来的尸体，到最后，连掩盖尸体的土也没有了。

活体解剖，这是日军每每要回避或抵赖的恐怖罪行。

无论在广州"波"字 8604 总部（中山医）解剖的数量与在哈尔滨平房 731 总部解剖的数量是多或少，但有充分证据表明，在广州同样发生过。

井上睦雄称：

> 在病理解剖班中，解剖的主刀总是桥木，其余的人只能当助手。常常当助手的有我，有佐藤吉巳、高杉等人，佐藤吉巳是住在长崎的。尽管我只是助手，我却还很清晰地记得有关头盖骨打开的情形。在桥木剖开尸体内脏的同时，我们则打开头盖骨。就如图示所标记的，一切开头部、脸部再前后使劲一掰，头盖骨便露出来了。紧接着，使用特制的医用锯，全神贯注，万般小心，把中间的脑间膜划开，避免有任何的损坏。切开之后，在切口处把一把锉子插进去，"啪"的一声，头盖骨的上部便被打开了。
>
> 打开头盖骨的工作由我们承担，内脏则由桥木负责取出。
>
> 取内脏的步骤是这样的，把尸体从喉部一直切到腹部，而后把手

插入到喉咙当中，抓住舌头的根部，再往外一扯，内脏也就半点不拉地拽出来了，然后割下需要的部分，剩下的又重新放到尸体里面。

与此同时，负责处理头部的用手、用剪刀剪开了脑间膜，把脑神经逐根剪断，让其从脑髓里暴露出来，末了，再把集中在下垂体的神经剪断，从而取出了脑的整部。之后，我们用次棉填已被挖空的头盖骨，再从上面按照原样把已切开的头盖骨加以缝合，用福尔马林把取出的脑部泡制成标本。福尔马林浸泡有两项功能，一是不腐烂，二是可凝固。脑体凝固后可做切片标本，那是用近乎厨具的刀片切成薄薄的一片，再贴在玻璃板上，放到显微镜下，加以染色。当标本切片上染有疟疾细菌，则会沾上染色液。

这一来，从染色上就能判断样品感染疟疾的程度，还有疟疾的类型。

下边这一段，又涉及数字。井上睦雄说：

一天最多只能解剖三具上下，依次计算，一年就可达一千左右。而他到达之前，"波"字8604部队已在此有三年多时间了，香港难民涌入也有一年多时间了。无论怎么作保守估计，被解剖的因死于细菌屠杀的尸体，不会少于3000具，这已大于其在哈尔滨的总部731的杀人数量。

这些尸体从哪里运来的并没有说明，估计井上也不知道。

常常每天有四五具尸体送到病理班，整天也解剖不完。

解剖的要求，有简单的，也有复杂的，故一天最多只能解剖三具上下。解剖一具得三个小时左右。从1943年8月至1944年美机空袭期间，我在病理班时，一天只能解剖约1.5具尸体。这样的进度，一直持续到我离开这个班。解剖不完的尸体，送进冷藏库保存。为保证不腐，我们每每把脸盆大小的冰块，放在了尸体的腹部上面。

井上睦雄虽然对活体解剖做了一些说明，但也证实：

当时曾经认为第四科昆虫班培养生产鼠疫蚤的情况是昆虫班的中

国苦力向外界泄露的。那是我奉命调到鼠疫蚤培养部门工作时的事，我发现了苦力偷藏起"波"字 8604 部队的示意图并捉获苦力从而被授以勋章（"殊勋乙级"）。后来那苦力被如何处置不得而知，但可以想象得到。日本战败时我烧毁了那"殊勋乙级"勋章。病理解剖时也有据说是间谍或游击队员的尸体，是在哪里抓获的等情况是军事秘密，所以规定不得详细打听或同事间互相传说。一看就知道是那种，尸体的额头被枪击过的，是宪兵射击的。额里有一个地方骨头两层重叠，有时即使被子弹击中会引起脑震荡但不至于死。（虽然我不大想说）确切地说，那不是尸体，而是活体，心脏仍在跳动。为了止血，用钳子钳制血管，把血管挖出来在显微镜下观看，只见红血球和白血球都聚找成簇，心脏跳动时它们就滚动，煞是美丽。没有进行过鼠疫的病理解剖，好像疟疾的病理解剖较多。

经请教相关专家得知，日军宪兵部队专门枪击额头里有重叠的两层骨头，把人击昏而不至死，算是一种技术活了，应该是专门为活体解剖而训练出来的。

用"处心积虑"这么一个词，似乎还欠分量。

就这样，三万五万、八万十万，甚至更多的香港难民，在这严密的组织下，凭借相当"科学"的技术程序，全部灭绝之无形之中。

这就不难解释，如果没有这几个日本老兵的揭露，恐怕 50 年之后，仍旧不曾有几个人真正知道，在南石头难民所里究竟发生了什么。

连香港自身也不知道，"逃"出去的难民，到底有多大的概率永远也回不来了。

德国法西斯对此也只能甘拜下风。

他们那么大动作、大阵仗，开火车，建集中营、毒气室、焚化炉，还派遣那么多军官与士兵，闹得全世界为之惊恐，被斥之为"杀人工厂"。到头来，作恶者还被一一追缉，哪怕逃到天涯海角、隐姓埋名，也还是被找了出来，送上审判台，逃不脱惩罚。

而日军做得那么隐蔽，除内部外无人知晓。内部也一一被封了口，甚至送上前线，实在太高明、太机智了。无疑，这也与技术含量高、组织部署严密是分不开的。

　　纳粹还不至于个个都是博士，可伯力审判庭上的细菌战罪犯，有的不仅是博士、医生，还有教授、高级工程师什么的。人类的良知并不与高学历成正比。而他们的高学历，不仅用于无声的杀人，还用在为最后的脱逃上。伯力审判庭上，佐藤俊二也丝毫不曾透露出自己在"波"字8604部队犯下的罪行。

　　而这批罪犯最后的脱罪，免除了起诉，却是人类莫大的耻辱！

　　人类竟可以容忍这些杀人不见血的巨恶？！

　　日本法西斯之所以不认罪，迄今仍矢口否认一切罪行，哪怕罪证昭昭展示在眼前，仍旧抵赖，究其根源，不仅仅在于对其揭露得不够彻底！

第五章 无责的极恶

一、"隔空对话"

前边我们已经得知，南石头的难民所与检疫所是各自独立的，相对隔开一段距离。检疫所所长是日本人岛义雄，曾任台湾伪总督府医院院长，所里有不少细菌专家，中日的医官、技术员、兽医、检疫员、雇员等，有78人，其中日本人有12人。

我们现在看到的挂有文物单位名牌"防疫给水部"，其实是该所的隔离室。上下两层，比难民所所长室的两层还要大，约400平方米，凡是"不合格"的难民就被送到这里，从此人间蒸发。这栋建筑被叫作"下所"，从旁边的山坡上去，则是"十所"。在山坡上，视野开阔，通风也好，是日本军官与医官所住的宿舍，面积大一些。两个建筑物前，便是检疫所的所长室、士兵宿舍，还有球场。沿江边码头，便是检疫办公的各个科室，一旁则是临时隔离室，再过去就是很早以前外国人的一片墓地了。

迄今，这个人数近百的检疫所究竟干了什么、有什么文档记载等，都相对缺失。难民所有的场守喜做报表，由胡苏送上去，尚还透露了点信息，只是这些报表用途何在、如今是否存在——它只能是记录投入细菌后产生的效应，或者仍存放何处，尚不得而知。而这个检疫所，我们仅知道它有隔离室，或者难民称的"密室"，把人抓进去"焗蚊子"，再多的细节也就不得而知了。

那么，在里面的中国人，尤其是有医务资格的中国人呢？

我们在当时的《粤海关海港检疫所职员表》第一页最后一行找到了一个中国人名"廖季垣"，该表上第一名便是前边提到的所长岛义雄。这人，

1994 年已 77 岁，所幸还活着，几番曲折，终于找到了。

但是，此人拒绝采访，连来访者都进入不了他所住的大楼。

"隔空对话。"他提出，除非有本单位的领导在场才可接谈。

此人当时已是九级检疫员。无奈，只好让其原单位领导，通知到他后来工作的检疫所见面。见面时，一旦领导不在场，他就立即闭口。

断断续续，他申述的只是，他仅仅参与了例行的常规检查，即查粪便——一下船便插玻璃管取的，有问题则留下，无问题的可以上岸。检疫所靠珠江边的西南角一个小门，走出一段，就可以进入难民所的大门口。至于难民所内的情况，他一无所知了。

他能证明的是，当时这个检疫所除在编人员——穿白大褂的日中检疫员外，另有一个班的日本卫生部队。我们知道，这便是"波"字 8604 部队，大致七八个人，有专门的房子住，均穿军装、带枪。

末了，他才说，他看见过两三个日本兵去捞孑孓、捉蚊子，可这些日本兵的工作是保密的，"所以具体情况我不大了解"。

最后一句，是他的"免责"声明。

他所提供的情况，比幸存者说的要少得多，几乎等于没说。

如今，此人当不在了。

现在，已是名副其实的"隔空对话"。

他当时的心理不难揣测，虽然"波"字 8604 部队的罪行，由于丸山茂的证言已从不同渠道传入中国，报纸上已有报道。作为亲自在难民所一侧检疫所工作过的他，不会耳目闭塞，一无所知。因此，戒备心不可能没有，无论如何，当日他也是帮凶，虽说只是一个专业的医学人员。

也许，正是他的专业，使他有，或者说，产生了这种"免责感"——我只是做做化验，秉承我的专业知识，判断谁谁谁被检疫出了问题，把这些人划出去，送进了隔离室：这说起来很正当，很合理、很……对自己的专业尽职。

只是，他能说，被他"划"出去送进隔离室的香港难民，有哪怕一个活着走了出来的么？

他不说，也不会这么说。

但心里却是再明白不过的。

二、"杀人流水线"的"免责感"

在整个"杀人流水线"上，某某某只是画了一根红线，某某某只负责打√或打×，某某某则负责按按钮，某某某只拨动一下箭头，某某某仅做了搬运……所有的程序一旦完成，死人的事就"完美"地发生了。但其中任何一个人，都可以说没见到人怎么死的，更不是直接去杀了人，他们甚至连死者的面都没见过。

廖季垣就是这么声明的，除化验之外，他什么都不知道，隔壁的难民所更从未进入过。

这一再的"免责"声明，证明了他内心的恐惧。

只是，所有参与者，只凭仅仅参与过其中一个环节，就可以"免责"，可以安然入梦么？

一个人，可以因为被什么刺了一下而引起不安，甚至因疼痛而无法入睡。但是，假如远在十里、百里乃至千里之外发生的死亡事件只是在新闻中得知，他的情绪波动比挨了一刺则少得多。在大量的德国纳粹在奥斯威辛集中营中的犯罪事例中发现，所以或者说，绝大部分的"执行者"都没有良心不安，他们只是说，我不过是执行命令而已，这是上层决定的。

在"杀人流水线"上，每个人都可以获得"免责"。

尤其是专业技术人员，如廖季垣。

但是，正是这种"免责"，无良心谴责，才造成如此巨大的罪恶，才构成"杀人流水线"，才在东西方出现"死亡工厂"！

这种规模化、程序化、工业化的杀人，在二战中可谓登峰造极，却又那么冷静、无声无息、无动于衷……但是，为了获得某些利益（如死亡工厂中的一份工资），用一种适当的、不经意的，且不会受到惩罚（即免责）的方式，杀死一批又一批完全不相识也不相干的人，心中所企望的当然还是不为人所知。只是，当获得利益时，他的手上就不可能不沾上看不见的鲜血！

无论我们给"杀人流水线"或"死亡工厂"怎么下定义，它的罪行都是无可抹杀的，同样是有违人类良知的。

回避、恐惧，多少还有点良知，而毫无悔意者，则还会振振有词，天良丧尽。而今日拒不承认南京大屠杀、拒不承认侵略了中国的日本法西斯的后继者，同样是丧尽天良。当人类被送进这样的"杀人流水线"、这样的死亡工厂，这个蓝色的星球存在的意义何在？对反人类罪行的追诉，是永远不会过期的。

那么，"波"字8604部队本身，也仅仅是"执行者"么？

那个下令从东京运来沙门氏菌的部队长佐藤俊二，也仅仅是上传下达的一个环节、一个"按电钮"者么？

在伯力审判上，他是这么给自己定位的。

连他的苏联指派的辩护律师，也被他的伪装蒙骗，认同了这一定位。

为此，佐藤俊二还获得了减刑。

讨论"免责"的意义就在这里。

且不会讨论完。

这里先看看他简单的履历：

佐藤俊二，1896年出生于日本爱知郡丰桥城。1923年从医科大学毕业。从1923年起即开始在日本军队中服役。先后两次进入军医学院特别训练班，在相当长的时期内还担任过各种军医职务，并在该学院担任过讲师。1931年，其因著作《葡萄糖凝结实验》而获得医学博士学位。另外，由于他在1931年即主张使用细菌战，并于1936年支持建立第731细菌部队，所以深得石井四郎的赏识。于是，在1941年开始就以大佐衔被正式任命为广州市第8604细菌部队长，当时这个部队密称为"波"字部队。一直到1943年2月其先后历任三年部队长。而在1943年2月间，他又被调到南京担任"荣"字1644细菌部队长一职。到1945年8月间被苏联军队俘虏，他最后的职务是关东军第五军团军医处长。由于他积极支持和参加细菌战，在任期间多次立功和受到奖励，其中因参加九一八事变获得了一枚四等"旭日"勋章，后因参加七七事变获得了一枚"金鸡"勋章和一枚三等"旭日"勋章。

需补充一点的是，他离开"波"字8604部队后，即被升为少将。遗憾的是，伯力审判中，却没有任何人指出这一条。

佐藤俊二是一个有着很高医学知识的军医，且对开展细菌战有着无比的兴趣和热情。其在华南"波"字8604部队地位相当重要，并在华南地区的细菌战中负有不可推卸的指挥责任，理应受到人民和历史的重新评判。

佐藤俊二是华南细菌部队的重要人物，然而在当年伯力审判的整个过程中，却对自己在华南地区的细菌战罪行只字未提，而只是谈到在南京的事情。而法庭对此也没有深究，致使日军在华南地区所犯的细菌战罪行被掩盖了半个多世纪。

伯力军事法庭上，公诉人摆出了重要的证据认为，他是一个"日本推行细菌战的领导者"。但是，佐藤却坚持"自己只是执行命令，没有直接参加过细菌战的实施"。其时，一同受审的关东军司令官山田乙之对他在731部队的罪行供认不讳，731部队生产部长柄泽十三夫也供认了一系列散播鼠疫跳蚤的罪行，许多罪行都涉及佐藤。这时，佐藤俊二不得不承担制造细菌的责任，却绝口不谈用细菌直接杀人的罪行。之后，731部队所属的642部队长尾上正男和三品隆行等人上庭作证。尤其是三品经过两次上庭作证指出：佐藤俊二曾亲自带队向中国部队前线撒播过鼠疫跳蚤。

在这样的情况下，佐藤俊二才不得不承认自己的罪行。

因此，他在伯力审判陈述中说："我犯了苏联最高苏维埃主席团1943年4月19日法令第1条所定的罪。我的罪过，就是我从1941年12月到1943年2月间确实领导过广州'波'字第八六〇四部队，随后从1943年2月到1944年3月间我又领导过南京'荣'字第一六四四部队。这两个部队都曾从事研究和大批生产过用以攻击中国军民的致命细菌……南京'荣'字第一六四四部队与关东军第七三一细菌部队一起曾于日军作战时期，直接参加过用细菌武器反对中国军队及当地居民的动作……我在任'荣'字第一六四四部队长时，领导过本部队内探求和大量生产细菌武器的工作。为了这个目的，南京'荣'字第一六四四部队装置有大量器械，配备有各种细菌学专家，因而能大规模地培养致命细菌。真的，南京'荣'字第一六四四部队内所设训练部，在我领导下，每年培养出300名细菌学干部，以供进行细菌战的需要。我从1944年3月任日本关东军第五军团军医处长时起，就积极地帮助和支持了七三一部队第六四三支队来扩大细菌材料的生产。为了这个目的，我在1945年5月下了一道专门命令给第五军团各部队，要他们搜捕为生产细菌武器所必需的鼠类，以便送往第七三一部队第六四三支队里去。"

而后波加切夫律师在为其作辩护时却认为：

起诉书上所定的这个罪名是极严重的，并且基本上是理由充足的，他只是那些上层人物意旨的执行者，他对准备细菌武器一事只起过某种协助作用。在执行命令的过程中，他并没表现过主动性，并没有起过倡导作用。

正是由于佐藤俊二本人对其罪行避重就轻的描述，尤其是回避了大量杀害华南地区军民的罪行，及其辩护人极力声称的"他无非是在执行上级命令，个人是没有责任的"，伯力军事法庭虽然认定他担任过两支细菌部队的部队长，制造过细菌武器，仍只判处了他 20 年有期徒刑。

在整个受审记录中，他只字不提在"波"字 8604 部队的问题，只讲在南京担任"荣"字 1644 部队长。他甚至声称，自己对细菌学没有过专门的研究。

这里，我们专门探讨下苏联关于为他"免责"的辩护。

对于他不折不扣是进行过细菌武器杀害和平居民的领导者这点，苏联律师则称：

佐藤的名字在起诉书中是与山田列在一起，认为他是一个领导者，是一个主持过各特种细菌部队活动的人，是一个实现过帝国主义日本统治集团在发动侵略战方面的罪恶计划，准备过细菌武器去歼灭和平居民的人。

起诉书上所定的这个罪名是极严重的，并且基本上是理由充足的，但是我不能同意把佐藤与关东军领导人同等看待。起初，他本是一个部队长，后来是第五军团军医处长。他这职位距上层人物还远。他仅仅是一个陆军军人，虽则他获有将级军衔，他只是那些上层人物意旨的执行者，这些上层人物曾经一贯地在日本人意识中培养兽性的种族仇视主义思想，而于 1945 年间竟因绝望而凶狂地发布了准备进行细菌战的命令，因而又一次证实他们根本不顾日本人民的利益而使国家必然遭受到无穷的牺牲。

罪行的主犯乃是日本帝国主义的那些喉舌和思想家，如荒木大将一类的人。荒木曾鼓吹过，硬说日本是军阀民族的思想。他也同戈林一样，曾在自己部属中激起贪嗜人血的残暴本能，指使他们说："毫不留情地杀吧！""表现出敌视欧美的日本精神、亚洲精神吧！"

这种号召杀人的鼓吹不是没有恶果的，并且也不会没有恶果，因为为了实现这种思想，日本的国家机器向来就在这方面努力，因为为了实现这种思想，日本统治集团在几十年内都用他们所要求的那种精神来教育日本人，毒化了千百万人的意识，拿神道思想这一奉为宗教的特种爱国主义体系来从事投机。

因此，律师认为，佐藤不过是一个人，他本是一个医学博士，军医学院讲师和病理学专家，却被任命为细菌部队长。当任命他时，并没有问过他是否同意。他是个军人，上面有人命令他，他就得执行。

究竟谁是此种骇人听闻战争武器的创始者，这是很难说的。还在1925年时，防止准备细菌武器是一件非常复杂的事情，因为"决不能勉强限制病菌实验工作而妨碍细菌学的发展——专家结论上说——因为这种细菌研究工作首先是为了人道目的……即同某种预想的危险作斗争……每个国家都应认识到由于在该国境内进行细菌研究工作这一事实不免发生的道义责任"。

显然，日本帝国主义者是因考虑到这点而把细菌研究工作移至中国东北地区去进行。他们假冒发挥一般细菌学而发展了其中有军事意义的方面，他们居然利用这一科学中的人道思想成分来达成自己的卑劣目的。

从前，福得上校在他那本关于这个问题的"著作"中，说过可能投掷装有霍乱菌、鼠疫菌和痘菌的炸弹。我们尚且不知道，福得在他这食人生番"著作"中究竟研究到了什么程度，可是日本头目们却已经过石井将军来具体实现该著作内所蕴含的思想了。

佐藤承认说自己所犯的罪就是他领导过"波"字和"荣"字两个细菌部队，指导过各部队去制造细菌武器以资准备对苏联及对其他国家进行细菌战。他曾把这种任务当作自己的军人职责来执行过。

此刻很难断定的是，佐藤奉到要准备细菌武器的任务时，他内心里有过什么斗争？究竟他当时对这一不仅远远超出军医普通职责，并且是与此种职责根本相反的任务采取了什么态度？

此刻很难断定的是，佐藤在担任这些职务时所表现的积极性确实是如起诉书上所说的及国家公诉人所指出的那样？我关于这个问题有点意见，我认为把这种意见贡献给诸位审判员是必要的。请他们在会议室里判决佐藤的命运时注意到我的这番意见。

佐藤是个病理学医生，他按这一专门技能在军医学院当过讲师，他用关于这类题目的论文取得了博士学位。自然，缺乏细菌学专门知识这点，虽没阻碍他在领导各细菌部队一事中的积极性，但至少是大大减轻了他的这种积极性。

晋升为少将一事不提，提的事就是佐藤在 1941 至 1945 年被苏军俘虏以前这期间，没有得过一次奖章。这虽是一件小事情，但这件小事情在某种程度上却说明，佐藤在执行其所负任务时并没有表现出他很热心。

我们知道，重大的功劳，特别是军事功劳，何况还是特别秘密的军事功劳，照例是要得到相当报偿的。

既然没有得到过奖章，那也就是说没过特殊功劳。

本案材料证实，佐藤被任命为"波"字部队长是在 1941 年，即在该部队工作建立起来并布置就绪后已经有几年的时光后。佐藤在被告名单中为第八个，即排在职位上比他较低的西俊英、柄泽、尾上等人后面。

而这并不是偶然的。佐藤的作用，较之当时所进行的细菌破坏活动和在活人身上所作的种种实验，以及 731 部队内部监狱刑室中有 3000 人被害死的事实来说，是要轻得多。我有根据地认定，佐藤并没有亲身参与过杀害那些落到"特殊输送"范围内而被当作"实验材料"受过种种暴力和侮辱的不幸的人们。起诉书上并没控诉佐藤有此种野蛮行为，我对这点是同意的。

自 1944 年 2 月佐藤被任命为第五军团军医处长后，有一段时期离开过领导各该细菌部队的工作，并且一般地就离开了与准备细菌武器有关的活动。

只是在 1945 年 5 月间，才由尾上向他提出请求，要他捕获鼠类送到海拉尔第 643 支队去。

佐藤为实现这种请求而发布了相当的命令给第五军团各部队，因而他对准备细菌武器一事起过某种协助作用。

在庭审时，宣读过关东军司令部作战部长松村的口供，其中说道，那时关东军中几乎所有陆军联队都进行过捕鼠工作。因此，佐藤在此场合所给予的协助并没起积极性的作用。他在这里并没表现过主动性，并没有起过倡导作用。他不过是重复了他周围人们所干的事情。

根据这一切实际材料，为此，"这一事实可以减轻他的作用与责任"。律师甚至提出：究竟把佐藤列为那些积极参与过实现帝国主义日本当权集团罪恶计划的罪犯们一起是否正确？

可否——例如说——把佐藤与关东军总司令山田将军相提并论，认为他们两人所起的作用相等而将他们判处同样的刑罚呢？

我请审判员切实估计佐藤所干出的一切罪行，以及他在准备细菌战中所起的那种远非主要的作用。

请留意，佐藤俊二是"讲师和病理学专家，却被任命为细菌部队长"，"他是个军人，上面有人命令他，他就得执行"。这是双重的"免责"，非细菌学专家，不得不当细菌部队长，此其一；军人，服从命令为天职，没办法，此其二。

然而，恰恰是细菌战罪魁石井四郎因贪污在臭名昭著的细菌部队 731 被免职，1942 至 1944 年离开了这一罪恶的岗位。而恰巧这时，佐藤俊二在广州的"波"字 8604 部队、南京的"荣"字 1644 部队春风得意，晋升到可以与石井四郎平起平坐的少将军衔。而这些年间，广州南石头难民所中香港难民大量死亡——这是佐藤梭二只字不提的，南京直接使用细菌武器对付中国军队与当地居民——这是他"执行命令"而已，及至成为日本关东军第五军团本部的军医处长，积极帮助 731 部队扩大细菌材料生产——他轻描淡写，从而有效地规避了法庭的追问，令律师认为，他即便在"执行命令的过程中他并没有表现过主动性"，甚至并"没有起过倡导作用"。

他就这么"免责"了，律师最后宣布，他"无非是在执行上级命令，个人是没有责任的"。

于是，刑期又从 25 年减到了 20 年。

对此，在法庭作最后陈述时，佐藤俊二假惺惺地作了一番"忏悔"以博得宽大："从 1941 年起，我担任过两个细菌部队的部队长，并直接领导过准备细菌战的工作。此外，我当第五军团军医处长时也协助过准备细菌战的工作。我所犯的罪恶是与医生职责相抵触的，是与医学道德相抵触的。这种罪行是反对人类的，我的行为是反对世上一切善良东西的。此刻，我在法庭上完全忏悔我所犯过的罪恶。我很感谢辩护人，同时，我应该说明，当我听到律师替我这样一个罪犯辩护时，我真是心中感到惭愧。我认为我是配不上这点的。现在我请法庭对我定出公允的判决，这种判决将是完全相当于我所犯的罪恶以及我所应负的罪过责任的。"

从这份忏悔词中，我们可以看到他的矛盾心理：一方面，他惧怕惩罚，他知道自己罪孽深重，所以千方百计，避重就轻，抵赖推诿；另一方面，他作为一个医学博士，无疑也清楚自己犯下的反人类罪行。尽管这种罪行，尤其是其在华南地区的罪行被他巧妙地掩饰过去了。伯力审判载入了战犯审判历史的主要原因在于其追究日本进行细菌战的职能。它在某种程度上弥补了东京审判的一些缺陷，使得在东京审判中一些由于受到当时冷战格局的影响而漏网的战犯受到惩罚，包括臭名昭著的细菌战罪魁石井四郎。只是由于种种原因，伯力审判对佐藤俊二等人的细菌战罪行仍然未能深挖下去。这无疑是人类生化战争史上的一个遗憾。

三、《日本帝国军队信息披露法案》的通过

我们不可能把廖季垣的"免责"与佐藤俊二的"免责"放在同一个层面上进行比较与研究，但是，我们却还是发现了其中有不少的共同点：一是技术专业本身可以被当作"免责"的依据，反过来也一样，廖季垣无非是做做检验而已，纯技术性的，责从何来？而佐藤俊二则根本不曾学过细菌专业，却被任命为细菌部队长，去做他并不专业的工作，同样又有什么责任呢？二者相反的逻辑一概成立。二是"执行命令"，都是上层下达的指令，廖季垣只是听从所长岛义雄的安排。佐藤俊二呢？往上追溯，甚至可以追到天皇的头上，不就是这样么？于是，"个人是永远没有责任的"便颠扑不破了！

由于都不在最后杀人的现场，他们就更没有罪感了。这更是第三个共同点。

借口当然还可以很多，但这三条，在东西方几乎通用。

由于"无非是执行上层命令，个人免责"，使得东京审判中，不知有多少罪恶累累、双手沾满了人类（不仅仅是中国人）鲜血的战争罪犯逃脱了惩罚。甚至即便已被定为战犯的，还可以出任战后日本政府的要职，乃上至首相，这与德国不同——尽管德国不少纳粹罪犯也凭此逃脱了纽伦堡审判，以及两次"奥斯威辛审判"。而诸如石井四郎这样的细菌战罪魁，还可以通过一纸交易，逃脱审判与惩罚，从而颐养天年。佐藤俊二的脱罪或避重就轻，无疑是成功了的。南石头上 10 万冤魂却永远得不到安息！

这是公道与正义的惨败。那些杀人者，当时不仅仅是执行命令，而且是出于自觉与自愿，是积极主动进行的屠杀。他们不仅仅泯灭了良知，而且以此为乐，自命为天意！尤其是奥斯威辛与南石头，并非战争状态，不存在你死我活的搏杀，只是一方对一方压倒性的屠杀！

如今，已是七八十年后，无辜者不仅没得到补偿，甚至都不曾被承认，

而作恶者不仅逃脱了惩罚，甚至还在借"绿十字"等大发不义之财。天理何在，公道何在？

更可怕的是，如同前边提到的那个刘某某，这些人不曾后悔当初的所作所为，甚至不屑用"执行命令"来自辨，而是发自内心地认为消灭香港难民、"支那人"、白人统治下的奴才是绝对正确的——的确，尽管的场守喜夜夜噩梦，可他拒绝了么？有可能拒绝么？在那样的一种历史背景下，他唯一能做到的，只是说出真相，悄悄地说出，以慰藉良心的不安。

佐藤俊二似乎是忏悔了，但他隐瞒了真相。这比的场守喜远远不如，也许知道自身罪大恶极，害怕讲出来会遭到更大的惩罚。没有真相，又何来真正的忏悔，无论给自己扣多大的帽子！

我们不妨再谈谈他在伯力审判中的"最后陈述"。

在抽象的意义上，他是认罪的，但不难看到，他没有交代任何具体的罪行——这让我们想起过去常用的一句话：抽象的肯定，具体的否定。

或者是另一句：大帽子底下开小差。看他给自己扣了多少大帽子："这种罪行是反人类的"，"完全忏悔我所犯过的罪恶"，我"与医生职责相抵触，是与医学道德相抵触的"。

然而，南石头由他直接指挥下用病毒杀害上 10 万香港难民的罪行，他根本不提，而且设法完全掩饰过去。

直到 2015 年，我参加在常德—— 一个深受佐藤俊二细菌战所害的名城——举行的关于二战细菌战罪行的国际研讨会上得知，尽管伯力审判的全部文件已经解密，但并没有找到关于佐藤俊二在南石头乃至中山医所进行细菌战的任何痕迹。显然，70 多年前他并不曾交代过。

而当年的场守喜、胡苏统计的难民所死亡人数的统计报表，廖季垣参与的南石头码头分开的染疫者的名单等，这些数据至今又在何处？是否包括在交给美国军方的资料中并以此换取其不受审判的承诺等，我们迄今仍不得而知。

在这里，提及医生的希波克拉底宣言，已无意义了。

毫无疑问，这是佐藤俊二细菌战最为成功也最为血腥的一次试验。在人类历史上，在同一个地方、同一段时间内，能如此悄无声息地杀害了这么多人，恐怕前无古人，后无来者。

无论是否有具体的预谋、密切的合谋，这都是无法抵赖的反人类罪行。

广州的占领军及刚打进香港的占领军，当同时从属于日本"南支派遣军"——这就很明白地告诉我们，这边将香港难民哄上或赶上几百艘难民船时，那边，在南石头以检疫为名，将上10万难民拦截并送入难民所或抛尸江中，则是早已准备好的。

甚至细菌，还更早准备了——尤其在中山医"波"字8604部队大规模生产鼠疫跳蚤，已在这之前。

更不用提早几年发生在诺门敦的细菌战了。

说预谋与合谋，则可以追溯到日本天皇头上。

早在1931年九一八事变后，石井四郎关于研制细菌武器的方案便已得到日本政府和军方的支持，其细菌战计划，上报了天皇。天皇则很快予以批准。1932年8月，日本军部根据天皇敕令，晋升力主细菌战的教官石井四郎为军医正（少佐），为其配备助手，组建了细菌研究班。

细菌部队就是奉天皇密令建立的，这是板上钉钉的史实。

石井很快便升为中佐，并有了他的石井部队，即后来的731，在中国东北建立了一系列细菌战研究基地，迅速得到了扩张。天皇又签署了"陆军第七号"令，731部队与后来的100部队开始了大规模的细菌战实战全面研究，水平也同样得到了迅速提高。

细菌部队获得了充裕的经费，这是毋庸置疑的。

有了经费，也就可以大量采购、制造从事细菌战的先进设备，试验的成果也就超出正常按部就班的程度，甚至还试验制作了诸如"石井细菌炸弹"——可以装载多种烈性细菌的干粉或带鼠疫的跳蚤。

石井一直晋升到中将——从少佐开始，连升四级，与细菌部队的扩张、经费的上升、成果的"丰富"，以及设备的完备与升级是同步的。

也只有在战争期间，丧尽天良的日本法西斯分子，才能在无视人性的状态下，进行活人试验，特别是活体解剖。二战后，美国正垂涎于这一成果，才不惜与之作交易，以占有这些试验的全部资料。

而且，处于战时状态，在天皇敕令下，日本才能迅速集中一大批医学家——这从伯力审判中的名单里可以看出，尽管这个名单极不完备，包括罪魁石井四郎也不在内，佐藤俊二虽然进入了名单，但交代却是避重就轻，远未触及罪恶的深处及规模。

石井四郎在因贪污被免职前便宣称"是细菌部队拯救了日本国家"。

而后，1958 年，他又一次重复了这一观点。

之前的宣称，自是认为，在九一八事变之后，在七七事变之后，细菌战发挥的作用不可低估。日军也经统计，认为他们有过 36 次细菌战的重大胜利——南石头的大屠杀是否列入这 36 次之中，恐怕是不会的，因为在南石头发生的屠杀，是在无战争状况下进行的。

之后的宣称，则更意味深长。

石井四郎不仅使自己免于起诉与审判，而且使绝大部分参与其罪恶行径的细菌战专家同样逃脱了追诉，且大部分成为诸如"绿十字"企业的老板，继续作恶。

而与美军在细菌战成果资料（包括活体解剖实验）上达成的交易，恐怕不仅庇护了细菌战罪犯，而且让美国对日本网开一面，包括保存天皇制。如果美国占领军追究天皇支持并亲自批准如此罪大恶极的细菌战计划，甚至把细菌战推进到美国本土，那么天皇制还能保存么？美国人本就对这帝国制度深恶痛绝了，麦克阿瑟的主张并不曾得到完全的支持。

这才是"拯救了日本国家"的深意。

而此语的背后，隐藏有太多的恶行。

著有《南京大屠杀：第二次世界大战中被遗忘的大浩劫》的张纯如，推动了《日本帝国军队信息披露法案》于 2000 年 10 月在美国参众两院获得通过，时任美国总统克林顿于 12 月 26 日签署了这一法案。依据这一法案，所有美国政府档案中有关日本军队的内容都将被解密。

张纯如对媒体说："历史是建立在档案基础上的！……历史真相一旦被公之于众，便有可能改变历史。一个国家在战争中丑陋行径的历史记录会促使未来的政府在犯下类似暴行之前三思而行，尤其是这些政府意识到，他们的所作所为将被永远烙在耻辱柱上。如果我们不坚持要求披露这些历史记录，我们就是在充当那些当权者的同谋，他们宁愿自己犯下的罪恶永远成为机密。"

那么，关于南石头的日军信息，理应最后得到披露，包括难民所里的场守喜的统计及胡苏送上去的报表，以及检疫所把从船上下来的做了染疫登记并被送进隔离室的难民。虽然，死在难民船上的人中，被抛尸珠江的数字不曾有过统计，他们的姓名大都不曾留下，尤其是一家一家全部灭口了的。

　　进而，香港与广州的日本占领军，在南石头对香港难民的驱逐、拦截至杀害这一过程中的预谋与合谋，也应得到披露。

　　只是我仍然怀疑，当年美国与石井四郎签订的秘密协议，尤其是大量的细菌战资料，究竟在档案中的保留程度有多大，或者是否全被收进了档案中。

　　是的，法案通过又已有 18 年了。

　　我们企望，在查阅这些信息时，不会受到阻碍或者发现缺失。

　　我们不知道。

　　一切，还在企望当中。

　　太漫长的企望。

四、对人性的绝望

多年前，由我率众研究生一道，编组了一个"东方奥斯威辛——日军在广州的细菌战暴行"的展览，把十多年搜集的史料、图片汇集到一起，先后在广东省档案馆与大学城展出。那时，大学城刚刚"落成"，大学生进去还不到一年，而且全是大一新生。

展出时，正值教育部确定了"弘扬与培育民族精神月"。

本来，这些史料、图片，都是十多年前为拍摄一个连续剧而准备的，但由于种种原因未拍成。好在我每每在做电视剧的同时，都会把文学脚本写成纪实故事，所以就有了20世纪90年代出版的《东方奥斯维辛》一书，在海内外，尤其在日本，引起了关注。自从1994年春，最早找到著名法医专家、广州市前副市长陈安良，确认了"滩石头"即南石头，打开了调查日军在南石头大屠杀罪行的坚冰后，一系列惨不忍睹的历史画面便接踵而来了。

2005年，我在接受《南方日报》记者采访时，我就已谈到，我非常理解，而且感同身受，为何张纯如在完成《南京大屠杀：第二次世界大战中被遗忘的大浩劫》后，在进行另一桩巴丹死亡行军的调查时，突然自杀，结束了年轻的生命。

我清楚地感受到，她对人性的绝望。

而这种绝望是让人无法摆脱的。

我也常常陷入张纯如临终前那种苍凉、无奈、无以解脱的可怕心境中。

一个人，是不可以重陷两次地狱的，无论你有多坚强的神经。

因此，自从我2005年再版《东方奥斯维辛》为《日军细菌战：黑色"波字8604"——来自东方奥斯威辛的追诉》，并举办了一个同名展览之后，我就告诉自己，不可以再度回到这个题材上，再度陷进这无限悲凉、极端绝望的境地之中。

只是为什么，我又重新写出了这样一部更为沉重的作品？

当然，不仅仅因为又有了更多揭秘出来的历史真相。

也不仅仅因为我的曾祖父祖母死于香港沦陷后不久的新加坡被围，听父亲生前说过，那里面连老鼠都被吃光了，大多数人是活活饿死的。

更不仅仅因为作为战败国的日本，迄今仍然强行侵占我们的领土钓鱼岛，并借此召唤其军国主义。

人，总是在不测与灾难面前，方能淬炼出自己的腰骨！

于是，在南石头大屠杀发生的75年祭日，我忍住内心的疾痛，咬住牙，把这又一部历史之书写了下去——这已不仅仅是纸上的书了。也代南石头的冤魂、代所有被法西斯虐杀的冤魂，发出本应发出来的呼喊。

欧盟成员国在斯德哥尔摩国际论坛通过了如下关于大屠杀的宣言：

> 纳粹德国对犹太人的屠杀从本质上说是对文明基础的否定。大屠杀史无前例的特征使之永具全球意义。……由纳粹策划和执行的大屠杀的严重性必须铭刻在我们的集体记忆中。……在人类社会仍然面临有计划的屠杀、种族灭绝、种族主义、反犹主义以及排外行径的情况下，国际社会必须承担与这些邪恶行径做斗争的神圣职责。我们必须一道坚持大屠杀这一铁定事实，反对否认大屠杀发生的各类分子。我们必须加强人民的道德义务以及各国政府的政治承诺，确保后代子孙能够理解大屠杀发生的原因和对大屠杀后果的反思。

那么，到今天，就让我们发出他们的呼喊，认可他们的痛苦——而这，不仅仅为他们，更为他们的子子孙孙，为了给人类一个不再有残杀、侮蔑、冷漠的未来！

第六章　到哪里去拯救人性

一、斯德哥尔摩综合征

人们都说，日本用细菌战获得的科研成果把美国给绑架了，不仅细菌战的罪魁，甚至其他犯了反人类罪行的战犯，都为此逃脱了惩罚、审判和追究——这么说似乎简单了点，但事实就是这样，再复杂的因果关系，无论怎么七绕八绕，结果都是最后的证明。

那么，日本的细菌战对中国人的影响呢？是吓倒了中国人，抑或是另一重意义上的绑架？

当某个机构的回复——这已是 2017 年，称南石头项目"目前正处于研究史料和进一步厘清事实的阶段"，所以"建立广州南石头侵华日军细菌武器屠杀纪念馆缺乏必要的实物及文字记载依据"。我已为之吃惊了：无数已挖出来的骸骨、中日双方上百份幸存者的证词、原址尚存的多个遗址——包括化骨池和万人坑，还有档案馆现存的文件资料等，20 多年了，还不足够么？

当然，还需要进一步发掘！可这能成为否定的理由吗？

而否定者进而称已发现的一切，皆是"孤证"，中日双方的互证，怎么可以称得上"孤证"呢？什么叫孤证？

再进一步，更称"未能证明细菌战在这里发生，也未发现万人坑"，建纪念馆"未具备条件"……

我听到这些时，已不只是吃惊，而是心寒了。

纳粹遗孽否认奥斯威辛罪行存在，日本法西斯否定南京大屠杀，用的正是这样的语言，甚至鲜有花样翻新的措辞——"未能证明""未能发现"。

而受害者，无论是犹太人，还是南京人，他们是不会把这些话接过来变成自己的认知的。

但在广州、在香港，却有人这么做了。

而且还会找出种种理由，可笑的、荒谬的、不成理由的理由。

这在心理学上被称之为斯德哥尔摩综合征、斯德哥尔摩效应，又称斯德哥尔摩症候群，或人质情结，或人质综合征，是指被害者对于犯罪者产生情感，甚至反过来帮助犯罪者的一种情结。这个情感造成被害人对加害人产生好感、依赖心，甚至协助加害人。

被绑架与绑架者共处日久，受害者渐渐会为加害者着想，不仅为加害者辩解，甚至为加害者出谋划策……

直至让加害者逃脱惩罚，否认被害事实，认为犯罪行为"不过是逗我们玩"而已。

25 年前，我在最早一篇报告文学中就写到，受害者称这种虐杀为"闹着玩"，"分明是逃避—— 一种可怕的麻木。它分明是长期以来，从'正心诚意'的内省或自戕发展为这一百多年来始终被动挨打所形成的'半殖民地性格'，是老爷打奴才所产生的奴才式的调侃……换句话说，如无外族入侵，这种'内省'奴才式的调侃，不已在宫中的太监、宫外的农民，如阿 Q 们中泛滥成灾了么？"

25 年后，我发现，我太轻描淡写了。

事情远远不是这么简单。

让我们从 25 年前说起。

日本战后，唯一一个非自民党党魁，而是社会民主党领袖的村山富市，当上了日本首相，整个日本社会总算有了反思侵略中国的风气。村山是第一个，也是唯一一个承认侵略中国历史的首相。此外，河野洋平承认了在中韩强行征集"慰安妇"的事实。也就是在这时，森村诚一的作品《恶魔的饱食》得以出版，大量揭露了日本进行细菌战的罪恶行径，在日本，也在中国，引起了极大的反响，我也是那时读到其中译本的。

正是那个日本老兵丸山茂，当时参观了在东京举行的"731"部队的罪行展览会，心灵受到了极大的震动。之后的日子里，他坐卧不安，彻夜难眠，辗转反侧，年轻时在中国的经历历历在目。当时，他已过古稀之年，见到展览之前，他还不很知道自己参与的"检索"罪恶有多大，只是隐约有些不安，因为那毕竟见不得光。因此，50年里，他一直保持沉默，因为一旦说出来，日本国内那股可怕势力，势必对他的生命造成威胁，之前，已有过不少先例，视揭露南京大屠杀的日本老兵"胡说八道"……丸山茂没有似东史郎那样，完全无惧攻击，在中国与日本奔走，呼吁正视二战日军的侵略罪行。可他也不能再沉默下去了，终于在一次座谈会上，他站了起来，对日军在南石头用细菌武器杀害大量香港难民的罪行予以揭露，并点名指出这一场屠杀的指挥者是"波"字8604部队长佐藤俊二，实施者是第一课细菌检索班的卫生伍长清水、的场守喜等。

　　……

　　这是1993年底。

　　很快，他的讲话以不同形式刊发了出来。

　　进入中国后，我读到的有两个版本：

　　一个叫《走向战争都是罪恶》；

　　一个叫《无论有多么完美的借口，走向战争都是罪恶》。

　　两个版本，内容是完全一样的，只是详略上各有侧重，表述上也有所不同。记者的记录（或录音）一样，但编辑的整理取舍多少还是有些区别。只是标题上令人困惑，后边一个标题的前半句，尤其是"完美的借口"，分明还带有不同的含义，"大东亚共荣圈"是完美的借口么？"解放英殖民地香港的人民"更是完美的借口么？或许，这些标题只是记者、编辑加上去的，原文中却是没有的，或者不完全是这样的。

　　我最先得到的第一个版本，是由当时广州电视台文学部主任沈冠琪提供的。当时，我刚完成长篇电视连续剧《客家女》的文学创作，他便把这个交给我，要我根据这份证言，补充采访，同样写一部十集电视连续剧。这是1994年初，第二年即1995年，就是抗日战争50周年胜利纪念，抓紧时间，可作为对这个纪念的一份献礼。

　　坦率地说，当时我只把它当作一份创作的素材，始终没想得更多。从作家到教授，从创作到研究，我还不曾完全"转型"，虽说在省里已经获得了一个学术奖，获奖作品为一部30多万字的历史哲学专著《中国文化史观》，这是已出版了的。

　　从创作素材上看，证言关于南石头难民大量死亡的内容是至为重要且扣人心弦的，但证言中因发音之误，日文写成"滩石头"，广州并没有这个地方。为此，我根据"珠江弯曲部""日军防疫所"等相关线索，找了广州市前副市长陈安良。他是法医、防疫专家，长期在广州工作。我住所几乎就在他家的马路对面，两家是世交了。此时，我正在为写《地铁梦圆》的长篇报告文学采访他儿子、地铁公司的总工程师陈韶章。作为客家学研究者，他们家正是宝安的客家人，我当时已付梓的长篇传记《邓演达》，也得益于曾任农工党（邓演达创立）主委陈安良的协助。很快，他告诉我，滩石头应是"南石头"。我立时明白，同韵的滩、南二字只是读错而已。就这样，证言的查实终于有了根本突破，我带着电视台记者，多次深入南石头拍摄素材，而电视台也很快作为新闻播出了。他们要敏感得多，新闻比文学自然要快些。同时，我也告之当时因找不到南石头而准备放弃的另一位调查者。

不仅广州，香港的传媒也惊动了。

平心而论，当时的新闻报道，无论是穗港两地，还是中日两国，都非常及时。当然，最早的还是日本的《神奈川新闻》，因为一个日本民间团体于1994年10月底来中国实地考证，11月5日，日本报纸方面的报道引发了关注。

香港媒体旋即跟进，几天后有了报道。

自始，广州《羊城晚报》《南方日报》等、香港《文汇报》《东方日报》《星岛日报》《天天日报》，以及台湾报纸都有了报道。

其时，我的电视剧剧本也在加紧完成，并在1995年初交出了第一稿，1995年9月22日《南方都市报》第4版报道"电视连续剧《黑色8604》将投拍"。

报道称："日本侵略军曾在广州以灭绝人性的细菌部队'波字8604'残害南粤百姓的历史被重新发掘、昭告天下后，引起了海内外历史工作者和文艺工作者的极大关注。近日，广州作家谭元亨以此为题材，写成了8集电视连续剧《黑色8604》。据悉，一候时机成熟，该剧即投入拍摄。现刊出该剧本的简短前言。"

报道一侧，是我写的文章《直面黑色岁月》。

文章开头是：近日，翻阅日本侵略军在广州的细菌部队"波"字8604部队的资料，又来到当年南石头难民所的旧址，面对在层层叠叠白骨上刚刚立起的"粤港难民纪念碑",每每悲愤难当。几年前,在海外,曾在一次展览中,读到日本人数十年反复抨击美国原子弹暴行带来的灾难,"唯独中国人对同胞的受害与被辱,是太不在乎了"的字句,联系起来,我更是愤嫉不已。

与此同时,电视台还先行拍了个纪录片。

广东省委宣传部、文化厅也专门组织创作人员写了一部大型话剧《火红木棉花》,展现南石头难民所中粤港难民怎么遭到细菌武器的残杀又怎么奋起反抗的——其实,反抗几乎没有,但那个时代只有这样一个思路。报道以《台上木棉火样红,台下泪水伴掌声》为题,副标题则是:省委宣传部长于幼军赞"火"剧创作很成功。

1996年3月,话剧《火红木棉花》在北京公演,演出受到欢迎。

5月,我的长篇纪实文学《来自东方"奥斯威辛"的追诉》,在北京《十月》杂志上全文刊发。随后被收入多个选本,如《民国时期重大事件纪实》(第3卷),与"南京大屠杀"事件并列。

之前,还有《黑色8604》元旦开拍报道,合拍方有广州电视台、广州旗鹏经济发展有限公司和《粤海同心》杂志社。

而我的30多万字的长篇影视小说《东方奥斯维辛》,也在5月由中国青年出版社出版了。

……

平心而论,中外报刊,穗港传媒,不能说不尽力,新闻出版也声势不小,《十月》是著名文学杂志,印数数十万,加上出版物、转载书刊,数量至少也在百万以上,我也收到了包括日本在内不少读者地来信。但是,热闹之余,又留下了什么?

仅是一个很不到位的小墓碑。

在报告文学的末尾,我就已呼吁建立一个纪念馆:

> 我曾当过政协委员,如果今天还是,我当写上这么一份提案!
> 应当有一个沉重的纪念碑!
> 应该有一座铭记历史的纪念馆!
> 日本人不是在广岛也立了纪念碑么?他们为此所投入的精力、资金,该是我们的多少倍?!在战后,广岛人每年都在阴晦的八月的一

天，为世界上第一颗原子弹的死难者举行悼念仪式。广岛的老百姓是无辜的；同样，粤港难民也是无辜的。核辐射与细菌战的遗害也是在这之后绵延了好多年。可是，又有谁为南石头的受难者们举行那样大规模的悼念仪式呢？

一方是受侵略者株连的平民百姓；

一方是侵略者直接屠杀的平民百姓。

他们应当同样具有被悼念的权利！

人类需要记忆，需要保留自己的记忆，所以在人类生活的土地上，才需要有那么多的纪念馆——从恐龙化石，一直到今天的航空航天器的纪念馆。人类的记忆，是区别于动物的特征之一，更是人性的表现。而将这些记忆文字化、具象化，也就更说明人类在挣脱兽性，走向完全的人。当然，人类也需要另一类记忆，这就是他们自己兽行与暴行的记忆、战争与残杀的记忆，让自身从中得到警戒，为之清醒与觉悟。不要以此为耻，就去抹杀它、忘却它。一旦抹杀掉，忘却掉，就可能重演同类的罪行。记忆，也就是同兽行的一种斗争方式，所以才又需要像奥斯威辛、731等类的罪行展览馆。人类为此已付出的血的代价，已经是太大了，所以，无论如何，不可以再失去记忆了。兽行的施行者，总是先要抹掉这一记忆，他们杀人，也就是要灭口，灭掉他们罪恶的见证。这是一种消灭记忆的手段。更有甚者，他们还需要你忘掉你是一个中国人，一个越南人，一个朝鲜人，或者说，彻底忘掉你是一个人，好为他们做"马鲁大"——试验材料。这样，他们也就不以为自己在杀人了，他们也抹去了自己杀人的记忆。

可惜，化骨池里骨头未化净！

可惜，荒野里的白骨半个世纪之后还会被掘出来！

没有任何凶残者敌得过历史的记忆——这就是人类的良知！

让我们把这记忆，铭刻在南石头的大屠杀纪念碑及纪念馆吧！

但是，这种扎扎实实的、可以留下历史印记的举措，当时却不曾有人关注。人们只关心表面上的喧嚣，却无视深层的积累。

二、还有"第二次抢救"么

2017年春节前，我们去找幸存者钟瑞荣时，他已病重，无法说话了。他的侄子愤愤地说："当年（指1994年）我的老奶奶还在，90多岁，头脑清醒，知道的很多，等你们来，你们不来，今天来了，连叔叔也说不了话了，还来干什么？"

我能说什么呢？当年，我要去找他，街道一个负责人告之，说有人说他们是省里的顾问机构，认为钟瑞荣说死了10万人是"胡说八道"，未经批准接受香港记者采访更是违纪，警告他们不能再带人找他了。只在几年后，我觉得香港回归了，这不算什么问题，于是去找了他，这才抢救下很多资料，让跟随去的博士研究生做了几次录音。我本以为，如今用不着偷偷摸摸了，与老人坐下长谈，还有可能说出更多的内容，毕竟他在知情者中年龄稍大一些，当年十四五岁，明白很多问题。没想到，人一老，风中残烛，说没就没了。

不久，我读广东省档案馆在报纸上披露的一份史料，说日军曾在粤汉掳走上千少年，有的被强迫去开神风自杀飞机，档案材料有记载，还有几个少年的姓名。

那么，南石头死了那么多香港难民，同样"势必有很大动静，应该有很多人知道"，为何如果50年后日本老兵丸山茂不站出来揭发，却无人知道呢？

联系到今天仍有人说丸山茂仅仅是"孤证"的说法，我们会想到一些什么呢？

我也应该检讨，当年只忙于文艺创作，写剧本，写纪实，却不曾像做学术一样，认真梳理所得的证据，把钟老说的"至少10万人"夯实，而不是仅仅加以引用。分明有太多的证据未能充分使用！

至于呼吁建纪念馆，在我，则是"人微言轻"，尤其是仅在文学作品上呼吁，又有什么用呢？

而当时，1994 年、1995 年，香港尚未回归，港英政府自然对这一事件漠不关心，虽然当年英军抵抗日寇也牺牲了了数千人，包括一个加拿大少将，但作为殖民者，他们与日本这样的新殖民者，可曾有根本的区别？他们当年"拓界"，要占领新界时，更遭到新界人民顽强的抵抗……于他们而言，死了上 10 万香港难民而非殖民者自己，因此更不在乎了。否则，当日军投降，英军重返香港之际，他们要统计三年零八个月消失、死亡的香港人，并非难事。

可以看到，这一波揭露南石头大屠杀的高潮，是粤热港冷，港英政府完全是视而不见，听而不闻，淡然处之；而香港的传媒介入也不多。过去，香港就军票问题，也曾向日方提出索赔，也有民间团体在关注钓鱼岛主权，但是南石头事件却没形成有规模、具持续的抗议，这深层的原因，当值得认真思考。

在广州，即便是"粤热"，同样也未能持续下去。对这一历史疑案进行深入的发掘，甚至没意识到之后该有更多的事情要做，宣传的力度不能说不够，但同样呈现宣热学冷——学术层面几乎无所事事，没有出版哪怕是一部相关的研究著作，这倒是北京做了。而当时不仅钟瑞荣等幸存者已指出超 10 万人死亡，当时的民工也看到堵截在南石头江面上有七八百艘难民船，大的可载上千人，船上同样死亡无计，而纸厂于 20 世纪 50 年代、80 年代基建时也挖出无数白骨……

但这样一来，我们却错失了极为可贵的历史时机——其时，离南石头惨案仅 50 年，当年的青少年受害者、幸存者，就六七十岁，成人也就 80 岁，我们本可挖掘出更多的历史真相，包括检疫所、难民所中的伪职员也并不难找到，同样，在香港也已有幸存者发出了声音。可惜，这边不能"越境"去调研，那边却无人过问，一下子便又归于沉寂。以后再找到他们，便难上加难了！

没有任何的"第二次抢救"！

第七章　人、证据与证据链

在我的一部关于南石头大屠杀真相的研究著作出版之后，有些人居然用了当年德国法西斯为了掩饰其屠杀数以百万计犹太人罪行的用语"绝对不可能"。这些人用的是数字概念，如死了这么多人——南石头香港难民上 10 万，该用多少车才运得走，每天又得死多少……"从香港沦陷开始到抗战胜利，才三年多时间，仅仅南石头就杀了十多万个中国人，算算每天要杀多少啊！""有没有人计算过，十几万尸体得动用多少军车……他们有没有想到，小小的南石头监狱，一天能容下多少人？一个人在南石头监狱，就算待上三五天就'试验'了，那也要消耗多少粮食等物质？"

数字的否定，似乎更科学、更理性，也更冰冷些。当然，不需要任何良知与人性，较之德国法西斯的否定，可谓进了一步。

加德纳是这么说的：

> 一支征募而来的军队毕竟是由来自千家万户、来自各个工厂的人们所组成的。他们都有自己的妻子和儿女。你能想象，你能让自己有儿有女的人们去把数以万计的儿童赶进毒气室吗？如果有人说或者提出建议……把人当作试验物，并在他们有意识时，在他们自己的眼前割去他们的生殖器做试验……我们会说这是绝对不可能的。

这个"绝对不可能"是从人性，而且是从人人都有妻子、儿女这一基本伦理出发的，而不是从数字和推理出发的。

然而，两个"绝对不可能"的大屠杀照样是发生了的，而且死难的同类同样不可胜数。

可我要说，数字的推理，对于后来的历史学者而言，究竟是出于怎样的心理？否定了大屠杀的存在，他们是否更无责一些，更安心一些？即便他们错了，是否可以推诿于计算的失误，而无良心的谴责，更没有良知的缺失？

这种砭人肌骨的冷酷，比加德纳辩护更没人性——我只能这么说。

对于他们真正的推理——军车载人、小小监狱，还有粮食等物质的消耗，早已被这些年愈来愈被深挖出来的事实驳得体无完肤。我不想一一对应称当时的猪笼车夜以继日，每天运走多少尸体，"小小"监狱除了400多号监房外，附属的多间厂房、炮台甬道还能关多少人。至于粮食就更不用说了，饿死的与被沙门氏菌害死的难民有谁可以区别开来……对于这样一个大惨剧，他们为何还能这么冷血？

这里，我也不想再重复我这么多年整理出的三大卷《证据实录》，也不必重申我采访的上百人次，以及查阅过的上千万字的文献资料、报纸杂志，奔走于东北、南京、上海、常德及广东本省多处地方——这些，也会被视为冷冰冰的数字，之后，在引征者的笔下，更失去了呼吸，失去了血肉，失去了震撼力，甚至失去了存在。

我承认，迄今，历经十多年，我仍未能采访到任何一个直接从南石头难民所逃出来的香港难民——当然，我已经找到数百个香港难民的名单，这也是日前仅有的有名有姓的香港难民记录，可他们却不可能出现在我的上百人次的采访名单中。我没法见到他们，因为他们仅仅在日军细菌实验记录的名单表格中存在过，他们仅仅有性别、年龄、存活时间与死亡日期，可各自是什么样子，有着怎样的性格，个子的高矮、体态等，我对此都一无所知。谁也无法为他们模拟出肖像来，似乎他们一列入名单，便不再是活人了。

杀人如草不闻声。就算是割草，也会有镰刀"沙沙"的声响，可他们却死得无声无息，这世界从未听到过他们的呻吟，他们的哭泣，他们的哀叹与呼号——因为他们的消失，都被视为"绝对不可能"。

那么，他们可能存在过？

连我也差点成为这样一个"不可能"。

2016 年 11 月 26 日至 28 日，我带着广州市规划局两位工程师陈友浩、赵元月到南石头实地进行勘测，以防日后的拆迁、改造把日军细菌战遗址

"删除"之后的第二天，也就是 29 日，在我回到学校时，在校区北门的斑马线上，就被一辆突然拐弯过来的"丰田"撞昏了，之后在医院住了几天，回家连续发作了近十次心绞痛乃至心梗，好不容易才从鬼门关逃了回来。

王选与当时一道的日本友人，都认为这绝非意外。

我回到了湖南兄弟姊妹中——我是在那里长大的。

没想到，不到一年，2017 年 9 月，南石头最终被破拆推平了。我 9 月 27 日从湖南回来后，与杨宏烈教授一同赶到现场，一切都晚了，两个化骨池下半截遗址消失了，被投毒的四个水井也不知被埋在了哪里。几经呼吁，才算保留下了一截高墙。

《中国新闻周刊》记者宋春丹闻讯赶到，在 10 月份的刊物上发表了长文《消失的遗址：追寻华南"731 部队"的历史证据》——也算是"立此存照"吧。

这次让我从数字、概念乃至证据上，真正嗅到了半个多世纪以来久散不开的浓郁血腥味。

于是，这才有了第二重的记录。

这一次的记录，不再仅仅是姓名、数字、证据这类简单的表述，所有幸存者——尽管他们大部分已不在人世，有的甚至还是刚刚离世的——都应该是活生生的、有血有肉的、有情感的，他们就在我的面前，仍旧在述说，一一述说，记录本上，留有他们滴落的泪水。

他们是有声的！

是用生命发出的呼喊！迸血的呼喊！

他们一个个在向我走来，带着他们的恐惧、哀伤、愤慨。他们复苏的，是不再沉默的人性，是一个中国人的尊严！

一、萨空了

——因为不会说粤语而与死神擦身而过

萨空了，对于如今的中年人，尤其是年轻人，已经是一个非常陌生的名字。

只有我们以及上一辈，才知道他，而且，一度如雷贯耳。

萨空了是 20 世纪著名新闻工作者，与邹韬奋、范长江等人有一样的知名度，并曾经担任过香港《华商报》总编辑，新中国成立后是《光明日报》秘书长、民族出版社社长，后来出任全国政协副秘书长。他是蒙古族人，1907 年出生，1988 年逝世。

前一年，香港在纪念一位著名摄影师黄佩佳，展出了不少黄佩佳的照片。纪念他，是因为香港沦陷期间，他背着照相机与同伴一道上广州，却因此失踪。比起黄佩佳，萨空了却是幸运的，香港沦陷期间，他几经周折，终于雇了条小渔船，从香港逃亡到澳门，后到了内地，而不曾"随大流"，上了粤港航班的船，经过广州再上内地。如果是这样，他也注定会失踪了。

而且，不会留下后来多次再版的《香港沦陷日记》，十多万字，成为香港沦陷后一个多月鲜活的，当然也是血淋淋的历史见证。

他之所以不曾取道广州上内地，仅仅因为他在日记中所写的，他不会说粤语，如果从广州走，一路都是粤语区，不方便，而先到了"中立区"的澳门，就能有办法再走。

也仅仅是这个原因，让他逃过一劫。

这部日记，当是失而复得。当年，他逃到桂林，日记刚改毕，准备出版，却突然被抓，被囚禁了两年多。出来后，寻找原稿，辗转多人，幸得几位朋友从桂林带出，方没毁于桂林的战火中。

时至今日，历经劫难，读起来，更能感同身受。身边的死亡、恐怖、离乱……在人类历史上竟可以如此频繁地复制，不仅仅是战争、瘟疫，人祸甚于天灾，而人道主义的疾呼仍然那么微弱。我这几页薄纸、几本小书，甚至算不上一声呻吟。

十多万字的《香港沦陷日记》，记录的自然是人祸，是惨绝人寰的法西斯侵略。萨空了以一个记者的敏锐目光，一个中国人的家国情怀，写下了50天的烽火、轰炸、逃亡，也写下了他作为历史记录者的无畏、沉着与凛然正气。在战事的头几天，他便写下了：

> 战争带给人类的"生命短促"意识，立即改变了社会秩序，这种破坏力，远大于炮火的实际损害……所以战争的双方，都应设法畀予敌人以这种精神损害，同时抵御敌人的所将投来的这种精神损害。

这段话中的深意，非亲历者难以真正体会，哪怕到了今天，我们仍难以穷尽它的深意。尽管我们已经历了不止一次劫难，可精神的损害却不仅仅在叠加，又曾何时抵御过？而一个民族精神的损失，又有谁真正估量过？生命的损失已太多了，掩盖住了精神的颓落……

这里，我不想对萨空了的这部战时日记进行历史文化的评论，也不想过多地重复书中关于杀人、强奸、掳掠、勒索、敲诈、乘人之危的描述，尤其是死亡与战争的恐怖的渲染。因为谁都知道法西斯战争是怎么回事，中国在这场战争中有数千万人失去生命……

我想说的是，只要是真实的记录，内中就会包含作者记录下来时未曾意识到的很多东西。两年前，我与几位作者完成了一部关于珠三角围垦历史的专著，审稿时，要求删去当中若干似乎不怎么重要的文件、谈话和报表之类，我们只能据理力争，说这部分材料，在今天看起来好像无关紧要，但不妨把目光放长远一点，用后人的眼光来审视，很可能就会认为这些更重要、更有力，甚至更具价值，某些不经意留下的细节，有可能于后人是有借鉴意义的。

虽然我们没能完全说服对方，也不曾完全保留下所有被要求删减的文字，但我们毕竟尽力了，也多少留下了一点"历史"。

回到萨空了的日记，也是这样。

在写这部日记时，他不曾知道，日本法西斯会公然无视国际法，对逃离香港的难民实施惨无人道的大规模的细菌战——虽然在他记日记时，细菌战已然开始了好多天，但直到他逝世，也就是 1988 年，他还不曾知道日军的这一滔天罪行——实施细菌战的日本老兵，是在他去世四年后，在日本的一个杂志上第一次揭露半个世纪前对香港难民的虐杀！

这正是一位记者笔下的文字之可贵之处。

他写出了他尚不知道，更未意识到的东西。

而这些会在半个世纪甚至更久的时间之后闪耀出穿透历史的光芒。

是的，萨空了不会想到，《香港沦陷日记》中点点滴滴若干真实的记录，在近 80 年之后成为今天揭露日军细菌战罪行的有力佐证。

我们仅从这部日记的下半部分开始，也就是 1942 年元旦的日记开始，而且，更着重于 1 月 12 日，第一批"归乡"的香港难民登上粤港航班的轮船记载开始。

元旦之前的一天，也就是 1941 年 12 月 31 日，日记中写道：

> 今夜这除夕没有谁还记得它是除夕，就这样在被遗忘的情况下过去。

但真的能遗忘么？这一天，除记下国际新闻外，有一段写的是：

> 敌人到港之后，第一件事就是掠夺，所以连日来，这种"管理"的字样，已贴满了全港，像大的公司企业，多半是用上面写有"军搜集部管理"字样的二三尺长木牌，钉在门口。银行钱庄典当则钉有"金融班管理"木牌。影院、报馆的印刷所则归"报道部管理"。管理就是攫取的别名，大家谁都明白。

现在，我们已知道，日军占领香港后，已经将大批物资，尤其是粮食、煤炭、石油等，全运往了南太平洋前线，香港的"人空"是以"物空"为前提的。

而元旦当天，萨空了的日记，则记录了他的朋友：

> 下午炳海来说他已去过跑马地甘介侯家、俞寰澄家，得到的消息

是甘已为敌人拘去香港大酒店……和他一起被拘的，据甘太太说，还有许崇智、胡文虎、周作民、陈维周、陈友仁等人……淫掠正在进行……

上面提到的人名，相信今天的人大多耳熟能详，这里就不一一介绍了，均是原军政、商界和文化界的名人。

香港沦陷后，人心惶惶，逃亡自然是大多数人的第一选项。

1月6日的日记中，终于有了：

早报买来，本港新闻中有以下各项：

（一）敌人发起的归乡运动，第一期目的疏散三十万人口。

这是一个佐证。事实上，自1942年1月12日始到4月、5月，香港总共疏散有46万多人，而总的目标则是100多万。第二年，即1943年，同样集中疏散有44万多人。当然，日军原打算只留下10万左右可用的港人，如码头工人等，最终并没有完全实现。

之后的日子，萨空了及他的好友炳海，一直设法"过海"，即从港岛至九龙，事实上也往返了多次，联系离港的路径。7日这天，"有了头绪，后天便有船走，不过这条路先要走四十里旱路才能有船。下船之后，还要走一两天的路始有船车，路上不一定安全，时有歹徒抢劫。有许多住在九龙最先动身北行的人，未走多远被掠空，现在又都折回"。

可见，陆路很不安全。这证明了日本老兵丸山茂证言中所说的。这样一来，上船走水路到广州，是大多数港人的选择。

因此，当时报道说，70%的难民选择走水路，只有不到30%的难民选择陆路，并非虚报。陆路的土匪、烂仔、"胜利友"的抢劫、勒索，无疑时刻都会发生，而被日军击毙的难民更不在少数。

一直到1月10日，从日记中终于得知：

今天的报，到下午才有时间看，可注意的消息只有一项，那就是那日已有轮船开粤港，但是否事实还不知道，买票方法如何也不知道……渔船漂海，又是偷渡，性质总太危险……

其实，10 日这天，还有第二天，并没有船开广州，只是有消息而已。真正开出第一批粤港航班的时间是 12 日，这在萨空了的日记中未曾记载，他未必知晓。他还忙于生计与"渡海"——往返于港岛至九龙之间。

直到 1 月 14 日，日记中才记有：

> 敌民政部公告如有香港民众愿自九龙步行回乡，敌人已为准备渡轮，可以免费由港送至深水埗，但过港后不得在九龙停留，即须动身北行……敌布告民众勿轻信谣言，香港日用物资充实，不虞匮乏。

> 最后一则显然证明，连日敌人将米以及其他物资自港他运一事，已引起香港民众的恐慌……这几天港海内停泊的运输船，今天数过一次，多至三十艘以上……为了运走在港掠得的物资，敌寇强迫拉去做搬夫的劳动者为数极多。

终于，赴广州的轮船的消息，于 1 月 15 日得到证实：

> 今日报载通九龙、通广州的轮船都自今日起恢复，实则九龙渡轮并未恢复，赴广州的船倒有了，可是大舱都要八九十元港纸一个人，并不是定价这样高，而是辗转购买的黑市，造成了这种现象。为了这个，炳海他们想走广州，也走不成。

1 月 16 日的日记里提到了二战中颇有名的"白银丸"在粤港航线上：

> 今天报纸上关于本港的消息：
> （一）对于港九渡轮恢复也证实了不确；
> （二）白银丸在粤港间开行也经证明，所规定是头等军票九元，二等军票五元，三等军票三元，并禁止炒卖，虽说禁止炒卖，可是事实上黑市却高至六七倍还不止……

花上高价买到黑市票，当然认为是买到了安全，谁也不会认为买的是不归路。而"白银丸"几次到南石头，均已为幸存者胡苏、钟瑞荣等人证实，他们都是亲眼所见的。

往后，关于买票的记录，令人惊心：

> 炳海是很想经广州转四会的，可是托了许多人都买不到票，在卖港粤轮船票的知所办"内河营运组"门前，等着买票者的行列，简直和等着买米的行列一样长，买票必须用"军票"和两张照片，于是军票交换所前，人的行列也长得不得了。而临时做照相生意的照相商一个挨着一个的拍照木箱，布满了德铺道和干诺道。每次经过那里时，我们都挤过去看看。有的人真是整日整夜地等在那里，饭由家人送了来吃，这显然比买米更为困难。

我不知道，交了照片是否还得登记，一般是要的。这一来，早期要经水路上广州的香港难民，当在轮船公司留下过存档。我曾经托香港中文大学的老师李继忠去查各艘轮船的名字，但还没有连带找到这样的登记。

及至1月21日，萨空了的日记中，却记下了两条消息：

> 闻港难民到广州者，无人可依，不许在广州逗留。
>
> 敌人所办的疏散人口免费船，今日开往市桥的一线已停，另开辟了一个唐家湾线，这都是方便粤人回广州一带去的路线。

之前，我们已在广州市档案局查证到，在这四天前，即1月17日，广州汪伪政府当即下了一个"严防死守"的训令，"如有港九难民留居家内，由户主负责向分局登记"，而且"每天分上、下午共两次，须及时报告，并把人送到其专门设立的难民招待所"——也就是南石头难民所。

萨空了与炳海，也曾尝试排队购买去广州的船票，却差点被人群挤下海，好不容易才挣脱了出来。

到了1月24日，因听说"海珠丸"头等船票，可在内河营运组买，萨空了在日记中记下：

> 我们决定到内河营运组去看看，走向油麻地码头，那里等着买广州船票的人，依然是一条看不见首尾的长蛇阵。

据香港树仁大学区志坚博士查证，前后这么多天，每天出发到广州的航班已不止一次，每次都在 5000 人左右。也就是说，一天可近万人，而在广州等待着这些花了高价买船票的人的又会是什么呢？

同一天的日记中还写道：

> （去澳门的轮船）问是不是也像买广州船票一样需要乘船人的照片，答复是不要。

萨空了一直认为，只要能离开，就可以逃出生天。因此，早在 1 月 5 日的日记中，他就多少有点欣喜地写道：

> 敌人据说已设立了归乡指导委员会，要大举疏散香港人口，这倒是一个好消息。

1 月 25 日，萨空了乘"宜阳丸"最后离开了香港。

因此，他没看到，2 月 16 日《南华日报》的一则消息，广州南石头的船只上，爆发了"虎列拉"疫症。而这疫症报道出了，至少是有一个来月的时差——他算是逃过了一劫，而上 10 万的，甚至更多被拦在南石头的香港难民，买下的是通向死亡的船票。

萨空了在 1 月 16 日的日记中是这么写的：

> 我始终不想走广州转内地，因为不能讲广东话，还有走广州很容易被敌伪发现，所以我对粤港间的轮船，不感什么兴趣。

就因为"不能讲广东话"，他得以与死神擦肩而过。

大灾难中处于风口浪尖的小人物，在不经意间逃过一劫，也许仅仅是一种侥幸或偶然，跟中彩一样。而想经广州到四会的炳海一家的命运，我们已不得而知。

颇具讽刺的是，萨空了因不会说粤语，经澳门再辗转到桂林之后，刚整理出在香港的日记，还是没能逃过劫难——他被特务带走，与叶挺等人囚禁在不同的集中营里。可他依旧大难不死，经过两年多失去自由的牢狱生活，捱到了抗战胜利，才得到释放。

而在香港期间，他送走了梁漱溟先生，也与邹韬奋、柳亚子等一批后来被东江纵队营救出去的文化界人士有密切的联系，亦亲见不少同仁丧生于日军的杀戮之下，目睹"无数的建筑都变成了带着焦黑色泽的断垣残壁"……这就是战争，没有人能幸免。

而萨空了从香港逃出来后，却在国统区又被特务带走，其原因则是众所周知的。

当年，沈钧儒、邹韬奋、章乃器、史良、王造时、李公朴、沙千里等"七君子"被抓，没有哪家报纸敢发消息。因为一旦发出，报纸势必被查禁，可萨空了却在他主编的《立报》上发了"七人被捕"的小消息，这是抽掉已被检查官审定的文稿另加上去的，标题不显山不露水，可"小消息"中，却有"七君子"的名字。于是舆论大哗，让全世界都得知了这一蹂躏民主的恶行，营救"七君子"运动因此而起，萨空了的机智赢得了报界的赞誉。

二、钟地厅

——钟瑞荣与他的堂姐钟大眼

黄任恒编纂、黄佛颐审订的《番禺河南小志》中，有"南石头"条：

> 所居有钟、梁、肖、吴、范、徐六姓。

在我们于南石头采访过的幸存者与见证者中，这六姓无一或缺。

钟姓是第一大姓，钟瑞荣终年89岁，其堂姐钟大眼长寿至今。

肖姓则有报道最多的肖铮、他父亲肖苏，还有肖永光，等等。

吴姓则有吴伟泰，以及钟大眼的儿子吴建华等。

范姓有范九等，就近的棣园村，更有一个范公祠，相传是写有《岳阳楼记》的范仲淹后代一脉。

徐姓中，则有徐新等。

由于钟姓人最多，所以南石头村中有个"钟地厅"，有的说那就是"钟氏宗祠"，因为规模不大，宗祠每每被叫成祖厅。

但它出名的，却不是作为祠堂本身，而是当年日伪当局在南石头设立难民所之际，把钟地厅作为难民所的厨房。这所厨房在难民围墙外边，离大门口有近百米的距离。

在南石头成为凶杀之地前，这里曾经一度繁华过。仅一条"兴隆大街"的名字，就不难得知其"兴隆"的程度。已经93岁的钟大眼老太太对我们说，他们家就是开茶居的，当时的南石头仅茶居就有上十个，如今，"茶居"的名字已用得很少了，是粤语，被茶楼的普通语取代。一个南石头，仅茶居就这么多，往日的繁华可想而知。"一盅两件"的传统，在广府人"叹世界"的生活中是不可缺少的，而茶居连带的店铺、茶店、粮站、药材铺什么的就更多了。

清代驻扎的军队，每每是几百上千，"南石头炮台"，"凡三所计五座，光绪六年，从旧台改建，置洋炮十尊。十年，亦防分劖，提督陶定升湘军三营，停战后裁撤，十五年，驻一底营，湘军提督陶定升所部"。这是《广东海图说》中记载的。

我未敢妄断，是否因为军营带旺了南石头。

但无论如何，南石头是进入广州的第一要塞！

南石头的居民，大都以种菜、制作中草药材出售为生。如钟大眼所说，大都不穷，而她娘家钟家、婆家吴家，能开茶居，至少也还算是富足的。直到日本仔来了，茶居开不成了，大街也衰落了，她只好带几个青年仔卖菜了。

这几个青年仔中，就有顺德的梁生——钟大眼说，他就叫梁明，不识字的她，却可以用茶水在桌面上画出个"明"字，这是后话了。

迄今为止，她是我采访的南石头见证者的最后一人，也是给我印象最深刻的。93岁的老人，还很富态，尤其是她两个耳垂，出奇地大。两耳垂肩可见并非虚言，而且肉很厚，胀鼓鼓的，难怪相书中说，耳垂肥大的，主长寿。至今，她还硬朗得很，声音还很响亮。

她的堂弟钟瑞荣，没她的福气，但耳垂也不短，论虚岁，也活到了90岁，在今日仍算是长寿的了。他是我一直以来的重点访问对象。

然而，他却被列入"禁访"名单。

三年前一个冬日，我最后一次找钟瑞荣，他已经89岁了。我去迟了，只能上医院去见他。可他已躺在病床上，一句话也说不出了，看床头挂的卡片，写的是肝癌，还有其他并发症。医生说，他只怕捱不过春节了。

在之前，南石头发声最多的肖铮，已经走了两年，走时才84岁。那时，他似乎还健朗得很，走路一步是一步。可现在，连钟瑞荣也走了——从难民所逃出来的最后一个幸存者。这么说，是因为比他当时大两岁的钟大眼，不曾被抓进难民所，女人嘛，小心一些。因此，进去的是她的堂弟，而钟瑞荣不仅被抓了进去，连他的祖父也被抓了进去，不到三个月就死了。

我是先到南石西村钟家找人的，当时，只有他的侄子在，我一说来意，这个侄子便劈头盖脸道：你们为什么不早点来，现在已经太迟了，上次有个记者来时，我奶奶还在，知道得更多，可现在，我这位叔叔已经不行了，找他，未必开得了口……

当然，我们还是去了医院找人。

过去几次采访，我都没见到过这个侄子，而且，每次都是坐在门外石阶上讲的话，而且，每次我都叮嘱，我们来过的事，不必太张扬。

我知道他被"禁访"的事，是从肖铮那里听来的，因为有人也一再指令肖铮，不许带人去找他。

最后两次采访，钟瑞荣已白发苍苍了，不似过去还黑白相间。80多岁的人了，虽然有点木讷，可声音还是刚健的，人中很长，眼神不会太黯淡，倒是耳垂不曾太长，不比钟大眼。

论年龄，当年卖菜的三人中，大眼最大，年龄已十七八岁了；梁明居中，约十六七岁；钟瑞荣当是15岁——三个青少年，其认知能力都已经成熟了，不比刚过10岁的肖铮及另一个才八九岁的冯奇。

因此，这三位的访谈中，钟瑞荣的表述当更为准确一些，10万人，不是随口说出来的。

一眼就可看出，钟瑞荣纯粹是一个老实的菜农加工人，问他什么则说什么，不会自由发挥，不知道他是否已得知自己被"禁访"的事。可到了这个年纪，还用得着在意么？

可惜，我上一次采访，问得很多，毕竟我已全盘了解整个难民所的情况，没想到，回去后，录音机坏了，只好让我的博士生廖文重新去录，待到我有时间再去时，他已住进了医院。

这也是我的终身遗憾。

下边是廖文采访钟瑞荣的录音。

　　廖：钟先生，今天我们来打扰你，目的是要了解1942年日军在这里搞细菌战的情况。

　　钟：检疫所，旧地址就是惩戒场，现在就是自行车厂。

　　廖：当时你多大年纪了？

　　钟：十多岁了。

　　廖：日军侵占后那段时间，你是做什么的？

　　钟：摘野菜，到处乞讨食物维持生活。没有田地，只有一间破屋。

　　廖：那是十分辛苦了。

　　钟：辛苦之余还没饭吃。连妹妹都送到龙门县那边了。

廖：那你当时十多岁，日军有没有抓你进去惩戒场？

钟：有啊。

廖：那里有食物提供是吧？

钟：是的，每餐有二两米，祖父进去不够三个月就去世了。后来我自己又逃了出来。

廖：怎么逃出来的？

钟：爬墙逃走的。

廖：那死了的人怎么处置呢？

钟：就埋在现在的南石头卫生院沿着马路一直到下面石岗，挖一些坑，死了的就扔进去，满了又挖一个新的坑继续埋。

廖：那是谁来负责做这些事的？

钟：内部的工作人员。

廖：是日本人做抑或是中国难民做这些事情的？

钟：在内部招募的，多给二两米，自然会有人做的。

廖：那你认识的人里面有没有干这个的？

钟：没有。

廖：那有没有香港人，你认识吗？

钟：不认识香港人。

廖：那是分开住的吗？

钟：一格一格的房间，有位置的就安排你进去住，以前用来关劳改犯的那些房间。

廖：进去的话，直接睡地上吗？

钟：那当然啦。自己带张烂席子、禾草之类的。

廖：一个房间住多少人？

钟：有的大房间就住十个人，有分大小房的。

廖：那你呢，你住的是多少人的？

钟：就是大房咯，十一二人的。

廖：那里面发生抢东西、打架的事情多吗？

钟：肯定会有打架的。

廖：难民营里面有女的吗？

钟：男女老幼都有。

廖：男女有没有分开住？

钟：有。

廖：那经常有人爬墙出去吗？

钟：经常有人爬墙出去，经常也有人被抓进来。

廖：那他们会不会开枪？

钟：开枪示警一下。

廖：那香港的难民进去是不是要体检的？

钟：没有体检的，上了难民船就抓到这里来。

廖：那化骨池是用来干吗的？

钟：是有化骨池，三天就填满了，然后就用泥埋好。

廖：那你爬墙逃跑的话，那面墙有多高？有没有铁丝网？

钟：没有铁丝网。

廖：什么也没，你一爬就可以出去了？

钟：一座很矮的城楼而已，像现在船厂对面那些炮台那样子的城楼。

廖：里面有人吗？

钟：有啊，有台湾人。

廖：多不多？检疫所里大概有多少日本军队？

钟：这些就不了解了，有多少军队这些不了解。

廖：你平时走来走去那样，看见的多不多？

钟：肯定多啦，日军驻扎在纸厂、石油厂、重型厂。

廖：那检疫所呢？

钟：检疫所也有日军。

廖：那些人对你们的态度好不好？

钟：哪里会好，过桥也要拳打脚踢的。经常来找花姑娘，入屋翻找你的东西，如果有贵重的就拿走。"三光"政策啊。

廖：那你是姓钟的，这里有没有钟家祠堂？

钟：有，但现在已经归国有了。在巷口那间，"日"字形平台的那间就是了。

廖：姓钟的是从哪里迁过来的？

钟：不是很清楚了，有的说是萝岗那边分支下来的。

廖：那祖宗是何时来到这里的？

钟：那就不清楚了。

廖：那附近的村民都是靠耕地、挖草药过活吗？

钟：田地多的就和我们不一样。

廖：新中国成立后建了很多厂房，附近的人都入厂里干活是吗？

钟：新中国成立后就进了纸厂，二十多人进了纸厂。后来纸厂征了一些田地，又有十多人进去。

廖：那你也是那个时候进了纸厂？

钟：1950 年进纸厂做散工。

廖：那建纸厂的时候是不是把日军的检疫所那些都拆掉了？

钟：日军来之前已经有纸厂了，来了之后就把东西拆了拿回了日本。检疫所就在纸厂旁边，现在水上派出所那个位置。那死了的人，就埋在现在的南石头卫生院沿着马路一直到下面石岗，挖一些坑，死了就扔进去，满了又挖一个新的坑继续埋。当时被这样埋葬的尸体，起码超过 10 万具。如果南石头村的旧楼拆建，地下一定还会发现无数被日军残害的难民尸骨。

钟瑞荣后来对报纸记者说：

被抓进去，直接睡地上，一张烂席子、禾草之类的。有的大房间就住十个人，有分大小房的。我住的大房，有十一二人。

最惨的莫过于大肚婆，孩子生下来就死了，胎盘马上就被抢去吃了，用烂衣等点火烧。婴儿也一样，都是饿的。有的被发现，身上挂着婴儿残肢、肠子，被拖到外面游街，还说她们无人性。这样的大肚婆无法数清。

日军来之前已经有纸厂了，来了之后就把东西拆了拿回了日本。检疫所就在纸厂旁边，现在水上派出所那个位置。

上述录音，加上我先前的笔录和记者的采访，从中获得的信息量还是很大的，关于化骨池、万人坑、猪笼车运尸、围墙等，我也亲耳听他说了。南石头江面的轮船，包括客轮、三枝桅因为堵截在那，太多了，连海面都看不到了——这不仅有当日的报纸、梁明的书面证词为证，更有轮船公司日发多少班轮船的记录为证，而内中的死亡，除了因饥饿、疾病死亡外，日军投菌引发的死亡人数占很大的比例，包括钟瑞荣祖父被抓进去后，仅三个月便死了。当然，钟瑞荣是逃出来的，而广州人与香港人是分开关押的，所以他对里面更详细的情况就不知道了。

每每一个细节，比所谓的数字、统计包含的信息多得多。比如，他讲到每个监房内的人数，大的有 10 至 12 个，小的 8 个，总共 400 多间，至少要关 3600 至 4000 人，还有多间原惩教场的工厂、炮台的甬道，这一来，就超过 5000 人了，但还收不下，令几百艘难民船等在江面上，一等就一个多月⋯⋯这能算是推算么？

钟瑞荣是第一个讲出 10 万人死难事实的。

如果说萨空了的《香港沦陷日记》写的是前南石头时间段的香港难民怎么设法排长龙买票到广州的真实情景，那么钟瑞荣讲的就是见不到香港人被关进去后，在外围发生的一切，巨大的死亡已令人恐怖。

三、肖家三代人

——从爷爷到父亲肖苏，再到"明星"肖铮

每次到南石头采访，肖铮老人总会到南石西村口的31路车总站接我们。坦率地说，村里的巷道纵横交错，没有规律，即使像我这样去过几十近百次的调查者，如不一路问人，也是必找不到他家的，或者其他人的家。

肖姓，也是南石头大姓之一，排第三，在钟、梁姓之后。

他之所以成为传媒的宠儿，被视为南石头惨案的"明星"，未必是他个人的意愿。不过，不让他带人去找钟瑞荣，他就不带；不让他说10万人死难，他就说七八万——不过，这却未必叫人"满意"了。

正因为这样，他的出镜率最高，无论是电视台、电台，还是报纸、刊物，他都是首选、第一号人物，包括记录我在南石头采访的专题片，在车站接人第一个出现的也是他，跟随日本老兵丸山茂指证码头、厨房、化骨池遗址的，也是他。

也许在所有的受难者中，他算是最年轻的一个。丸山茂来的那一年，他也才60多岁，其他所有被关在南石头的，都比他大，有的已在病榻上奄奄一息了。

因此，记录下他讲的文字、录音，也是最多的，无论是国内的，还是日本、英国的，累计起来，恐怕不少于七八万字吧。可他是文盲，连自己的名字，尤其是"肖"字都不会写，有人让他签字，他只能让儿子代签。

于他，是尽责了，他不过是一个普通的老百姓，一个普通的中国人。

但于传媒与学术而言，却是个悲剧——由于他的过多曝光，掩盖了有可能更多人要说、要揭露的更多真相——我不得不在这里用了三个"多"，不是词语的贫乏。

前年，我找到钟大眼才得知，肖铮已经离开人世三年多了。

钟大眼告诉我们，肖铮的祖父当年曾与两个撑船佬半夜潜入难民所去

偷毛巾，被发现后抓住，在严刑拷打下，钟大眼反复地说，他没有牵累任何人，最后，被枪毙在离棣园村不远的"日本山"——之所以叫日本山，是那里有日本人挖的工事和战壕。

这三个人为什么去偷毛巾？

钟大眼只是说，穷呗，大概想去卖几个钱。

果真如此么？

据难民船上的难民说，曾有地下抵抗组织的人在船上活动、画图，被发现后，吊在船头的桅杆上，被活活风干了。

我们无意揣测，他们三个人有同样目的。特别是撑船佬，会缺毛巾么？

不过，在毛巾上，是可以检测出细菌来的。

这事，肖铮却没有对任何人说过，或者，"偷"东西不是件好事，因偷被杀，很是难听，所以他不说。

可他却说了父亲的事迹。

他父亲叫肖苏，很多南石头人都熟知这个名字。

肖苏，是难民所六个抬尸人中的一个，另外还有肖秋、布然等人，但姓布的，应该是外面来的，并非本村人。

他讲了，父亲肖苏抬尸，是因为猪笼车已经被拉坏了，三四个人拉，整天拉，不停地拉，自然就坏了，所以换了六个人，三张帆布担架，一副担架两人抬，父亲在其中。

他讲被抬的人很惨，有的还没死，嘴巴还在动，有的脚指头露在外边，已被老鼠咬烂。

祖父被杀，父亲去当抬尸人，他也在难民所中待过，年纪小小的——这是怎样的三代人？！

在记者采访时，他画了一张难民所的图，虽然不懂透视原理，但是很直观，连一排40个房间、上下两层也画出来了。解决了很多采访者的问题，"井"字形的结构，后来在靠江边处加了一横，可容更多的人，几乎是80间一横，五横有多，底下一横要大一些，本来是四横。后来，我们找到了20世纪50年代的航拍图，证实了这一结构。那时，难民所的整体还没破坏，外边的围墙也还在，现在已经片瓦不留。在肖铮的草图中，还画了墙内原有的厂房，以及难民所大门的门楼两层，里边有所谓的医务所，还有化骨池等。

应该说，是相当准确的。

方位也很准。

尽管大报、小报登他的采访很多，但我还是使用我与学生的采访为准。

廖文采访肖铮的录音。

廖：我们是华南理工大学来的，我们不清楚你记不记得之前有一个教授采访过你？我们是他的学生，想再了解一下当年日军细菌战的事情，确认一些情况。已经过去这么多年了，请问哪些是你印象最深刻的？

肖：当时日军就抓人去检疫所，打屁股针。然后又用细菌，用玻璃杯罩住一些蚊虫，放在大腿上咬。然后抽血检验，抽完又打针。

廖：那当时你是在里面，还是在外面？你在检疫所里面是要干什么的？

肖：没有工作的，被抓进去。

廖：那是不是同一个村有很多人被抓进去了？

肖：也不是很多人，有很多人都逃跑了。我当时是小孩，就被抓到检疫所，关在一间房间里。我们知道那些下水道的位置，所以才逃脱了。

廖：这里是入口，这里是日军住的地方，然后这里是有什么用的？囚禁人用的吗？

肖：是这样的，检疫所就抓平民进去，抽血，打屁股针。

廖：那化骨池是用来干什么的？

肖：化骨池就在难民所，就是当时的自行车厂，入门口的左边。

廖：用来干吗的？

肖：用来处理难民的尸骸的，直接丢进去，然后等它自然腐烂。一层死尸，一层白灰，再加不知名的药水，然后等它自然腐烂。

廖：化完之后的残渣丢到哪里？

肖：不是丢在珠江。用汽车运走，运到北边，剩下的想不起了。

廖：1942年你被抓进去，然后你逃出来后，去了哪里？回家吗？

肖：我们就被抓进去，打屁股针，抽血，喂蚊。我们是本地人，熟悉地形，然后就逃走。

廖：那你逃走之后呢？没人来抓你回去吗？

肖：他也不知道我们在哪的，躲起来。

廖：那你家离这里（检疫所）远不远？

肖：当时我们就住东面的。

廖：那现在这里姓肖的多不多？

肖：都搬走了，后生的都出去了，剩下为数不多的老人。

廖：那你逃出来之后在这里附近生活，那日军与附近村民的关系如何？

肖：也没什么，就是经常来找花姑娘。有时候也带着我们的小孩去找花姑娘。

廖：那你有没有了解，在检疫所里面的人，用什么当食物？

肖：日军就用机动帆船运人到检疫所，说要检验，有病就留下，说要医治，很残暴。海（江）面全是船，密密麻麻地盖满了。

廖：你有没有在里面见到？

肖：我们不用进去的，在海边看见。用绳子绑起来，打针。

廖：你还记得有没有其他小孩被抓进去没出来的？

肖：有的。

廖：多吗？

肖：他们（日军）抓小孩抽血，打屁股针，然后就验血，有问题就扣留。

廖：你知道还有哪些人有记录这些事？

肖：没有。

廖：那"钟瑞荣"你认识不？

肖："钟瑞荣"就认识。

廖：那你知道他现在怎样了吗？

肖：他现在到了纸厂那边住。

廖："吴泰伟"呢？

肖："吴泰伟"就是西边的，老了就不干活了。

廖："梁檬"？

肖：已经去世了。

廖："冯奇"呢？有印象吗？

肖：有，我们经常跟他聊天、下棋的。他的名字叫"冯庆章"。

廖：你们小时候就认识了，是吗？

肖：嗯，当时他是难民。就是那些被抓进难民所的。然后我们当时没食物，就进难民所。进了难民所后就认识了他。他是厨房里面负责煮食的，负责煮难民饭。难民饭很难吃的，但是饿了就什么都吃了。

廖：那他当时多大年纪了？

肖：比我们年龄稍大。我见他用个大箩筐装米去煮饭。

廖：用大箩筐？

肖：要煮很多饭的。

廖：当时难民所还有饭供应？

肖：就是吃稀饭咯。

廖：那纸厂挖出人骨是在50年代？

肖：民国三十几年。

廖：民国三十几年差不多就是一九四几年啦？

肖：当时纸厂就做难民所的，日军抓人进去，关起来，给少量食物。长得壮一点的就给十二两饭，女的就给九两。

廖：那如果在难民所里死去的人怎么处置？

肖：一开始，是造了两个大的化骨池，一层尸骸，一层白灰，弄得附近都一股臭味。后来里面的职员忍受不了，就搬到交电所那边，埋起来。

廖：具体是哪个位置呢？

肖：南箕路。纸厂、派出所一直到医务所一带都是埋死尸的。

廖：你觉得他们在中国的生活习惯有什么区别？

肖：日军吗？

廖：对。

肖：日军的饮食很奇怪。他们不煮大锅饭，用一个锅，用三根木棍架起，吊着锅煮食。

廖：一人一个锅？

肖：对，十分奇怪。各自煮各自的。

廖：检疫所里面的人穿什么衣服？

肖：检疫所里面的人一般都穿警察的服装，有黑色，有白色，按季度穿。

廖：那日军是什么时候撤离的？

肖：战败之后走的。

廖：那日军撤退的时候，你在哪里？

肖：还是在这，世居于此。

廖：得知检疫所的人走了之后，你有进去看过吗？

肖：没有，不让进去的。日军战败撤退后，国民党军队就马上接收了。不让平民进去。

廖：接收了之后，在里面干什么呢？

肖：海港检疫所。

廖：国民党军队接收了检疫所之后，你们跟他们有没有来往？比如买卖货品之类。

肖：没有。

廖：那日军走后，你们靠什么过活呢？

肖：耕种。

廖：死人最多是什么时候？

肖：1942年许多香港难民坐船回来，天气很冷，这年死得最多。香港回来的难民不让自由活动。开始每日死四五十人，有一个姓张的到每一个房间清理尸体。开头用猪笼车运尸体，三四个人拉车，车坏了，就用帆布担架抬，雇了六个人，三张帆布，每次抬一至三个，有的还没死，嘴巴还在动……有的埋得不深，被野狗叼出手来，下雨流出的水都是黑的……大部分香港难民都死了。1942年、1943年最多，1944年后不多了。……在化骨池里面，一层死尸，一层白灰，死的人多了堆到满，死尸发酵发臭，搞到附近村庄都闻到气味，上面的伪军官来到这闻到这臭味，呕吐，就下令不准把死尸放在这里，就把死尸抬到现在纸厂医务所后面。现在纸厂宿舍那里，一排都是，挖个大坑来埋，那时我的父亲参加抬死尸。

这些录音，与钟瑞荣的录音一样，信息量很大。

他说，日军用机动帆船运人到检疫所，有病的就留下——实际上是我们最近才查到的"省立传染病院"，与检疫所仅隔一个"日本码头"，不是大的南石头码头，那里有"日本桥"，即伸到江中趸位，这是没人细谈过的。还有"化骨池"化后的残渣，"不是丢在珠江。用汽车运走，运到北边"——这里出现了汽车，与另一个证人说的经常有一车一车进了难民所相一致。更具体地，则是"日军的饮食很奇怪。他们不煮大锅饭，用一个锅，用三根木棍架起，吊起锅煮食"，"各自煮各自的"——在一次有国家文物局领导参加的会议上，我的博士研究生廖文正是以此为例，驳斥了有些人所称的"不存在细菌战"的说法：日本士兵就是怕自己也会被感染……还可以从中找到很多内容，包括南箕路邓岗斜的"万人坑"，等等。

只是奇怪的是，早前我领拍的专题片，肖铮提到了猪笼车，我们特地配了相片，可有人始终否认有车。

这里，我公布我第一次采访他的笔录片段，这是未曾公开过的。前边部分，讲了难民所两层楼上顶已空了，是用葵叶、竹子盖上的，每日两餐，男 12 两（相当今天 7.5 两），女 10 两（相当今天 6 两），铁丝网电死了不了人。

他讲到，香港难民来的那一年，他 10 岁。

1942 年许多香港难民坐船回来，那年很冷，死的人最多，可能是瘟疫。

请留意下边的这段话，不少人都听到过：

> 香港难民进来后，是不准自由活动的，关在监仓里，我们本地的，就可以进出，种田、种菜。
>
> 开始有猪笼车运尸体，每车三四个人拉，后来车坏了，用帆布来抬出去，雇了六个抬尸人，三张帆布担架，每次一至三个一张，有的还会多，被抬的，有的还没死，嘴巴在动，也抬去埋了。从大门上去，经林园村边上，再经原纸厂大门到南箕路，埋在南石头派出所附近山上，有的不深，被野狗叼出手、脚，脚流出的水都是黑的，抬尸人有肖秋、布然，外号"发疯佬"，我父亲也抬过，六个人都已经过身，几年间死了好几万，六个抬尸人也死了。
>
> 难民每周有一次下珠江洗身的机会，身子都臭了，日军用枪守着，不准逃走，谁走就用枪打，用黄狗咬，还用油缺罐冚头晒，隔一段也有被枪毙的，真正的难民不能自由出入，很多人打立入、打横出，无法计数。晚上还有大卡车来运尸。

死人是 1942 年、1943 年最多，大部分都死了。

这就是当时一个 10 岁，后来长到十二三岁的孩子眼中的难民所，里边的细节，说明了不少问题。

而今，我们还有不少记者记忆更清晰的是——

肖铮每每把裤脚捋起来，露出黑色的一片，是当年在难民所烂脚留下的，治了很久。

众所周知，这是染上炭疽杆菌留下的。可见，日军在难民所中，不仅用了沙门氏菌、鼠疫菌，还有别的病菌种。

四、菜农梁明

——被篡改的证言及被"检疫"去向

梁姓,是第二大姓,在南石头村。我们写了第一大姓钟姓,第三大姓肖姓,还有第四大姓吴姓,钟大眼就是嫁给了吴姓的人,是她的儿子吴建华,一直在为我们的调查热心奔走。证人证言中,南石头六大姓全部都有人出来讲述亲眼所见。其中梁姓的,印象最深刻的是 1994 年调研时已近古稀的梁檬。她讲述了两个非常关键的细节:一是日本兵抓人专喂蚊子、抽血,一是化骨池。

在我村东边有个旧炮台,被改为惩教场,日本人则把它改造为难民收容所。每天从广州市一车一车地把难民运入难民所,名为难民救济委员会,实际上是暗刀子杀人。每天用六个抬尸人都抬不了。后来在难民所里头建了一个叫化尸池的地方,将难民的尸体一个一个抛下去,不久,臭气溢出,难闻至极。我们这一带的村民,只有敢怒而不敢言。其实,难民所每天把饭煮出来,就用药混入饭中,难民分到的饭很难吞下肚里,只好挨饿。

采访后不久,她便离开了人世。采访时,她已在住院,仍歪歪斜斜地写下了她这一份证言。

还有一位梁姓的,是纸厂的基建人员。当然,他并非南石西的人,他在 20 世纪 50 年代初,因为挖地基,挖出了人骨,一层薄土,一层人骨……共三层。而这是仅两米深的"万人坑"的一部分,我们正是以这一铁的证据,驳斥了那里只是"乱葬岗"而非"万人坑"的所谓权威判断,并指出了所谓勘探挖掘的地方,离邓岗斜万人坑的所在地有多少里地的距离,乱葬岗怎么可能把尸体这么一层一层地有规则地埋呢?

我们很难理解，否定南石头大屠杀的反对者们，怎么能挖空心思找出各种荒谬绝伦的理由来证明他们的臆断？

这位负责基建的梁时畅，曾在我的关于南石头著作的新闻发布会前与我有过长谈。当年，日军在韶关用飞机投放细菌时，他还在当兵。

不久前，听说他也已经过世。

不过，他不是南石头梁氏家族的人。

还有一位，当年跟随大眼大姐种菜、贩菜的菜农梁明，有着相当准确，也较丰富的文字证词，是所有证言中最有分量的一份。

然而，关键的一句，却被删改了。而这一句中，仅仅改了一个字：

> 由水路入广州的难民船全部停泊在南石头海港检疫所河面，约有七八百船难民……

只改了一个字，即由"七八百船"改成了"七八百名"。

一字之差，天壤之别。

其实，有点常识的人都知道，仅一艘日轮"白银丸"，它的载客量就有 800 多人，载难民，恐怕还会超过。据资料记载，"白银丸"在海南岛掳走民工，一船就载了上千人。七八百船难民，竟然只有一条船的人数了。

而且，我们从当时日伪的几家报纸报道中得知，每批发往广州的船只，是"由帆船十艘及大型汽船一艘载运，而各帆船则由小轮两艘拖带"，所以每次船上一共"约五千余人"。不难计算，大船 1 艘、帆船 10 艘、拖轮 20 艘，总共 31 艘。也就是说，每个批次约 30 艘船，七八百艘，当在 20 批次左右，最忙的日子，是一天两批。因此，滞留达七八百艘所需的时间，至少在半个月左右。据船上逃出的难民称，有的滞留在南石头水面上更长达一个多月，而且是一条能载 480 人的大船。

这一来，七八百船难民该有多少人？这与钟瑞荣等人说的一致。因此，这绝不是篡改者所称的"七八百船人是七八百名的笔误"。

为此，这么多年来，我才会一直设法找梁明再一次核实。

梁明是仅以"梁"一个字，即姓，向《羊城晚报》投书的，这就更增加了不确定性。那时，我也不曾得知钟大眼。我只是从投书的信封上，看到顺德大良的邮戳。这位"梁"应当就是住在顺德的大良，大良是顺德的行政中心。

我自己是顺德人，龙江镇的，但顺德，若论地域面积，毕竟不大，仅800 平方公里，可它却几乎一直是全国百强县之首，后改为县级市，又改为城区，但始终还是名列前茅。我当以自己为顺德人为荣，作为作家，20世纪 90 年代，我更多次被约请去写文章，做创作讲座。记得第一篇文章题为《这里有座"黄金台"》，记录顺德人如何不拘一格，引进人才，这才有了经济上的腾飞。我一向低调，这回托一位熟悉的作者，而且同样是住在大良姓梁的朋友去查找。

1996 年 4 月 19 日，我收到了回信：

> 您托寻"梁"生一事，暂未有眉目，等我见着我镇文史组有关老先生们再托他们打听。
> 即颂
> 安康
>
> 梁小红
> 1996 年 4 月 19 日

另一位则称：

> 我们通过各种关系，根据写信人可能的特征，即 70 岁、有一定文化等，作各种排查，找了好几位老人谈，但都不是。由于有姓无名，查找起来实在太困难了。

然而，我一直没有放弃。

因为，这不仅仅是"船"与"名"的一字之差，而且，我们还想问更多的问题。

而这些问题，是他的投书所引发的。

当然，到最后，皇天不负苦心人。

我们找到了，且得知他的姓名为"梁明"。

现先把他的信件照录如下：

（1）关于南石头难民收容所

南石头难民收容所前身是叫惩教场，没有叫难民收容所，后来又改为感化所，最后就是现在的广州自行车厂。里面关着的所谓难民，是日军和伪军把一车车从广州市及各村庄捉来的人关在里面。里面的人不是病死，就是活活饿死。从抬尸出来就可以看到，条条死尸都是皮包骨，看不到有肉的死尸，所以难民所正门东边有两个化骨池，而不叫化尸池。其化骨池 5 至 6 立方米，日本投降后我也进去看过，只见池里面全是黑色的水，约有 1 米高，看不见有尸骨。难民所抬尸队之中，我记得两个人，一个叫布然的已不知死活，一个叫肖秋的有70 多岁，现住南石西村东四巷，我想不起来门牌号了。他每天抬尸从早抬到晚，用长帆布床抬。有时两人抬两三条尸一次。一队人每天抬七八十条尸之多，抬往南箕路邓岗斜葬下。最好找肖秋了解。我估计有很多条尸。入了难民所里就等于进了鬼门关，有的人逃走，被捉回枪毙，有的被广州造纸厂的电网电死。真是惨无人道。

（2）关于南石头海港检疫所

海港检疫所在现南石西村（西边）石岗之上。门口有个瞭望铁塔，高 20 余米，可以望到海面很远的地方，这个叫上所；下所在日本桥（是日本坟场之桥）边，这个叫海港检疫所下所。检疫所上所通风好，是日军佐级军官之宿舍及穿白大褂的人所住之地方；下所好像是个医院，是穿白大褂的人出入的地方，里面有翻译。每天晚上七时后，这里派出很多日军拿着吸蚊器到附近村庄吸蚊虫，入到村民房中蚊帐内吸蚊，顺便调戏妇女，村民对他们愤恨到了极点。将捉回来的青年人喂蚊做试验。

有一次，捉了棣园村一个青年人叫范茂，被咬得满身蚊口，因而逃走，后又被日军捉回。将范茂捉回灌饱了水，将一块床板放在范茂的肚上，两个日军踩上去把水踩出来，连续多次。日军以为范茂已死，即收队回去。过几个小时之后，范茂没有死，自己爬起即回樟园村，后来变成黄泡仔，不久就死去了。后来又在鸡春岗村捉了一个结婚不久的青年人李日，他的妻子叫吴清，是南石头姓吴的人。将李日捉去下所喂蚊吸抽血，被咬得全身是蚊口，后又送去宰人场，宰人场是广州造纸厂，在李日阴部处割去一条筋，后来李日变成跛仔（因李日被很多人看见捉去的所以没有宰他）。晚上由难民所捉去的人就难生了，经常听到惨叫声，后来就听不到了，不知是否打了麻醉针，抑或死尸，其尸骨就送往难民所的化骨池。

（3）关于香港难民

香港被日军侵占后很多难民逃入广州，有部分由陆路经深圳进入广州，有部分由水路入广州。由水路入广州的难民船全部停泊在南石头海港检疫所河面，约有七八百船难民。日军荷枪实弹上起刺刀一批批地把难民押上，到检疫所的空地上，不论男女老少都要脱衣服，光着屁股朝天。有七八个穿白大褂的人，手中拿着一个东西（不知何物）探入每个人的肛门之内，不知吸东西还是放东西，一批批从船上押上押下有数天之多。后来这批难民不知被日军送往何方。

化骨池的问题仍然是个谜，因为难民所的死尸是抬往南箕村邓岗葬的，池中的骨头即找南石头的肖秋了解（肖秋别名叫肖皮）。我在南石头难民收容所菜场做过农工，所以识得肖秋。我就知道这么多了，请原谅。

在日军投降之后，梁明还到难民所内看过，专门到了两个化骨池的上方，从化骨池上方约70厘米见方的开口往下看，只能看到一汪黑色的水，臭气冲天。这个开口，是过去抛尸下去用的，一次可扔进去五六十具尸体，这显然是一种处置方式。

找到了梁生——他就是梁明，我们当然先问的，是关于信件中涉及的内容。

因为有人否认有"一车车从广州市及各村庄捉来的人"被送进了难民所，他的回答是，通往难民所的是一条沙石路，并不是小路，是完全可以开汽车的，当然，晚上来的车会多一些——这也对应了汪伪广州市政府对陆路进入的香港难民的"严防死守"。

显然，这些运进来的，主要还是香港难民。试想一下，如果仅有几千难民在几个月、一年中进入，会给广州这已是"皇道乐土"的地方构成威胁么？那么，这用汽车运进难民所的，又有多少人呢？

他说的"下所"，当时我们还意识到是他所认为的"好像是个医院，是穿白大褂的人出入的地方，里面有翻译"——这很重要，现在，已确认，这正是日伪的"省立传染病院"，"在日本桥边"，过去，我们一直以为检疫所的隔离室（现已挂了文物登记单位的两层楼）是下所，显然判断有误。至于他说的"上所"，倒是今天被南石头居民称为"日军医院"的地方，墙上还隐约看得到红色的十字架。今天，下所只余下三排房间了，一看就是作为病房用的，而临水的几排已经没有了，只留下地表上用铁片盖住的桩柱印记。吴建华称，当年可以直接从窗口跳下珠江游水，下所之后被改造为纸厂的疗养院。后来，又被用作自行车厂宿舍，能查实这个日伪的"省立传染病院"，梁明的这封信起了很大的作用。

我们自然也问到，到底是七八百船难民，还是七八百名难民？有没有笔误？

此时，年已八旬的梁明一下子严肃起来：我怎么会说是七八百名呢？江面上是船呀，密密麻麻的船，别说小学生一、二年级就可以数到一百、几百，多的上千，那时我都十七八岁了，连这个都数不清么？这个数，只有少，不会多。船太多了，"白银丸"我见过，也不是一到就走，停留有几天。其他船，如"珠海丸""南海丸"，停留的时间就更长了。

我们问：你在南石头难民收容所做过农工，种的菜有多少？

他回答：种的菜有好几亩地，显然不够，每天还要从外面运菜过来，卖给收容所……当然，粮食不是我们运的。

末了，我说：我提一个也许不该问的问题，你的信中，为什么只署了一个"梁"字，没加名，让我们好找呀！

他说：不好意思，我也没料到你们竟然还能找到这里，我不想惹太多的是非，或者出什么风头。

这是你的真心话么？

他沉默了好一阵子，才说：为难民所种菜，卖菜买菜——现在叫采买采卖，当然是生活所逼，我被饿死的人吓坏了。不过，这毕竟是给日本仔做事，并不光彩，没什么可宣传的，可心又有不甘，不揭发出来，更对不起那么些死难者。

我说：你还是给难民吃菜服务的。

　　他说：不能那么说，日本仔就是往里边投的毒，当时不知道，可现在知道了，能心安么？

　　我明白了，这是一位见证者坦诚的表白。

五、冯奇
——尚能记下关于死亡的打油诗的孩子

妈妈，什么时候到家呀？

20 多年来，在介入调研南石头惨案之后，我耳边也就时刻响起这样一个孩子的声音。这声音有时清晰，有时含混，有时是男声，有时是女声……而不论是怎样的声音，都包含有儿童的天真、清纯与充满希望，也许我一辈子都摆脱不了这个声音。

但这一声音，带给我的却是无以告白的绝望！

尤其是一年前，当我拿到日本《陆军军医学校防疫研究报告》中第七册第 676 号由丘村宏造所写的《广东华人霍乱调查研究》（1942 年）的报告时，更是难以自抑。

该报告的第一个报表中是"患者年龄、性别的死亡率"。

报表显示，这一批实验的香港难民数量为 579 人，总的死亡率为42.3%。其中，第一栏是年龄为 1 至 10 岁的，其中男童为 16 人、女童为 18 人，总计 34 人，活下来出院（送回难民所？）的为 13 人，男 7、女 6，死亡为 21 人，男 9、女 12。

死亡率为男童 56.3%、女童 66.7%。

而儿童占这次实验人数的比例为 6%。

这种实验，是按诸如年龄、性别、死亡时间、气温、体征、胃液（因为是肠道细菌）等，分各种类型统计的，后边我会专门提到。这里，儿童比例是否等同于其在整个难民中的比例，不好判断，有所参考的话，这 6% 则意味着 10 万死亡难民中有至少 6000 个儿童。确实，在难民船上，已不乏儿童的案例。

那么，还有孕妇呢？多少孕妇？死亡率又是多少？我们只采访到有个产妇被游街的惨状——把已死孩子的肠肚挂在她身上。

我们无法想象数以千计的儿童，陆续到达难民所后各自走向死亡的悲惨经历。

他们没一个走出"灭绝营"——在欧洲是用过这个称呼的。

他们永远也到不了家！

每次想到这，我都要捂住嘴，不能放声哭出来。

1995 年 4 月、5 月，我曾陪同电视台摄像的记者，去佛山采访过一位幸存者。

他原名冯庆章，后来叫冯奇，写信也是用"冯奇"这个名字。当时，他才 60 来岁，也就是说，当年被抓进难民所时，他还是一个孩子，数千名孩子中的一个，才七八岁。

他能活下来，是个奇迹。

他在难民所的几次逃亡复又被抓回，更是传奇。

因为年纪小，记忆力特别好，他在 50 多年后，还能背诵得出难民所里流传的打油诗——或可称之为童谣：

> 笼中鸟，难高飞，不食味粥肚又饥。
> 肚痛必病无药止，一定死落化骨池。

这 27 个字道尽了难民所监仓里的恐怖，更揭示了很多的内容：味粥、腹泻、化骨池的死亡之路……

我至今忘不了他那副悲悯的脸，那是自小经历了难以置信的劫难之后，才被镌刻出来的。面部的痛苦、无奈和余悸，都无须加以掩饰，岁月也掩饰不了。显然，他后来还读过书，并且当上了干部。他的字迹也算是娴熟、流畅。

回忆是艰难的，却呼之欲出。

1938 年 10 月前后，广州遭到日军飞机轮番大轰炸，从南至北几乎是全覆盖，龙洞、石井，在城北、海幢、河南，也就是广州南的海珠区，无处不遭到炸弹毁灭性的轰炸，尤其是市中心，医院、学校、商业街，无一幸免。之后，日军在大亚湾登陆，迅速进抵广州。

冯奇家就在广州繁华的西关第十甫。在日军到达之前，他的家就已经被日机炸平了，父母都被炸死了，亲人走散，兄弟也不知去向。刚上学才

8 岁的冯奇，就成了流浪儿、乞丐，露宿在弹痕累累的广州街头，面黄肌瘦，从城西讨饭到城中。

但日本兵并没有放过他。

1939 年初，已近春节，日军与汉奸的巡逻日紧，他们无非要让广州成为其"皇道乐土"。冯奇当时躲在离家不远的敬义顺的烂房子三楼，忽地听到了几声狼狗的吠声。这时，他与乞丐伙伴们已来不及逃了，大狼狗扑了上来，后边跟的是巡逻兵。

这是他第一次被抓。

日军先是问他为什么住在这里。他说，家没了，没地方住了。于是，不由分说，被赶下了楼，一把塞进了抓人的大军车车斗里。车厢里，此时已经差不多装满了人，一直把人装满了后，就开车了。

开了约半个多钟头，车停了，把人往下赶。

冯奇下了车，一抬头，看到大门上有"惩戒场"三个字。

就这么被关了进去，后来才知道这里叫"南石头"。

这个时间段内，难民所正在汪伪政府的主持下扩建，临江一方，加了一栋两层楼，加了近百个监仓……冯奇才 8 岁，个子小，趁乱，便从南石头难民所逃了出去。

只是，每次逃出不久，又在街上被专门搜寻的日伪巡逻兵逮了个正着，再送上军车，还是送到南石头。

他就这么三抓三逃、三进三出。总而言之，逃不了！

其中有一次，差点被死神带走了。

难民所里，每天只有两壳（粤语，小瓢的意思）味粥，有些许咸味，就算是"味粥"吧。人陆续死去，饿死，病死，死了的抬走，又有人补进来，进的人多了，便开始了"清理"。

这次清理出来的，有 2000 人左右，冯奇也在其中。

出了大门，到了江边，却是有船接，这 2000 人上了好些条船，顺流而下，几小时后，船右拐了，再开到了对岸。

上岸的地方是东莞，2000 人被押到了厚街镇。

到了厚街，男女就分开关押了，男的关在一座学宫里，女的关在一个祠堂里。相距不远，没有味粥喝了，每天发几个番薯充饥。

没过几天，又得转移，说是要去开荒，下午出发。

　　就这么被押着走了几十里，直到天黑，也不知是什么地方。八、九点钟，队伍后边突然响起了枪，不是一两声，而是连发，没有停，后边的难民纷纷倒下，队伍大乱。

　　这时，约9岁的冯奇，有流浪的经验，人也机灵，由于他走在大队伍的前边，一听后边枪响，立即拔腿就跑。附近有一座黑漆漆的山，他就一直往山上的林子里钻，同他一起跑的，还有不少人，后边被追杀了不少，前边好歹还逃脱了一些。

　　逃脱后，冯奇只能一路乞讨。半年之后，已是1941年的春节，终于又回到了他熟悉的广州。

　　他本以为，广州熟，好躲人，可没想到，躲得过日本兵，却没躲过身穿便服的"二鬼子"汉奸。没几天，又被抓进了南石头。这回，难民所扩建已完成，所内不再那么杂乱，铁丝网也在围墙上装好了，再要逃，难上加难。

　　当时，冯奇并没意识到，他这次被集体押到东莞，而后开枪扫射，已是日伪最早要解决难民所人满为患的一种方式——集体屠杀。可见，在太平洋战争爆发前一年多，日军对难民的"解决方案"已开始形成。

　　我们还不知道：为什么要把难民押那么远去杀掉，而且并没有完全杀干净，让前边的人跑了？是不是这些人不适宜在当地处理，因为人太多，而且这些人已经是"带菌者"，怕没处理好，在当地引发大规模疫症流行，于是，驱赶到另处——东莞正是抵抗队伍东江纵队活跃的地方，大岭山就有过东江纵队的司令部。

　　丸山茂这个日本老兵，揭露过这种"处理方式"。

　　冯奇这一次关得就久了。

　　一直关到了第二年——太平洋战争爆发，香港沦陷，大批的香港难民被几十船、几十船地往南石头"运送"。

　　迄今，冯奇的采访录音仍能听清：

　　　　突然间来了很多船的难民，很臭，后来才知道这些是香港难民。香港难民当时对每日喝味粥不习惯，吃着吃着就有很多人拉肚子，呕吐，所以难民所每日都死很多人，有时一天死二三十人，有时一百多人，二三月份死的人更多……

这里已经不用特别说明了，日军早早就在味粥里投进了高效的沙门氏菌，在等到味粥煮沸后降到40℃以下投放……

这里还是把冯奇留下的文字照录如下：

我家在日本人来之前已被日机炸毁，只剩我一个人，亲人都走散，父母都被炸死了，哥哥不知去向，当时我刚刚去上学，才刚8岁。没办法，就流浪在广州。1939年左右，接近春节时候，某天晚上，日本人和保安警察到处巡逻，我当时住在广州第十甫街，那时叫敬义顺的破烂房子的三楼。他们好几个人，带着大狼狗上来，见到我们住在那里就抓我们下来，问我为什么住那里，我说家里没地方住了，他们就赶我们上车。当时的大军车上已经差不多装满人了，装满了车人就开车，一直把我们带到南石头。一下车抬头一看，就只有"惩戒场"几个字。我们都不理解，他们就赶我们进去了，被关在里面不让出去。差不多到了一九四一、一九四二年左右，突然间来了很多船的难民，很臭，后来才知道这些是香港的难民。香港难民当时对每日喝味粥不习惯，吃着吃着就有很多人拉肚子，呕吐，所以难民所每日都死很多人，有时一天死二三十人，有时一百多人，二、三月份死的人更多。

这个佛山老人是南石头难民所少有的幸存者，他的书面证词写道：

一下子就死去几百人。伪政府派人将尸体抬去难民所外乱葬岗草草埋葬。日本人还强迫难民打防疫针，但很多人打后发高烧、抽筋，不几天便倒地不起。这时已建好两个大化骨池，死了的或快断气的都丢下化骨池。化骨池有4米多高，正方体，混凝土筑成。尸体放满后，加放药水封盖好。过了10到15天，开盖时多在深夜，臭气冲天。

广州河南南石头，这座大监狱是国民党专关押政治犯的地方，叫惩戒场。1938年广州沦陷前，国民党撤退时已遭破坏，所有监房拆烂，只剩下四周的高墙以及高高的炮楼、瞭望台。

广州沦陷不久，伪省府组织了广东省赈济委员会在此成立难民收容所，称为"广东省赈济委员会南石头难民收容所"。

在1938年中秋前后，大队日机轰炸广州，造成不少人家散人亡，流离失所，流浪在广州街头。伪政府借口清理广州市容，将无家可归的人都抓去难民所关押起来，没有良民证及没有人担保的都被押去南石头难民所。当时所长是刘念端。

在难民营里，难民被分成 3 至 4 人、7 至 9 人一组，安排在一小间的房间里，四边只有墙，但无片瓦盖顶。难民在这小房间里日晒雨淋，条件非常恶劣。每人每天分派两勺味粥。这些味粥其实是由麦粮、麦皮、少许大米、咸菜混合煮成，其味又酸又馊，非常难食。味粥从来不是滚烫的，只是微热，吃过味粥的人，都逃脱不了病呕腹泻的命运。当时在难民所流传着这样一首打油诗："笼中鸟，难高飞，不食味粥肚又饥。肚痛必病无药止，一定死落化骨池。"遇上暴风雨来临，一下子就死了几百人。伪政府派人将其尸体抬去难民所外的乱葬岗草草埋葬。每天都有 20 至 30 人死亡，少则 6 至 8 人不等。

1941 年间，难民所内的房间有禾草、竹枝搭成简易的屋顶，地上也用禾草铺上，情况稍有改善。1942 年春夏间，香港沦陷后，有大批香港难民一船一船运到南石头收容所，约有三四千人之多。这批香港难民都要经过日本检疫所。该所派出专检人员进行肛门检便，以后也是关在难民所内，与本地难民分开。这时期食物有所改善，不再吃味粥，而吃麦皮及大米煮成的麦皮大米饭。医疗条件也有所改善，在难民所内设有医务所，医生多是日本人。日本人强迫难民打"防疫针"，但很多人打后发高烧、抽筋，没病变有病。当时我听说是给难民打毒针。难民被打针后，过几天便倒地不起。这时已建好的两个大化骨池，死了的或快断气的都丢下化骨池。

化骨池有 4 米多高，正方体，混凝土筑成，上面有四个约 70 厘米×70 厘米的方孔，便于把死者丢下去。放满后，加放药水封盖好。过了 10 至 15 天，到一定时间，开盖时多在深夜，臭气直冲天。不时有日本人来难民所宣传招人去做工，选些青壮年的人，名义外出做工，将选上的人送去检疫所。据说开始几天让入选者吃得好些，等到入选者肥胖时，将其关入黑房，放蚊虫、跳蚤吸血。这些人便渐渐消瘦，直到死亡。一批批从难民所出去，却不见有回。被选者命运如何，谁也搞不清。

在 1945 年日本投降前，国民党快接收难民所时，当时难民所剩下的难民很少了。香港来的难民所剩无几。几千难民就此四散，不了了之。

难民所的地形：正门口上有座小楼，里面住着保安、警察。入门右边约 50 米远有个像排球场大的地方，有个水井，再走约 30 米又有个水井。入门口左边约 30 米有个厕所，附近有个水井。厕所过些便是化骨池。化骨池中间有几级梯板上化骨池，化骨池上约有高 1 米便是炮楼的行人道。城墙上四周筑有四个高几米的瞭望亭。城墙上四周都装有带刺的铁丝网。城墙上距地下有 6 米多高。正门是很开阔的。里面有保安、警察守着。城墙上也有岗哨往来巡视，难民关进去不易逃出。

而使死亡率迅速上升的，还有华南的气候，因为广州气温很快就从几度上升到十几度，乃至二十几度，甚至三十度，而且，刮风下雨的天气也多了起来，每天的死亡，就从一二百，升到了好几百，累积起来，这已是一个很可怕的数字，况且屋顶穿漏进雨的不少。

我们要留意上述文字里的"很臭"。如果是当天（港粤航班，大都是朝发夕至）到达，而且之前是很讲清洁卫生的香港人，是不会身上发臭的，这只能是在船上滞留了很长日子才会这样，哪怕是冬天。

"味粥从来不是滚烫的，只是微热"，广东人，也包括香港人，一直喜欢喝滚烫的食品，这也是当地历来患食道癌者超过其他地方的原因，而"微热"，正是投入沙门氏菌的适当温度，印证了日本老兵丸山茂的揭发。

香港难民是"与本地难民分开"的，所以幸存者几乎全是本地人。迄今仍未能找到从难民所活着出来的香港难民，这有不少幸存者的证言，都对此予以了证明。

难民所内的监仓，"四边只有墙，但无片瓦盖顶"，所以风雨天，"一下子就死了几百人"——这是冯奇亲历亲见的。但我们参照丘村宏造的"研究报告"，他得出的结论是 8、9 月份高温季节，死亡率最高，可以达到90%，平均死亡率为 40% 左右，风雨天当在这两个比率之间。那么，仅仅1942 年，难民所里死亡的人数又有多少？这已经是不用推算了的。

这里不再对文字证言里的相关用词、段落逐一加以解释了。

冯奇逃过了一次又一次的劫难，当由于自身的免疫力强一点，时间久了，他被允许去种田、挑水、送菜什么的。10 岁的孩子，机灵乖巧，抓住了机会，与难民所近侧的当地居民很快就混熟了。于是，一个叫钟元的当地农民出面，在他重病时，把他装进一个大筐里偷偷抬了出来。当时，小冯奇已是皮包骨了，后来钟元又向难民所所长做了担保，让冯奇当他家的雇工。这么疏通一下关系，他总算在最后关头逃脱了厄运。1944 年，他最后离开了南石头，是难民所里做勤杂的胡苏放他走的。

抗战胜利后，他的大哥、舅父在广州的报纸上发了寻人启事，冯奇上过学，能认几个字，终于找到了亲人。

没人敢计算，三年零八个月，难民所里死了多少人？难民船上又死了多少人？香港难民被"蒸发"的速度有多快？

毕竟，钟瑞荣被抓进去后，很快就翻墙逃了出来。

肖铮只是在外围打圈圈。

梁明更只是送菜到厨房。

而冯奇，实打实地被关在里面，从 1939 到 1944 年，当中逃出去又抓回来几次，但香港难民来后，他也不曾与他们同住一个号子里边，所以风雨天他经历了，但高温天则不知里面如何。

我们在采访中得知，每天早上，都有一个姓陈的雇员会统计"病号"的人数，并把病号送到所内的医疗室。那里有日本医生，病号未必马上就会死去，但不管是否完全咽气，他们都会被抬上猪笼车，运去邓岗斜的"万人坑"。

而负责投菌的日军伍长的场守喜，则每天在统计表上填写难民所内相关数字，自然有死亡数字等，而后由胡苏送上去。

迄今，我们仍未能完全揭开南石头的全部真相，尤其是如何杀人的真相——不仅仅是沙门氏菌、鼠疫、炭疽病等。

六、何氏两家人
——水路、陆路，又从陆路撵上水路

这里同样有两个孩子，一个8岁，男孩；一个6岁，女孩。他们的命运，比在无声虐杀中消失的数以千计的香港儿童要好，也比三进三出南石头难民所、在广州街头流浪的冯奇要走运，因为他们当时有母亲与奶奶庇护，尤其是母亲手中还有几个钱，能买到偷偷游弋在大船间做买卖的小艇上的食品，能买通上船巡逻的伪警察。另外，小小的身体可穿过舷窗，逃到船边的小艇上——当然，母亲出了钱，让孩子提早将近一个月逃出笼罩着死亡恐惧的"南海丸"，特别是一口也没沾由难民所厨房送上船的"味粥"——至少是几个方面的合力，使得他们在如此重大灾难中得以脱身，而这合力中，母爱闪耀出了最亮眼的光芒。

难民所所长刘念端这么说过："船上也是难民所。"

这句话，有多层意思：一是字面上的，即难民船等于难民营，这很明白；二是难民所已人满为患，难民船载来的港人只能待在上边，一时下不来；三是难民船是过渡性的，待难民所不断"清空"（不是一次性，而是一间一间监仓地腾空出来），他们才可以分期分批分档补充进去……

只是，真正下了船，进了难民所，等候他们的又是什么？

同样是人间消失。

两个孩子一直活到了今天，哥哥叫冯芳标，妹妹叫冯锋，我们后边可以读到他们的证词。我与电视台记者采访时，她母亲还在，那是1995年初，已80岁了，所以主讲的还是母亲。她名叫何琼菊，曾是广州一所比较有名的学校旧部前小学的校长。当年，30岁的她，带着年过花甲的母亲和两个儿女，在香港中环上了难民船。

不难想象，她就在萨空了的《香港沦陷日记》中所写的，长得看不到首尾的队伍中。

我们没问她，是否花高价买了黑市船票。这样的问题太残酷了。

当时，买上船票已是万幸，而且，花钱买船票，买的是平安、稳当与一路顺风。

因为离开香港从陆路上广州太危险了，战乱期间，土匪、强盗、烂仔太多了，不知什么时候就冒出来，防不胜防，港人已视之为畏途。而且，沿途还有日本兵把守，一语不合，便开枪了，也不知死了多少人。

还是水路保险。

因此，何琼菊一家克服困难，花了钱，也要去买船票。一船就可以开到广州了，那里会有亲戚接济。

可船一到南石头，还是回不了广州城。船一停下，恐怖便日复一日，来搜查的，来做疫病检查的。而且，有人跳江被开枪打死，抓回来的则被绑在桅杆上活活风干……

没两天，身边一位老人便无声无息地断了气。

如果没有两个孩子和一位老母亲，何琼菊或许还会与其他480多人一样，老老实实等在船上，等到允许登岸，关进难民所，从此杳无音讯了——所以，她才竭尽全力，想尽办法，让孩子先逃生，让老人先走。当年，我记下了她的印象，白发不时在风中拂起，那种惊恐与痛苦，非笔墨所能形诸。毕竟，她已是耄耋之年。

何琼菊回忆：

日军是1941年圣诞节时占领香港的，香港陷于恐慌与饥饿。所以，没多少日子，在春节之前，也就是1942年初，我就带着8岁的女儿，还有家婆一共4口，买到了船票，乘上了拖渡轮船回广州。那时回广州一天有好几班，日本人连哄带吓逼我们走。从香港开出的这条船，一共有480人左右。

船进入内河航道，到了南石头，就被日军拦住了，不允许上岸，说要经过检疫才放行，要验大便。如果认为有问题的，就会被拉进传染病室，有去无回了。我们在船上待了好多天，终于有一天，有一个伪警察上船来探亲人。我求了他很久，还塞了一把钱给他，请他代我带一封信给我的家姊，他最后把信收下了。

又过了两三天，我的姐夫，还有他的三哥，设法雇了一只小艇仔，悄悄从外侧靠近了轮船，把我的两个孩子从舷窗偷偷地接了出去，运走了，没有被日本兵发现。如果被发现，日军巡逻艇会直冲过来，把小艇撞沉，大家就没命了。这样的惨剧，我在船上看到过多次。

这段时间内，有红十字会组织派人上船来，给我们送粥喝，送饼吃。我听说晚上有些年轻的男子跳珠江，想凫水逃跑，结果被日本兵抓住，就把他的衣服剥光，绑在外边，活活冻死。那一年，天气特别冷。晚上，我们常常听到日本人打人的声音。

日本兵天天上船检疫，认为谁肚子有问题就拉走，同样有去无回。

我们在船上住了一个多月。

凡有施粥的小艇来，我都想法子与他们聊聊天，打听外边的情况，好准备逃走。有一天，我家婆肚子痛，要让日本兵知道，押走就完了，我便向来派粥的红十字会的人求救。我哀求了她们很久，她们终于动了恻隐之心，叫我家婆换上一件好点的衣服，与她们一道回粥艇。这才逃出，上岸后回到我家姊家里。

又过了一段时间，我的肚子也不舒服了，只好再求红十字会的人救我。她们又叫我换上一件好点的衣服，还给了我一个红十字的徽章，教会我一句应付用的日本话，不带任何行李，千万慌张不得。这才又下到救济船上，划到了广州码头，回了家姊家。

我在船上滞留了月余，走的时候，原来在香港上船的480人，只剩下40余人了。像我侥幸逃出的没几个，我见到有些在船上死了的，被日本兵扔下了河，其余的人说是送传染病室，没有再回，听说全死了。我离开船之后这么多年，也不曾再见到船上的任何人。

她的儿子冯芳标做了补充：

香港沦陷后过了一两个月，妈妈就带着我和6岁的妹妹，还有祖母，坐船离开香港，重返广州。我记得船上有很多人，中间还要换船，船到了南石头，就被截停了。

日本兵要我们下船陆续上码头去，露天做检查，用一条有3厘米长、粗0.5厘米左右的管子，插到肛门去。我见到的日本兵，有穿军装的，也有在外面罩上白大褂的。如果认为谁有问题，就拉走隔离了，有去无回，没问题的，还得回到船上。

船舶上吃得太差了，卫生条件不好，没病也会变成有病。

天天都要检查，被拉走的人一天天在增加，船上的人一天天在减少。日本人还随意摔倒、殴打中国人。

在南石头停了两三天，有一个伪警察上船看亲戚，妈妈求他带信找人，给他钱。后来，我姨父和他的三哥花了很多钱，雇了只小艇，冒险带来了一铜锅粥来。一、二月份，天寒地冻的。日军巡逻船呼来掠去，我亲眼见他们撞沉了好几只小艇。我姨父把我们兄妹俩从窗口偷出，放小艇。小艇七弯八拐，防备日军巡逻艇发现，直到穿过白鹅潭，过了海珠桥，大家才算放下心来。

……

日本人是要制造借口，把船上的人都整死，让船上传染上病。每天都要探肛门，吃不好，天又冷，没病也会弄出病来，一有病就拉上去隔离，再也不见回来了。

太可怕了，如今一提起南石头，我就毛骨悚然。

香港占领军为了把人驱赶出来，专门派船往广州送，表面上说得很漂亮，还发给粮食、军票，表示"关怀"。而广州呢，则以治安为借口，不让难民进入，不仅把人送进所谓"难民所"，甚至把难民船上的人一概以细菌毒杀。表面上看，香港方与广州方，并没有什么直接的交涉，可事实上，当是精心策划好了的。

她的女儿冯锋也做了补充：

香港沦陷后兵荒马乱，我妈妈带着我和大哥还有祖母几个人，靠妈妈一个人养我们几个人肯定不行了，所以没办法就回广州。我们当时是乘难民船回来的。回到南石头的时候，日本人有一个检疫站，每天都让人上去检疫。一化验有问题，就要扣留下来，不给下船。但为什么化验出来没有问题也不放人，不让人进广州？最后，480人的船上只剩40多人。

这一家子的逃亡经过，惊险、曲折，且扣人心弦，更让人肝肠寸断。

这是水路上得以逃生的，那陆路呢？

同样，还有一家姓何的。

我们查阅当年的香港报纸，报道从陆路"归乡"的消息要比水路少得多，但偶尔也有，但大多是，某月某日，有组织——自然是日伪把控的同乡会之类——登记了几十、上百人，什么时候在九龙、新界出发，分赴惠阳、汕头云云，显然，规模不大。

但选择陆路的还是有的。

我家也是走的陆路，父亲当年在香港的大学毕业——辗转中山大学、厦门大学，最后到了香港的广东国民大学，在港的建筑事务所执业并结婚，且有了个女儿，也就是我的大姐，名叫谭利贞。后来在抗战中失散了，我的八姑，迄今还在，93 岁了。20 多年前就告诉过我，一家子从香港走出来，又苦又累，饥寒交迫，没吃的，就到沿途牛马的粪便中，把未消化的诸如玉米粒抠出来，用以充饥，好在没打算回广州。

但何荣清这一家子，却没这么幸运。

何荣清带着她的伯母戚颜彩，是跟随陆路步行的难民潮出发的，走出了新界。白天走路，晚上太黑了，就找个地方睡下，他们的方向则是广州。当然，也有人打算在广州落脚，继续北上，因为他们老家并不在广州。

终于走出了新界，过了深圳河，到了宝安的南头。香港刚刚打过仗，乱得很，不时还有枪炮声。到了这边，似乎要安全一点，可是，没走多远就被拦住。

一看模样，就知道是号称"胜利友"的汉奸。

汉奸装出一副关心的样子，称：你们很辛苦呀，脚都走跛了，完全没必要。皇军为了表示对香港人的关怀，已经专门派船送你们回广州，这里就有船，还有大轮船呢。千万不要再走下去了，路上有土匪杀人越货，难道你们没有听说过？

步行的难民在犹豫中，却没容商量，这一群汉奸，便把他们一个个连拖带拉，推到了江边。

江边已停了好几艘大木船。

显然，已守候多时了。

他们上船时，人还没满。没多久，又陆陆续续地带来了一批又一批的难民，最终，四条船给塞得满满的了。

这才由小火轮往广州拖。

我们读读何荣清的信件：

    我所搭的不是什么慈善难民船，而是日军相当的一级机构或头头所决策，由日军和伪政权（当然不会让他们了解内幕了）共同实施的有计划、有组织、有步骤诱逼香港回乡难民，为他们设计好的细菌战实验船，是拿活人做实验的实验船，是直接用细菌杀害中国人的罪恶之船。否则，是难以解释的。

    因受"南京消息"的启发，原想是为这段历史留几句证词。现在看起来，我的经历，对揭露日寇在我华南进行细菌战是重要的。

    日军侵占香港不久，交通仍处瘫痪之时，大约是1942年1月，我和伯母戚颜彩（她已于1979年在香港逝世）二人，随着稀疏的难民人流，晓行夜宿，由九龙住地往广州缓慢徒步前行。一日，行至宝安的南头，被一些手戴白底黑字臂章的汉奸拦住去路，大声诱骗说什么"皇军"如何关心难民，现在派船来免费接送我们回乡等。还威胁说前面不远的地方有很多土匪，不只抢东西，还随便杀人等。当人们正处于犹豫之际，他们就连推带拉地把难民往停在江边的大木船上送。船很大，每只约能坐百人，等四只船塞满人之后，即由小火轮拖往广州。当船到达广州，正要靠码头时，却上来荷枪实弹的日本兵，并听到有人大声叫喊：大家不要乱动，船要去检疫。船即继续开行，不久即抛锚在江中，后来才知道是南石头。

    船是由日本兵（后换成汉奸）由广州押解至锚地并看管的，对外不准其他船艇靠近，对内不准乱走动，以防逃跑。抛锚后的第二天，船靠上南石头一荒凉岸边，日本兵和汉奸把全船的人一齐赶进岸边的河叉进行所谓的检疫。等逐个检查完毕之后，又被赶回船上。仍锚泊于江中。而另一只船才靠岸又进行检疫。没有任何仪器设备，仅凭肉眼和一支玻璃探棒，能检什么疫？检疫仅是借口而已，把全船人一齐赶上岸，可能是对全船的人进行分类登记或深藏其他不可告人的目的。船上是不给食物的，要自己掏钱向卖食物的小艇购买，但又不是随意可买，只能每天下午在他们的监视下购买。不知最早是哪个人在什么时候发觉船上有跳蚤的，但两三天之后，不少的人都向外抖衣被，说有跳蚤。我身上也被咬多处。跳蚤是生长繁殖于牲畜之中的，船上本来没有，为何锚泊江中后出现呢？人们议论纷纷，有识之士认定是日本人撒放的，是带菌的。

约三天后，船上有人死去，第一个死的是婴儿，因其母哭泣还遭汉奸大骂。自此之后，天天有人归西。

每天都是由日本人上船来指定这个那个的往外带走几个不等，最先（选中的）多是青壮年，都是只去不回。

这可能是他们搞难民船的主要目的，试验室需多少，可到船上"拿"多少。

原来塞得满满的一船人，只过了七八天，就只剩下三分之一左右了，除极少数逃离外，其余的不是死在船上，就是被拉走了。

我们是在过了七八天之后的一个风雨交加的傍晚，乘着看管人员躲雨不备之机，花重金招请小艇逃出魔窟的。回到家乡我即大病一场，有时高烧不退，有时是又发冷又发热，医生也说不出个所以然，几经诊治服药，总算拣回小命，约两个月后才逐渐好转。

何荣清追忆，在何琼菊身边，是一位老人最早无声无息地断了气。在何荣清的船上，最早死去的是一个婴儿。

何荣清的判断是对的。这不是什么"慈善船"，而是"细菌实验船"、罪恶之船！

潘杜是曾乘坐难民船的难民之一，曾寄信给《羊城晚报》说：

一九四一年太平洋战争爆发，香港沦为日寇统治，同胞纷纷逃离香港。一九四二年初，本人姐弟三人为求学讨回粤北曲江。从香港乘轮船（与现在往海南的客轮相当）回广州。船抵广州南石头时停在江中，日寇不许登岸，而要向每个乘客（男女老幼）进行疫检，用玻璃棒从肛门取粪便检疫，认为无疫者方可登岸。但所谓有疫者不知去向，〔滩（南）石头难民们〕可能（部分）来自轮船上检疫所得，送往难民所充作细菌战的实验对象……我们姐弟设法逃脱了出来。

从表面上看，日军在香港发动港人"归乡"，计划是要把160多万人口减少到只剩下 10 万人,当然最后也没能做到。日军投降时,香港还留下近 60 万人,但也减少了 100 万,而这似乎与广州无关。

但从广州发布的汪伪训令中看,他们是要严防死守,不让一个香港难民进入广州,几千人也罢,毕竟,上 10 万乃至二三十万人涌入广州,对其治安会构成威胁。因此,发布告要求全市每家人每天上、下午分两次汇报。看起来,广州方与香港占领军事先并没有通气,这边在赶人过来,那边却拒之门外。

然而,这却是极尽卑鄙与阴险的合谋!

其目的在于,把这批难民消灭在无形之中。

这才有日本老兵丸山茂在 50 年后,即 1992 年在《短歌草原》上连载的文章,揭发"波"字 8604 部队长佐藤俊二派人从东京军医学校用飞机取来高效的沙门氏菌,并用以杀害这批香港难民。

那时,香港占领军的首任"港督"矶谷廉介,任期是 1942 年 2 月至 1944 年 12 月,因此,驱赶港人的决策,则是在他到任之前,由率部攻陷香港的酒井隆中将决定的,而酒井隆在打香港前则在广州,为日军第二十三军司令官。

显然,当时的香港、广州,均在日军占领下。

并不完全是两地占领者的"合谋",当然更不是互不通气,而完全是在统一的策划、指挥下完成的一次大屠杀。

其余船上逃出的难民证言,这里就不一一摘录了。

很明显,在船上,个别难民还能逃出来,可一旦进入难民所,香港难民则无一生还。而且是一个一个家庭,甚至是整整一个家族,被杀人灭口,惨烈莫过于此。如有一个人活着,至少这个家还有人发声。这就说明,为何侵略者必须把香港难民与当地难民隔离开来。

其时,香港、广州两地的人口累加,当有 300 万。

实施如此大规模的,却又无声无息、掩盖得非常严密的大屠杀,当有怎样的祸心?借战争甫息之后所谓"疫情"流行之借口,更借两地流动却实质上两地均不到岸而彼此无声无法得知的封锁……

这是一条精心策划的死亡输送线,远比纳粹向奥斯威辛等集中营输送犹太人的手段更为隐蔽,也更为"科学"。

我们不妨比较一下,拉巴特在《海德格尔、艺术与政治》中的一段冷静描述：

> 从消灭犹太人的"最终"形式来看，这种消灭不再带有任何经典
> 的或现代的系统镇压的特征，甚至所有那些为了逼人招供、迫人悔改、
> 恐怖惩戒而发明的"机器"，都不再用得着，犹太人就像处理工业废料、
> 处理寄生虫一样被处理了。……这就是为什么为此目的而使用或"改
> 造"的那些机器（并不是人们所发明的铁处女、车轮刑、断头台一类
> 机器），是我们工业领域中十分平常的武器。

这段话，我们只要置换掉几个用词——

把"犹太人"换成"香港难民"；

而"工业领域中十分平常的机器"直接变成"轮船"；

"工业废料""寄生虫"什么的，则成了"马鲁大""圆木"……

于是，一条条的船，无论是 800 床位的"白银丸"，或是 500 左右舱位的"南海丸""海珠丸"，还是数以千百计，可塞上百人的大眼鸡船，我们查到的客船名有 20 多个，而每艘船在日军占领香港的三年零八个月中往返香港至广州的，至少有多次，甚至十次、几十次。每一个航程，也无论滞留在南石头江面的时间是三五天或三五十天，这条船上不断死亡或被押走的人，尤其是病死、饿死的人，数不胜数，都让人感到毛骨悚然。不独是身上"发臭"，而是见不着的"虎列拉"症的暴发，使之成了名副其实的瘟疫船、恐怖船和死亡船。

我不敢说，抛下江中的尸体会比"万人坑"少多少。

我们看不到欧洲当日一队队走进毒气室的犹太人的场景，也看不到集中营里高高耸立的焚化炉的烟囱……

只是那江面上布满着被堵塞的大大小小的船只。

大江成为天然的输送线——死亡输送线！

七、法医陈安良
——衔接半个世纪的细菌战记忆

几年前，在两个家庭的一次聚会上，我又一次见到了陈韶章。当时，他已退休，却一直担任被称为现代世界第七大奇迹的港珠澳大桥水底通道的总工程师。本来，退休后，他曾打算出国，与海外的兄长和姐姐团聚，可港珠澳大桥对他实在是太有吸引力了，已是古稀之年的他，义不容辞地接受了这项任务。

于是，兄妹们的聚会只能放在广州。

大哥陈成章、大姊陈玲玑都从国外回来了。

他们同时提出，把谭家的人请来，于是，我与夫人也一同参加了这次聚会。我的博士研究生廖文也收到了邀请。

就在麓景路一家有名气的酒家，两家人终于有了一次"世纪会面"。我的博士研究生，就算代表我家的第三代。

他们的父亲陈安良，与我的父亲，20世纪40年代便相识于韶关，他的小儿子正是出生于韶关，才起名为陈韶章。陈安良是1998年过世的，我父亲不久也过世了。90年代，两家分别住在解放北路的两侧，他家在象岗，我家则在桂花岗。

巧的是，1993年，我受广州市及地铁公司的委托，要写一部记录广州地铁一号线开通的长篇报告文学《地铁梦园》。该书序言是我代笔的，而书中专门写地铁工程技术人员的一章"宏图在手——技术队伍大会战"则是我写的。

这一章的主角，就是当时的工程师陈韶章。陈、谭两家的第二代，就这么"重逢"了。三代世交，也是一种缘分。

我父亲是搞结构的，曾参与若干大桥、大坝、涵洞的设计，而陈韶章的专业与他家"家传"的医学却是一个例外。他的兄姊均是从医的，独他一人学的工程结构，所以才有幸参与广州最早的地铁建设，父亲对我的采访很有兴趣，有一天突然问道：韶章是不是出生在韶关而得的名？说起来，我这才知道，他与韶章的父亲陈安良是旧时相识，没想到第二代人又衔接上了。

正因为此，在采写陈韶章期间，我接到广州电视台的约稿，要在纪念抗战胜利 50 周年之前拍一部抗日主题的电视剧。文学部主任交给了我一份日文资料，故而有了如下的一段回忆。

　　这是 1994 年的春天。

　　天气已略有点溽热，解放北路上自行车流还是那么汹涌，而公交车、的士却已经开始堵塞，已在广州市副市长、市人大常委会副主任任上退下来的陈安良住在就近的象岗山边的寓所，听得到滚滚的车流声。好在广州已经启动了地铁工程，令他欣慰的是，三儿子陈韶章，如今已在地铁工程的技术上独当一面，天天忙得不可开交。

　　陈安良，20 世纪 80 年代中，曾任分管文卫的广州市副市长，是我国著名的法医学专家，广东宝安人，曾留学德国。新中国成立后，他破获几起大案，被誉为"神医"。某厂发生大规模中毒，连刑侦部门都认为是"砒霜"投毒，要挖"阶级敌人"，可他反复调研、检验，得出是亚硝酸盐中毒事故，避免了一桩冤案。一位位高权重的官员夫人死于盲肠炎，但他顶住压力，要求开棺验尸，终于查出是"砒霜"慢性中毒……这些故事实在是太多，所以，调查日军在广州进行细菌战，少不了找他。

　　对于日军在华进行细菌战，他早有关注。还在 1942 年，他在中国军政部医属第八防疫大队工作的时候，就发现过日本飞机在粤北翁源一带撒放麦粒，上边沾有跳蚤。只是因为没有培养基，工作条件有限，查不出附有什么细菌，不过，他凭借这方面的经验，认为日军短期内不会打粤北韶关，否则，就不会撒放细菌。果然，自 1942 至 1944 年间，日军未图韶关，直到要打通中国大陆交通线，才于 1945 年春打通粤汉铁路，进犯粤北。为此，由于判断准确，他得到上面的奖励。

　　我与他是老相识，当时住在离象岗不远的桂花岗。两三年前，我找到了广州市农工党，找到了曾任主委的他，还有梅日新等老同志，当然，也很快找到了邓演超——邓演达的弟弟。当时，我正在写《邓演达》，一位民主革命时期的著名战将，也是农工党的创始人，现在已着手全书的定稿了。

斟上了茶，陈安良便与我聊了起来。

"《邓演达》写得怎样？"他关心地问。

"如果没有别的任务，这个月便可以杀青了。"

"你是快手，任务再多也不怕的。"陈安良特别喜欢去年《十月》上我写的《无效护照》，"很精彩，同我们当年出国的心态可有一比，读起来，感慨太多了。"

"你当年去的是德国？"

"是呀。"

"这次，我只是在柏林下了一会车，没敢走远，以后会有机会再去的。"

"你年轻，有大把的时间。"陈安良用很重的客家口音说，"对了，你那部《客家魂》付印了么？"

"还没有，但编辑很看好，今年总归会出了。"

"邓演达也是我们客家人，你一定要写好他，在30年代初，那么勇敢地站出来要推翻蒋介石的独裁统治，壮烈捐躯，很不简单。"

"我会抓紧时间的。"我表示，这时，才说明了来意，"不过，暂得放几天，得完成另一个任务。"

"什么任务？"

"明年，是抗日战争胜利50周年，电视台找了我，要我写一部抗战的电视剧。"我说，"写什么，一直在考虑中。"

"你那十集的《客家女》不快开拍了么？怎么，又要再写一部？能者多劳。不过，可得劳逸结合，别仗着年轻，以后后悔可来不及呀。"

"没事，我会有节制的。不过，这回，还得找你帮忙。"

"我能帮上什么忙？"

"你当过广州卫生防疫站的领导，对广州历史上的疫情应了解。"

"什么事？"

我拿出了一份日文资料，指着上边"滩石头"几个字，解释说，1994年初，从广州部队转业到电视台的文学部主任沈冠琪，给了一份

1993 年日文原稿《走向战争都是罪恶》。我找了朋友，大致译了一下，一个日本老兵揭发，日军曾在广州河南一个叫滩石头的地方，实施了细菌战，杀害了不少粤港难民。因为第二年即 1995 年便是纪念抗日战争胜利 50 周年，广州台想推出这样一部电视剧。

"滩石头？"陈安良双眉紧锁。

我说，这个地方他去查过，广州市区确实没有这个地名。不过，根据日兵的揭发材料，说那里有一个古炮台，这样，寻找的范围便小了，因为河南靠江边的炮台就那么几座。"这几年，写邓演达，也同时在写《中山舰》的剧本，写到了永丰舰一炮就打哑了一个车歪炮台，而车歪炮台对岸，便是镇南炮台，在海珠区这边。"

"你亲自去找了？"

"找了，在一个自行车厂内，只留下残址了。不过，倒有一个发现，所以要请教您。"

"说吧。"

"那个地方叫南石西，问老人，本就叫南石头。我想，南是 an 韵，滩是 an 韵，日本人分不清，所以才把南石头写成滩石头了。"

"是有南石头这个地方。"

"但是，我不敢肯定的是，在那里，我问了很多人，都说不知道有日本人用细菌战杀人的事。当然，日军做这事很秘密，这份揭发材料里也写了，日本人知道的也没几个，透露出去就会被杀人灭口。"

陈安良沉吟了一阵，点点头："当年我们也没详悉日军在广州实施细菌战的事，只知道在浙江衢州，在湖南常德，在粤北有过……当然，广州这边你还可以去找找其他人。"他说了几个人的名字，"不过，听说这一位已经不行了，神志不清……对了，在廉江、广州湾，也就是今天湛江一带，也发现鼠疫。"

"那南石头，能有日军什么设施呢？"我说，"日兵的揭发材料，古炮台是在那里，又与滩石头谐音……"

陈安良脸色凝重，点点头："我记得那里有个检疫所，当然，我还得去查证一下。"

几天之后，我接到了陈安良的电话："小谭，我查到了，南石头那里有一个日军的检疫所，而且，紧连着的，就是日军监狱……"

"古炮台、检疫所、监狱或者集中营……对了，这里边还提日军检疫所就在古炮台不远，古炮台里还收容过难民……"

陈安良肯定道："对，滩石头就是南石头，加上那里有检疫所，有日军监狱，日军凭此进行细菌战，基本上可以与日本老兵的揭发进行互证，你再去落实一下，总归能找到几位老人的。如果需要我帮忙的一定要告诉我，这段被日寇蓄意尘封的历史我们一定要揭露出来，警醒世人……"

我兴奋起来了："放心吧，陈老！太感谢您了，没您，我也不敢作出这样的肯定，这样，对日军在广州进行细菌战的罪行的揭露，是一个最大的突破。找不出滩石头，就什么也进行不下去。"

陈安良说："别谢我，这还是靠你的调查。"

"没您，我一直查不明白呀！"

"不说这个，这毕竟是民族大义，谁都应该挺身而出的，快去查吧。"

我很快又来到了自行车厂，还带了学生，找到纸厂的厂志办，最后，终于通过居委会，找到了"第一证人"——一位当年受害者，他不仅记得当年南石头的惩戒场是怎么改成难民收容所的，怎样一度不断地死人，用两部猪笼车把尸体运走，直到车用坏了，再用六位抬尸人都抬不过来。在他的脚上，还留有当年病愈后的疤痕。

而陈安良通过史料查证，也确认了南石头有日军检疫所、难民营。其后，在各界的努力之下，日军当年在广州进行细菌战的真相由此被揭开。

至今，我仍不能忘怀，陈安良在这关键时刻，对揭露日军细菌战起到的重大作用，以及从他身上传递出来的一位正直的、有良知的中国知识分子的凛然大义。

在这一调查基本完成之后，我又主持了广州地铁报告文学的写作，其中采访他儿子陈韶章的内容就记录了厚厚一本，出版了《地铁梦圆》一书。可惜，陈安良此时已经病重缠身，不久于人世了。我们将永远怀念这位揭露日本法西斯南石头大屠杀罪行的第一功臣。

这段回忆是我的作品《粤港 1942：南石头大屠杀》中的一部分。

另外，该书的第十章中，我还引用了多次采访中陈安良的分析，那是丸山茂证言中的"E 式尸体处理法"被解读后，又找到 20 世纪 50 年代、80 年代的基建负责人梁时畅、沈时盛等人绘出几幅当年发掘出万人坑的图，我再度找到他请教时做的记录：

> 　　按陈安良医生说，万人坑中，日军所称"E 式尸体处理法"，就是薄土盖上去自然腐烂，这样比暴露在外尸臭弥漫多少会隐蔽一些。在广州这样多雨的亚热带地区，化解时间大致也是半个月左右，而后，埋人的长坑便会坍塌下去，又可以再扔上一批新的尸体了。

> 　　根据证人陈述，当时还在世的陈安良医生（原广州市副市长、科委主任，德国医学博士，曾任广州防疫办主任，当年在韶关遭遇过日军细菌战）闻说，他很吃惊。他说，一般尸体腐烂速度，若放置户外，有七八天左右，掩上薄土，则要近二十天，而在华南湿热状态下，还会缩短。现在仅 2 米深就有三层，底下则不知道了。如果仅以 100 米长 50 米宽计算，就达 5000 平方米，尸体填有至少 2 米深。中国人的身高，尤其是南方人，也就 1.6 米上下。一次全覆盖，就不会低于 2 万具尸体。三层，也就 6 万了。显然不止三层，也不止这个数。

> 　　陈安良告知，当年我们也没详悉日军在广州实施细菌战的事，只知道在浙江衢州，在湖南常德，在粤北有过，1942 年他在中国军政部军医署第八防疫大队工作，当时发现日本飞机撒放麦粒到粤北翁源一带，麦粒中有跳蚤。对了，在廉江、广州湾，就是今天湛江一带，发现了鼠疫，也发现有鼠疫病流行。

文后的感叹，如今看来，是那么无力。

后来，我在不同的书刊上，用了陈安良在韶关的照片，还有他晚年与研究生的合影。那是一张典型的客家人的脸，哀悯苍生的神情，与整个族群千年流离的苦难分不开，已与世俱来了。作为客家研究的"大佬"，我被正面与反面的评述都称之为"客家教父"，这才被当年一同调研的"独立"人嘲讽："你是顺德人，怎么给客家佬写文章？"殊不知，我亲生母亲是粤北的客家人，而陈安良曾任主委，以医生为主的农工党，其成员则也大都为客家。农工党创立者邓演达、黄琪翔更是客家人。该是"恋母情结"，早年我写的关于客家人的理论与创作的作品，占了一大部分，晚年才较多写广府人——父亲这一脉。

我始终记得陈安良那几近凄苦、悲切的方脸，以及紧抿的嘴角，那宝安一带略有重浊的客方言。我还记得，我们讨论过广岛、长崎的原子弹，切尔诺贝利的惨祸，说起即便是原子弹，也是一时上 10 万的死亡及数百平方公里的污染。当然，还有延续上十年的后遗症。但是，较之于纳粹在奥斯威辛、布痕瓦尔德等集中营杀害的 600 万犹太人，与日本法西斯对中国人的虐杀相比，还是小巫见大巫。

老人的忧郁，无疑是因细菌战而起。

前边，是他年轻时在韶关目睹日军飞机投下的鼠疫跳蚤。之后，则是找到南石头之后——这已有半个世纪了，得知日军细菌战的规模有多大。

灭绝一个国家与民族的，不是原子弹，也不会是毒气。

生化武器的使用从来没有断绝过，无论签署过多少协议去禁止、谴责，要求彻底销毁，几乎还只是白纸一张。

直到今天，在中东，还有不知道的地方，生化武器远未绝迹。

我当时，并未完全读懂老人脸上的忧郁。

衔接半个世纪前后的记忆，有剜心之痛。

他去世之时，中国没发生非典型肺炎，还没有非洲的埃博拉。

如果他还在，当思考得还更多。

他在世时，曾委托我，我也找过出版社的老编辑黄善芳，想出版他的上、下卷《劳动医学》，但我没能完成他的嘱托。一是出版社还要看经济效益，百万言的学术书，收不回成本。二是关于劳动价值，当时的观念并不很认同，似乎资本与流通更能创造财富，虽然马克思主义的政治经济学两大源头之一，正是亚当·斯密《国富论》中的劳动价值论。因此，我一再努力，始终未能在他生前如愿出版这部专著。及至到了 21 世纪，我让我的博士研究生廖文写了《陈安良传》，并收入我主编的"客家研究文丛"，同时促成了《劳动医学》的出版。这应该感谢后来出任广州市科协书记的冯元，我一提出来，他便说，自己正在筹划出版一套广州著名科学家系列的丛书，并报了计划。于是，《陈安良传》便作为第一本出版了，至于之后有没有出第二本、第三本，则不得而知，而冯元也调到了广州市政协文史办，退居二线了，机会总是一瞬即逝。

虽然《劳动医学》几经曲折，但在陈安良身后十年终于得以出版，也可以告慰老人的在天之灵了。

遗憾的是，我父亲晚年想出版的《岩土力学》，却未能实现。21世纪初，他是在几乎工作了一辈子的湘潭锰矿，被一场倒春寒夺去了生命。我赶回湘潭，也未能让他见上我一面。而《岩土力学》的书稿也找不到了，只见到笔记本上的几页大纲。

我手头上还保留有陈安良当年的《劳动医学》的内容简介，他后来长期在广州卫生防疫站担任领导工作，这才熟悉广州港口的检疫所布局。在该简介中，则专门提到有很多章节阐述医学上的损害的免疫与防治。

纵然在他们那一代，89岁也算是高寿了。

他的小儿子陈韶章，则在港珠澳大桥奋斗到古稀之年，其超长、深厚软基沉管隧道纵向设计等理论的创新，解决了大桥隧道铺不均匀沉降等系列难题，达到了世界一流水平。之后，他仍担任了深中通道八车道特长海底沉管隧道的设计，这在世界上是没有先例的。即使因劳累过度，一度入了医院，可他从未退缩过，在共和国"超级工程"中浇铸上了他的血汗。

这也许正是陈家的传统，他虽没在老父亲的医学上有所传承，可对国家、对民族的一片赤诚，始终如一。

陈家的第三代，也早已在中山大学第一医院独当一面了。

在三代人的后两代聚会上，可可、姐姐说得多，只有陈韶章话语不多，也许那一段时间他太累了，赶回广州也不容易。

让我们永远记住陈安良最早解开丸山茂"滩石头"之谜，让我们找到了日军细菌战的实验地，并且继续深挖下去，找出南石头江边不远处的日伪"省立传染病院"，把日寇的罪行最后钉死！

八、那些曾在南石头担任过伪职的人
——掩饰、推诿与忏悔

这恐怕是我们所要面对的，最难以采访的一个小小的群体，当然，也是最复杂的。一句话无法说得清的，却又仅仅是个体的对象，历史没有简单地把他们置于审判台上，有太多的原因。

当年划"汉奸"的标准，我们不是很了解，但一般从事技术工作的普通劳工，应该是不全被划进去的。

因此，在南石头，无论是难民所，还是检疫所里工作的，仅仅是打工，诸如种田、种菜、采买，这自然不会被算成汉奸。即便是参加挖坑、拉猪笼车、抬尸体的，也不会算。抬尸的肖苏的父亲，不就是被日军发现他"偷盗"而被杀害了么？

至于几任难民所所长，包括刘念端等，恐怕就不能不算了。他们对难民所里难民的大量死亡，负有不可推卸的责任，说"船上也是难民所"这句话的刘念端，居心自是叵测。

那么，检疫所的技术人员呢？

一个专门被派去每天向汪伪政府送达难民所疫情死亡报表的雇员胡苏，多少还说出了一些实质内容，但他只是"局外人"。

有一天，胡苏在街上同一批人被拉入广州南石头难民收容所。一个月后，因年轻力壮，就被安排到工账队，到所长办公室负责担水和每一两天送报表到广州河北区禺山市场的伪广东省账务会。报内容主要有每日难民所的开饭人数，死了多少人作为工账员，从字面上看，似乎是在为难民所的菜农、杂工记账的。

但他又提到，每天还得把报表送去伪政府，什么样的报表呢？丸山茂在一个讲话中，提到了"山形图""吊线图"。山形图好理解，以每天死亡数字为坐标，人少，则低，人多，则高，二、三月低温下雨，死亡多，从 100 上升到 300 至 400，而到了到八、九月份的高温，更猛增到 700 至 800，或更多——这正是丸山茂被派到南石头的时间。吊线图呢，是病毒分类，沙门氏菌、炭疽、鼠疫么？日本军医丘村宏造制的表格，则以年龄段、入时状态、胃液多少分的，后面我们将会详细分析。

他还提到，自己晚上住在所长办公室，兼看门口。所长先后有几个，有张寿崧、郭桂贞（女，丈夫叫陆来光）、刘念端等。刘念端任职迟些，但做得较久。他住在东川路……难民所里还有护士有陈庆娟（女）等。有一个叫包胜的，与我一样大，也在厨房担水，后不知去向。

他的一个表弟黄存，原为广州人，与一批人，是被从中山石岐拉入广州南石头难民所。不久生病，天气又冻，很快就死了。

从香港来了上千条"大眼鸡"，这类船上有三支桅杆，每只可装几十人至 100 人，停在难民所河边，大客轮更是显眼。

日轮白银丸、宜阳丸等来到南石头，还有台湾的福海丸、台南丸等数十艘客轮也到过南石头，都已得到证实，船上死了多少人？这恐怕不会有统计了。

而检疫所本身，则是完全专业的部门，操作规范，记录完整，研究更是在行，不存在浮浅、粗疏。

该所有日本军医 12 人，华人雇员（含车夫等）73 人，华人的专业人员比例不大，专业人员中有一个叫廖季垣。

我找到他时，比找到别人慢了一拍，不是第一采访人，没想到却留下了太多的缺失和遗憾。

大凡采访什么人，我大致有个提纲，针对不同对象的不同专业背景、范围、环境等，都能有个估计。

对于廖季垣，我也是如此，既然是检疫员，那他的工作便是对下船的香港难民人数、疫情、身体状况等做相关记录。

然而，我遇到的情况，虽然不是唯一的，却相当典型。对方要介绍信，要通知本单位领导，更要有本部门的人陪同，否则，不会开口。这仿佛把采访变成司法程序，或者是专案组的谈话。

我最后铩羽而归。

当然，我不难理解对方的心态，这也是不少人经历了太多运动之后的一种自我保护方式，何况一个在日本侵略者的部门担任过职务的人呢！当然，他怕人翻老账，仍可能隐瞒了一些不可告人的事实。

在这种状况下，我还能采访到什么呢？

这里，我从香港树仁大学区志坚的博士论文中，找到了第一位采访者获得的相关内容：

> 在周处长安排及陪同下与廖季垣访谈。廖氏指他当时只参与过例行的常规检查（主要是检查粪便），对象为进入广州的外来船只人员，有问题的要留下来，无问题的则让上岸，此外一无所知，且也从未进入过附近的难民所，不知其情况。最后，廖季垣回忆并画出了该所的平面图。

廖季垣第二次被访时，补充说：

> 日军占领广州时，粤海关海港检疫所除本所在编人员（有日本人、中国人，主要搞检疫工作，一般穿西装、白大褂）外，还驻有日本卫生部队的一个班（据丸山茂揭露，这是 8604 部队本部派来执行细菌战任务的），七八个人，有专门的房子给他们住。他们穿军装、配有武器。我看见过两三个日本兵去捞孑孓虫、捉蚊子，但他们的工作对中国人是保密的，所以具体情况我不大了解。
>
> 检疫所靠珠江河边的西南角有一个小门口，日军卫生部队出此门后走一段路，从南石头难民所大门口进入难民所。他们在难民所干什么对我们中国人也是保密的。

显然，这番话，从头到尾，都是吞吞吐吐的。

对此，区志坚是有保留意见的，并提出了三点质疑：

> 廖季垣第一次的证言，大致证实海港检疫所由日本人领导，任务是对任何从水路进入广州的人员进行例行检疫，本无可疑之处。不过，其后第二次的访谈，则引出更多疑点。
>
> 其一，海港检疫所除普通检疫人员，尚专门驻有外来的日军卫生部队的军人，但并不与廖季垣等一般人员来往共事。

其二，廖季垣目睹日本兵进行捞孑孓虫、捉蚊子的任务，但因事关对中国人保密的工作，因此未知其目的。

其三，日军卫生部队在南石头难民所与检疫所之间往来，同样没有透露他们的行动目的。

对此，区志坚的质疑，仅就事论事，未能进一步深入进去，且对南石头的一切，缺乏全盘把握。

我没想到，前边那个采访人，也就是下令禁访钟瑞荣的"独立"人，由于他抢先一步，会造成那么大的阻碍。我从廖季恒那里得到的回复是：我要说的、能说的都说了，没有什么补充的，你去找前边那位吧。

可我的问题，他一个也没有回答。

首先，是被检疫的人数。检疫后，被送去检疫所隔离的有多少人，他不会不清楚。送回船上等候的，或即时送到南石头难民所的，大致又是多少，他不至于回答不了。

其次，在检疫中，发现带菌者、发病者各有多少？又有几种什么病症？当时，日伪报纸上都说暴发了"虎列拉"症，他不可能不知道，而且，在难民中，还有炭疽、鼠疫等，这是我们已掌握的，也不会不曾检测出来。

可这些，他对前一采访者也没有说。

难道前一采访者只问的皮毛——这也不是没有可能。因为他事先并没有做好功课。

他就凭"只参与一般例行的外来船只人员"，"必须做的常规检查（主要是粪便），有问题的要留下，无问题的则让上岸，除此什么都不知道"，至于难民所"也不知甚情况"，搪塞了第一次。之后，他又说，日本后捞孑孓虫、捉蚊子，"对中国人是保密的，所以具体情况我不大了解"，搪塞了第二次。

谎话总归是谎话。

难道连"捞孑孓虫、捉蚊子"的目的都不清楚么？他可是专业技术人员呀！而难民"上岸"后，是否进了难民所，也一样"不知"么？难道难民还能有其他动向？

的确，难民们除了难民所、检疫隔离室外，还有另外一个去向，他没有讲。当时，我们也不曾掌握。

他曾手绘了当时检疫所的回忆地图。图的下方往南，即指向"惩戒场"（这很耐人寻味，他为何不写已改名的"难民所"，仍用日伪占领前的名称）和南石头。

图的上方，往北，只是外国人的墓地，东北方向有"留验隔离室"——也就是今天挂了文物名牌的二层楼；再往北，则已是洲头咀了，这里似乎省略了很多。

检疫办公室往南的江边，他标有"码头"，这自然是正规的南石头深水码头，可停"白银丸"这样的大船。只是，检疫所往北，外国人墓地之间，分明有个日本桥码头。军用的，小一些，只能泊机帆船。难民所中不少被当作实验品的香港人，正是从难民所大门出门右转到江边上的机帆船，送到这个小码头，上岸便来到了我们后来查证的日伪"省立传染病院"，南石头居民所称的"日军医院"，也就是"下所"。

而近在咫尺的"省立传染病院"，他可能不知道么？为什么图上没标示出来？

他不会不知道，只是不愿意说，更是不敢说。毕竟，当年并未把他这个技术人员定性为"汉奸"，一旦说了出来，如此为虎作伥，岂不可以坐实"汉奸"的恶名——这是他所担心的。

但也有另一选择，面对自己的良知，把一切都说出来，揭出日军细菌战的真相，如果这样，人们还是会原谅他的。

他那一幅清瘦的知识分子面容，能保得住"无辜"的神情么？就算能保住，又能保得住多久？

我想到花了不少工夫才找到的菜农梁明。

他在揭发信中只署了自己的姓。

原因是，为难民所、检疫所送菜，当然是给日本鬼子干活，并不是光彩的事，所以不想张扬。

他毕竟有羞耻感。

可他与廖季恒相比，送菜和直接参与检疫——给难民检疫，从而决定难民各自死亡的先后（没有生还的），谁更该有羞耻感？

九、思之极恐的人类灭绝的狂想

我还可以写更多的人物，不仅仅是被采访的。

在这独特的一章里，我想展示的是，面对这样一场大规模的、可怕之极的屠杀，我们能仅仅讲数字么？尽管有人在数字上做文章，试图压缩到可以不称之为"大屠杀"的程度，甚至以历史学的所谓严格考证为由，把一切归于虚无。

因此，我们务必展现所谓历史学家冷冰冰的数据之外活生生的人，让这些人重新鲜活地出现在读者面前，更有温度，更有可信度。在这穿越了近80年的历史时空中，我们相遇的当是真切的、曾活过并留下痕迹的不同的人。无论是不动声色的、冷酷无情的医学博士兼下令杀人的施虐者，还是那些参与合谋、有悖良知的助虐者。当然，更应当有忠于记者职责、真实记录下历史现场的报人，那些沉默的，但内心不曾麻木，且一直在抗争的难民，还有无声地死去的耄耋老人与天真无邪的孩子——这才是那个时代的全景！

没有人敢否认，20世纪40年代，是人类近代史上的至暗岁月：大屠杀、种族灭绝、细菌战、慰安妇等，都发生在这一刻！在欧洲，是600万犹太人死于毒气室与灭绝营。在亚洲，我们至今还无法统计出死于日本法西斯生化战的中国人。在南石头惨案发现之前，被认为死难100多万，这当然是不完全统计，那现在该是多少？150万，甚至更多？

哪怕我们仅仅保守估计的这10万死难者，也应该是一个巨大而抽象的数字，更是一个个、上10万个活着的生命——这仅占香港被占期间减员的100万港人的十分之一，减员100万后的香港是什么样子？不断有死尸抬出的南石头难民所又是什么样子？……这些追问，活生生地记录在时间的长河当中，谁人怎么承受？谁说时间可以抚慰一切？

我不能不在这里，努力地，或者说刻意地，追寻每一个人的具体踪迹，尤其是心理踪迹，以及每个细节、每个动作、每个表情，无论是正是反，是热是冷、是善是恶，都不放过，好去还原一个真实的历史世界，守护住每个弥足珍贵的人类记忆片段。我们这个民族经历的苦难太多了，尤其是近一两百年，让人不忍目睹。我们应正视这一切，不让它重演，提振我们的目力，去张扬作为人的良知、历史的良知。人道主义是不会在无声和虐杀中失声的，我这便是一声震古烁今的呐喊，不可压制的呐喊。

在这里，我是从人出发，从单个的有不同性格、心理、履历的人出发，而汇集起来的是成千上万的人，色彩不同、品格不同的集体的人，而这构成了其社会性、族群性乃至民族性，于是，对个人的虐杀也就上升为对整体的虐杀，也难怪法西斯头子希特勒在 1941 年 7 月 10 日称：

> 我觉得自己在政治方面就是罗伯特·科赫，他发现了杆状细菌，为医学界开创了新道路。我发现了犹太人就是杆状细菌，是分解社会的酵母菌。

这一"发现"，也就成了他要灭绝犹太人的动因之一。

对于日本法西斯而言，又何尝不是如此呢？"支那人"这一蔑称的由来，众所周知，而后，他们更把中国人当作"马鲁大"、实验品，这在日本军人的意识中可谓根深蒂固。因此，南京大屠杀时他们下得了手，南石头大屠杀里他们同样毫无自责。

在日本《大东亚战争陆军卫生史》中"香港的卫生行政之防疫给水"一章中，关于"难民乞食处理"一节的内容——流浪者、乞丐、衣衫褴褛的华人，分给了粮食与军票，上船到广州，路上就掰手腕、赌钱，没到岸，便贫富分化了……末了，又潜回香港，再骗取粮食、军票，重新上船，船上乌七八糟——简直就是苍蝇一样，挥手便飞走，不挥手又聚拢在一起，难以应付，云云。

因此，"大东亚共荣圈"中，是不可以有这类"苍蝇"存在的。唯有予以消灭了，一如希特勒下令灭绝"不值得存活生命"。

可日本法西斯却有自己的"高明"之处，不需要用毒气，更用不着焚化炉，他们选取的是细菌！

其实，细菌战、生化武器，远胜于飞机大炮，乃至原子弹的威力。

石井四郎一再强调的就是这一条，并完全致力于这一实践。

从现在的观念看，生化武器显然比原子弹、氢弹，比导弹、激光什么的，更具"现代化"。

齐格蒙·鲍曼在《现代性与大屠杀》中有这样一段话：

> 现代文明不是大屠杀的充分条件，但毫无疑问是必要条件，没有现代文明，大屠杀是不可想象的。

他说的是集中营"杀人工厂"的流水线、程序控制、免责感——仅仅按一个电钮即可。

可细菌战连"工厂"这个现代概念的设施似乎都不需要了，它更"高级"，更隐蔽，更杀人无数。

人们不难想到欧洲的"黑死病"，以及一百年前的"西班牙大流感"。

当然，还有几乎把印第安人完全灭绝的欧洲瘟疫……

更多，更多……

贾雷德·戴蒙德在《枪炮、病菌与钢铁》中说：

> 从密集人口所持有的病菌演化开始，对从终极原因到近似原因进行了考察，欧亚大陆的病菌杀死的印第安人和其他非欧亚大陆民族，比欧亚大陆的枪炮或钢铁武器所杀死的要多得多。

从一开始接触南石头日军细菌武器杀死上10万香港难民的历史开始，有时我每每产生一种恐怖，一种发自心底的恐怖，在南京大屠杀杀害了30万中国同胞之后，日本受到了全世界的一致谴责，甚至包括它的法西斯盟友德国。只是，日本是不是"吸取"了教训，转换了方式，进而采用细菌战这种大屠杀方式。

而南石头，仅仅是这种转换的一个规模稍大的试验场，人们甚至怀疑这里杀死的中国人，未必比南京的少。

那么，试验成功之后，他们还要更进一步做什么？

1995年5月18日，我在《参考消息》上读到了《"夜樱花"激怒美国人》这篇文章。

"夜樱花"激怒美国人

按计划，日本海军的一架飞机应在 1945 年 9 月 22 日飞临加利福尼亚上空，将黑死病病毒（即鼠疫菌）撒向美国大地。战斗机飞行员应在这一夜晚带着千万只受病毒感染的跳蚤向圣迭戈俯冲，使敌人感染黑死病。这一死亡小分队的代号为"夜樱花"。但这一行动没有进行。在这一日期前六个星期，美国在广岛和长崎投掷原子弹，迫使日本投降。

50 年后，太平洋战争的这一章几乎仍未引起人们注意。直到现在，在庆祝二战胜利 50 周年的时候，这一骇人听闻的事件才在美国曝光，引起群情激愤。

为了试验他们的生物武器，日本医生将黑死病和其他病毒传染给战俘（其中有 1500 名美国战俘），同时让他们对此一无所知。幸存者一点不知道这件事。美国政府丝毫没有兴趣在后来将这件事告诉他们。

战争结束后，华盛顿想从这些实验中得到好处，从日本敌人手中买下了他们的研究。代价是：彻底隐瞒。

樱花计划是在日军一支秘密部队——731 部队中执行的。加利福尼亚大学历史学家谢尔顿·哈里斯在他刚刚出版的书中称日本的这个隐蔽的研究所为"死亡工厂"。

731 部队的实验室设在当时被占领的中国，战犯在那里被感染上黑死病、霍乱、伤寒、炭疽病。为了做科学实验，日本人把他们推进开水中煮、活活烧死或送进压力试验室，直到他们的眼球从脑袋中爆裂出来。

负责做实验的是石井（四郎）将军。美国专栏作家唐·费德写道："奥斯威辛集中营的约瑟夫·门格勒大夫有了一位可以匹敌的对手。"

哈里斯估计，至少有 12 万人死于石井的实验室，还有几十万人成了野外实验的受害者。在做这种实验时采用"夜樱花"总实验的方式，在中国的许多村子散布了这种病毒。

这些实验如此迅速地被人遗忘，美国人也得感谢它自己的政府。如哈里斯所说，战争刚一结束，美国政府就同石井会谈签订了一项"浮士德式的契约"：交出一切实验纪录，交换条件是不予惩罚、予以保密。

石井的生活无人打扰，直到 1959 年死于喉癌。731 的其他工作人员飞黄腾达：有的身居东京长官之职，有的升任日本医生协会主席，有的当上了国家奥林匹克委员会主席。

被送进"死亡工厂"的大约 1500 名美国战俘，据说还有 200 人活着。许多人自那时起一直有一些莫名其妙的病状。

731 部队也使美国国会忙碌起来。蒙大拿州议员帕特·威廉斯的办公室主任戴维·罗奇认为："我们有证据表明，美国人是一次生物战大实验的一部分。"但是，无论美国政府，还是日本政府，都不承认这一点。……

读完全文，我们不妨先了解一下文中提到的"浮士德式的契约"吧。

就在二战结束之际，贪生怕死且贪污成性的石井四郎等人，便找到了美国人，达成了向美国全面提供细菌部队 731 研究成果的协议，从而免除了他们被作为战犯审讯的厄运。

这比"浮士德式的契约"更为肮脏，更为无耻！

美国陆军细菌化学基地的两个博士（又是博士！）——西鲁与宾库塔，专门为免除石井四郎及其属下的罪行打了报告，请愿道：

石井部队的资料是长时间积累的研究成果，花费了几百万美元，这样的资料是我们的实验室根本得不到的，因为我们不可能搞人体实验。为了搞到这些资料，我们只用了 700 美元，连 731 部队花费的零头都不到，这笔买卖太廉价了。

简单的几句话，凸显出美国人的量化思维。而石井四郎则是摸准了美国人的思维方式，以区区 700 美元为诱饵，换取了一批利用细菌战进行大屠杀的罪犯脱罪，并逃脱了审讯。结果已是众所周知。美国政府做出了极端利己主义的决定：鉴于日本军队细菌战情报的重要性，美国政府决定对日军细菌战集团的所有队员免于战犯起诉。

写《"夜樱花"激怒美国人》这篇文章的人，并不知道"波"字 8604 部队的中山医总部，曾培养了以万计数的带有疫菌跳蚤的老鼠，尤其是战争后期，更加快了生产速度。如果把这些带鼠疫菌的跳蚤投到美国本土上，后果不堪设想。

直至 2019 年，我们才找了原自行车厂职工谭方，再度证实了这一"实验的方式"。

92 岁高龄的谭方告诉我们：

> 1939 年，日军骑马从四邑方向我家，高明巨塘村，100 多人，一路烧杀，村民逃上了山。村上猪、鸡都被吃光，邻村被烧了，上百村民全部射杀，我村一女子被强奸……几天后，日军走了，我们回来，包括我，一共近 10 人，烂脚，大部分死了。我母亲寻来草药，治疗六七年才好。现在还留有黑印，后来才知道是炭疽病，日本人撒的。整个高明，还有四邑，死了很多人。

而"夜樱花"，正是南石头"实验"成功后，日军真正要实施的细菌战大战，以挽回其在太平洋的败局！

第八章 科学、真相、现场感

在追踪、寻问南石头细菌战持续达 25 年之后，也就是从 1994 到 2019 年，我们才"发现"，就与南石头近在一里地的地方，却有一个日伪的"省立传染病院"。25 年了，我们竟似乎对这个就在身边的细菌战实验机构一无所知，甚至没有任何感觉，为什么？

直到读到丘村宏造的香港难民霍乱患者的研究报告时，我们仍在怀疑这个报告里提到的"省立传染病院"不至于就在南石头一侧吧。也许是原有的什么医院，如同在海珠区的陆军医院改造的，距离仍相当远，并没把这个报告当作南石头研究的一部分。

纵然这个报告写在当年——1942 年后不久，写的是 1942 年该传染病院"收治"的近 2000 名霍乱患者，而且是香港难民中的患者。我们如果在 20 世纪 50 至 80 年代读到，也许并不会引起太多的关注，更不会与细菌战联系在一起。

而到了 20 世纪 90 年代，日本老兵丸山茂揭露出南石头细菌武器大屠杀之际，我们能够读到丘村宏造这个研究报告的话，那么很多日军罪行的细节、数据等，都能得到确认，也不至于有之后 20 年出现的质疑、否定。很有可能，南石头遗址纪念馆都已经建立起来了，较为完整的南石头日军细菌战资料档案也同时得以建立，不至于在今天，我们在这方面的努力还阻力重重，步履维艰。

延误了 20 多年的发现，造成了怎样的后患，以至于我要愤怒地向有些人喊道: 你们必须向上 10 万死难的香港难民道歉，向全体中国人道歉——你们阻碍了中国对日本法西斯罪恶的细菌战的调查，给日本右翼否认当年的侵略罪行提供了机会！

也可以说，这又是一重的历史。

当然，第一重是本来的历史，细菌战本身的历史。

第二重，则是伪饰、掩盖与不断反伪饰、反掩盖的历史。

这部历史或许更为沉重。

因为它指向的，不仅仅是当年作恶者的抵赖、推诿，而是我们自身的各种劣根性，那种无视历史，也无视人性，更为深层的反人道甚至反人类的种种带有结构性的历史遗患。而这并不是人人看得清楚的，哪怕是感受到了也未必会意识到，因为几千年的封建专制留下了太多的麻醉剂。

这正是我们感到沉重、至为悲哀的地方，面对如此巨大的反人类的浩劫，却仍有人那样无动于衷，只顾自己的私利。

我们推得开这些大山——他们呢？

即便推得开，又需要多久？十年？几十年？几代人？

自从 1994 年开始调查，我们采访到、接触过的幸存者，或者从他们口中获知的死难者名单，累计起来，也不过三四百人，而没有名单，否认大屠杀的右翼军国主义者，也就有了借口。而现在，我们终于又可以从丘村宏造的研究报告中，获得至少 200 人左右的名单了。在这个研究报告中，这 204 人有 40% 是死了的，还有 50% 多则是送回了难民所，等待他们的，仍旧是死亡。

而这包括名单在内的"患者"是 1939 人。

这 1939 人的死亡率，同样超过 40%。余下的，也送回了难民所。他们之后，还会陆续死去——"省立传染病院"做的是"实验"，难民所里则是用细菌进行虐杀！

这是铁板钉钉的真实。

人名、数字，都再真实不过了！

请记住他们。

我们会将这些有名有姓的香港难民记下来，也会记住那些不仅失去生命，也被抹去姓名的香港难民，记住他们枯瘦如柴、完全被榨干了的身躯，记住他们惨白的、没一点血色的脸容，记住他们绝望的、悲伤的眼神。

当然，记住他们到底是为什么会"人间蒸发"。

记住了，永远要为他们讨回公道！

记住不断地追究，不放过任何一个细节，更不放过一层层加在他们头上的死亡的决策、操作……一直到作出统计！

决不放弃！

让我们先来解读日军建立的所谓"省立传染病院"及其产生的"防疫报告"。

一、南石头"日军医院"
——"纯病理分析研究"背后的无声虐杀

美国学者谢尔顿·H.哈里斯所著的《死亡工厂》，记录了日军731部队在中国东北运用细菌武器杀害平民与游击队员的罪恶事实。在书中，作者指出"这种杀人方式，就是以一种理性的、流水线式工厂来实现大规模屠杀的。相伴的，更有所谓严谨、细微的研究机构相配合"。

无独有偶，在华南，死难者数量更高达731总部几十倍的广州南石头难民所，相伴的，也同样有一个日军建立的所谓"省立传染病院"。我们过去对此一无所知，后来通过相关机构，我们才知道了这个"传染病院"，以及长达60页的《日本陆军军医学校防疫报告》。无疑，这正是相辅的研究机构的"成果"。解读当年由日军建立的所谓"省立传染病院"编制的这份报告，能隐约可见当年大量香港难民被虐杀的蛛丝马迹。

我们是在湖南常德的湖南文理学院日军华南细菌战研究中心找到《日本陆军军医学校防疫报告》的，在其第七册，编号第676号，由"波"字8604部队军医大尉丘村弘造编写的长篇文稿《广东华人霍乱患者之调查研究》。在这篇文稿中，我们能读出有关香港难民进入广州河南（广州市珠江南岸的俗称，今海珠区）的相关信息。

该报告称，为了对疫情进行调查研究，早在1941年——也就是在日军发动太平洋战争前夕，便在广州河南设立了所谓"省立传染病院"，专门收容患了霍乱的香港难民。请留意设立的时间。无疑，这是为日军南进、攻打香港未雨绸缪。

那么，这个所谓"省立传染病院"又在什么地方呢？

我们到广东省档案馆，查阅了相关档案。早在1929年，广州市卫生部门同时在南石头、黄埔建立了两栋一模一样的楼房，用于隔离检疫后留下的患者。现南石头那栋尚在，并挂上了"文物登记号"。1995年7月，日本老兵丸山茂曾来此地指证了这一栋建筑。经查，当年在南石头登陆进行检疫的香港难民，如被查出有传染病，就会被分流到这栋楼，予以隔离。难民一个个被按倒在地，用玻璃管插入肛门取粪便检验。没问题的则去了难民收容所。曾在日伪时期粤海关检疫所工作过的职员廖季垣，1994 年在采访在中曾称，检疫所的"留验隔离室""好像是个医院"，而"临时隔离室"则在江边码头一侧。

但这栋隔离楼是否属于医院的范围？可惜，丸山茂没能往带着调研者往该楼后方的山坡上走，而当时不少人都忽略了。直到后来，我才听南石西村民反映，后边还有一组楼群，最大的一栋楼上还有一个很大的红十字。迄今，已近 90 年了，红十字仍可以辨认出来。村民称，过去叫那里为"日军医院"。主楼两层，有七八百平方米，而拐弯在坡下的隔离室，则有四百平方米左右。村民称，那时日常可见穿白大褂的日本军医出入。

那么，这个"日军医院"就是报告里称的日本设立的所谓"省立传染病院"吗？

南石头就在海珠区，又是香港难民登岸的地方，而该传染病院更是日军所设立，两者距离如此之近，明显是方便提供可供实验的、即时被隔离的人数众多的霍乱患者。

我们的认定，是否准确，疑点还很多。从规模上而言，是否不够大，因为"防疫报告"上提到，仅仅 1942 年送入的患者，就有 1939 人，即近2000 人。一切，还待进一步的考证。

我们这里先回过头来再看其"防疫报告"，无疑会有新的发现。然后，再去现场寻找……

这份研究报告称，其研究内容是针对为何日军攻陷广东后，年年都会发生霍乱。报告中称，日军经过研究，最终得出结论，其原因在于，香港难民回到了广东之后，才出现了大规模的霍乱患者——也就是说，香港难民是广东出现大规模霍乱的"源头"。该报告还称，为了确保广州市内居民的生命和治安，故而采取了针对霍乱病的行动。日军随军医生和日本专家为避免霍乱再次大规模爆发，实行救治，从而限制了受感染人数，查出了病源。并且为此，在广州河南设立所谓"省立传染病院"，对粤港难民患霍乱者"集中治疗"。

可见，设立所谓"省立传染病院"，则为专门收容感染了霍乱的香港难民。末了，他们还假惺惺地称，这是为了找出医疗方案。

报告中并不曾掩饰，这个传染病院是专门收容"感染了霍乱的香港难民"的。而这些香港难民，只能来自被拦截在南石头水面上的难民船——大的可载 800 人的日轮"白银丸"，小的可载上百人的"大眼鸡"船。据当时一位顺德菜农梁明所写的证言，他亲眼所见，南石头水面上一度被拦截的大小船只达七八百条。从报告中看，这个"传染病院"似乎应该就是在南石头一侧、粤海关检疫所的后方，被当地村民称为"日军医院"。它又被称为"上所"，在距离检疫所的"隔离室"大约 100 米的山坡上。当然，这还有待证明。

现在，真相已大白于天下。日军占领香港后，把大量的物资，包括粮食，运往南太平洋前线，香港存粮无法维持 160 多万香港居民的生计，于是，矶谷廉介中将打算把香港人口减少到 10 万，实行"归乡政策"，大批大批遣送香港人上广州。根据当时的报纸记载，第一次遣送就超过 50 批，每批 5000 人左右。日本老兵丸山茂 1992 年在日本杂志《短歌草原》连载的文章及系列录音中揭发，正是"波"字 8604 部队长佐藤俊二，见香港难民前往广州的日益增多，而军部又坚拒难民进入广州，于是，在南石头进行拦截，在难民所及其他地方投放他派人专门从东京军医学校运来的沙门氏菌，难民死亡率一下子从 20% 提升到了 40% 至 60%。从而使所有香港难民无法进入广州。

以下是日本老兵丸山茂的证言：

> 最先开始从这里在水井中投放伤寒菌或者疟疾伤寒菌，但是没有效果。因为中国人不吃生食，只喝开水，只吃炒的食物。所以，投放到水井中的细菌没发挥效果。
>
> 即使这样，难民还在定向增加。部队长佐藤俊二慌了，匆匆忙忙地与军医学校进行商谈。然后送来了最好效果的病原菌……这种病原菌比霍乱还要厉害。香港周边的这片土地到广东，都没有过这种细菌。所有人也没有免疫抵抗力。好像那个细菌有惊人的死亡效果。根据的场（守喜）的话，后来撒放这种细菌，当天傍晚就出现了死亡者。
>
> 的场守喜是奉命撒放细菌的日军伍长。

"慌了"，是慌的什么？这两个字，太形象了！

慌的是不能完成阻止数十万香港难民进入广州的任务，而这是顶头上司下达的硬任务。

包括当时香港报纸，也登载有：

> 最近广州防疫团，因发现侨民中有患"虎列拉"之故，尽将由市桥遣送广州侨胞。原船改泊南石头海面。经二十四小时检疫手续，始准登陆。统计留省侨胞，民船达六十余艘。

当然，这仅仅是一次航班。据南石头的幸存者钟瑞荣称，南石头江面羁留的船只，把水面全盖上了，看不到江了。

那位菜农梁明更称，至少有七八百条船被阻滞在南石头——这仅是他一次所见，而船只中，有可载800人的日轮"白银丸""云阳丸""宜阳丸"等。据不完全统计，有船名的"巨轮"（当时所称）就有二三十艘，还有"南海丸""台南丸""海珠丸"等，而三桅的大眼鸡船更不计其数（香港沦陷后，被羁留的大眼鸡船达9000多艘）。日军占港部队在短短几个月，调集了多少海轮与民船，参与了遣送香港难民的大行动？从1942年1月12日开始，才短短100天，根据当时的报纸统计，仅这一次，香港减员46万，其中70%多上了朝发夕至的香港至广州的航班。

而船上爆发的疫情，恰巧就在沙门氏菌从东京运到南石头之后——大规模遣返启动于1942年1月12日，上述报道是2月16日。

当然，不是每一批难民都有被送到传染病院的，报告中有名有姓的患者只是被"挑中"的。

显然，所谓"省立传染病院"，只能是位于"输送"香港难民中患者的方便之地。

这有可能在南石头吗？

因此，我们可以断言，南石头现仍完好的"日军医院"建筑，是不是香港沦陷前夕所建立的日军所谓"省立传染病院"？

报告以海量的患者人选所做的研究，确立了一共10项医学成果，其中主要研究的是，霍乱菌的生存能力为人体胃酸影响所致，并称通过肉眼观看喉咙便可得知。这就不一一列数了。

报告的第三章列出了 1942 年 2 月至 9 月间，患者总数为 579 名，其中男 217 名、女 292 名。然后，又分年龄段，每 10 岁为一组，从 1 岁至 90 岁共 9 组。

其中，1 至 10 岁，男的死亡率为 56.3%、女为 66.7%，而 71 至 80 岁为 71.4%，之后为 100%，31 至 40 岁的有 125 名，21 至 30 岁的为 114 名，1 至 10 岁、60 至 70 岁的死亡率最高，达 60% 至 70%。超过 40 岁后的，死亡率明显急剧增加。其他则为 40% 至 70%。一共死亡 245 人，也就是 40% 上下。最终有 245 人死亡，存活 334 人，死亡率 40%。死亡者集中于 7 月，为温度较高之际。报告中附有不少表格。故而研究认为，因霍乱菌死亡与温度关联最大，而与性别关系不大。如患者腹泻严重，死亡率可达 40%。有呕吐时，死亡率更达 57.1%。患者一天呕吐五次的死亡率占 24.7%……还有 52.2% 的患者发生痉挛，上肢痉挛的有 31.8%，下肢痉挛的有 47.8%，上、下肢都有痉挛的有 20.4%。

报告认为，死亡率与气温升高关联度很大，7 至 9 月份，有时甚至达 90%。冯奇称，难民所在香港沦陷以前，广州难民每天死亡的人数为 20 至 30 人；沦陷后，来的香港难民死亡则过百人，风雨天则好几百人，但高温天气时，冯奇已不在里面了。

1942 年 2 月，正是佐藤俊二投菌之后，投菌持续到丸山茂离开的 8、9 月还在进行。

在报告的第二章第三节"检查成绩"中提到，香港难民在患病前，均处于饥饿状态，营养不良。

这说明，难民一是可能在难民船上羁留了较长时间，船上的饮食供应，据幸存者称，非常困难。一是靠难民所送上的"味粥"——这里边显然已投放了病菌，二是有小贩被允许上船或在船上销售食品。

还有一种可能是，已经进入了难民所，被"抽查"出来的，或者已在检疫所中密封间中喂过蚊子的——这不乏例子，所以才会处于饥饿状态，营养不良。

报告中称，香港难民患者中，有 90.1% 的营养不良，这证明前边所说的，在"入院"前，他们已羁留有相当的时间了。毕竟，香港至广州的轮船航班是朝发夕至的，仅仅一个白天，是不至于导致"营养不良"的。我们从萨空了当时的《香港沦陷日记》中可以看到，上船本身得购船票，且价格不菲，还有黑市价。因此，上船之前，他们是不大会"营养不良"的，造成这一境况的，只能是待在船上时间相当长，而且有一餐没一餐，经常处于饥饿状态，才会日趋消瘦，"营养不良"。还有，则是进了难民所有一段时间的。

报告中称，正是营养不良，成为死亡率最高的原因。当然，这批患者在"入院"前已是患病了，营养不良则提高了死亡率，毕竟饥饿造成了抵抗力降低。凭此，不难解释，没有进入"传染病院"的香港难民，去了难民所后，死亡率会更高，他们不仅是被饿死的，更是被毒菌杀死的。

报告中还称，"入院"时患者意识不清醒的占 16.2%，完全不清醒的占 5.2%，后者死亡率高达 69%。

显然，如仅仅一天前甚至是 10 个小时左右前上船离港至"入院"的难民患者，是不会有这么大比例"不清醒"的——二者加起来占了五分之一多。报告中承认，这一情况，是会影响患者的生存概率的。

当然，饥饿也会加剧细菌武器杀人的速度，更是手段之一。这份报告在装作"纯医学分析"的假面具下，却无法掩饰香港难民在遣返中所遭到的种种不同形式的虐杀——"虐杀"这个词，在丸山茂 1993 年参加一个学习班所做的录音标题就是"香港难民之大量虐杀"。

在报告的第六章中，一开头便提到并发症患者有薄膜炎、黄疸、胆囊炎、肺坏疽等。我们至今不清楚，日军除了沙门氏菌、鼠疫菌外，还投过什么。

1942 年 2 月至 8 月 10 日，在"传染病院"的患者有 1800 名。这 1800 人均有各种不同的并发症的。

报告的第七章第一节，则有"本年度广东省立传染病院所收容的患者数有 1939 名"。

其中有"退院"——即治愈后送返，是放走，还是重返南石头？显然后者可能性大一些，后边提到有 356 名。

报告的第四节则又提到 1942 年度收容患者 1011 名，称"霍乱患者 1011 名，细菌排泄时间最短为 2 日，最长为 99 日，其平均时间为 6.6 日，这其中，一半患者（50.7%）的细菌消失日为 5 天以内"，"霍乱带菌者 356 名，细菌排泄时间最短为 1 日，最长为 26 日，其平均时间为 3.4 日，这其中，带菌者中，1 日内排菌的，即是决定当日（50.7%）的带菌者约占

1/3（32.5）。与患者时间相比，时间短，而且在后面6天内，大多数人（88.2%）的细菌消失。根据霍乱患者及霍乱带菌者的十二指肠信息，摄取的胆汁A、B、C各期数据，证明霍乱菌在胆汁内存在同种菌种，而且长期的菌排泄者的胆汁内菌种高；证明霍乱菌在安塞尔莫细菌带菌体的人员中，连续三次以上便检，细胞都呈阴性的所有者，难以感染霍乱菌"。这是实验统计，没有提到死亡数字。这与上面提到的1939名是什么关系？

这份报告有数十份表格，其中难民的名字列举有204名。比如，表12中有43名，余虾仔、范松、芦郭氏、廖成等；676-22-1中有40人，吴亚苏、崔雄、黄佑、李能、杨心等；676-30中有60人，有潘文蒸、曾三女、黄苏、陈纵、罗能等；676-32-2中有10人，钟郭氏、余林等；676-32-3中有10人，黄胜、邓地等；676-36中有10人，有黎沈、侯小陶、马黄氏等。

……

也就是说，仅1942年被"传染病院"收容的难民，至少是1939名。这1939名是否与1800、1011名等数字重合，因为所列的是2至8月为1800名、年度为1939名，还是不同类型患者各自的数字？

而这近2000人中，死亡率至少在40%至50%左右，也就有近千人。但"退院"者的死活，则不得而知。《大东亚战争陆军卫生史》第七卷中所称的化骨池死者人数，已为事实证明是大大压缩了。那么，这个研究报告呢？

而且，这仅仅是1942年的数字。

还有1943年、1944年呢？尤其是1944年3至6月间，香港又一次大规模遣送难民，其数量与1942年1至4月差不多，同为40多万人。

我们没有找到1943年第二次大规模遣送香港难民时，这个"传染病院"收容患者的研究报告。当然，不一定会有。

平心而论，上述近60页的"防疫报告"，从研究的角度上，做得还是细致严谨的，分类很是清晰。如前已提到的，1至90岁，每10岁一组，分男女，各自死亡率为多少；又如患者发病的症状、呕吐、腹泻、发烧、痉挛等，各自死亡率又多少，腹泻达40%，呕吐则为57.1%，7月份死亡人数最多，证明温度对死亡率有影响。

报告认为，霍乱菌的存活与人的胃酸相关，可通过喉咙探视得知。他们用了151名患者与10名带菌者进行过胃液采集实验。

胃液产生不同，对霍乱菌影响也是不同的。

报告列出了十大研究成果，称研究出了霍乱菌的生存主要与胃液相关，并称通过这找出了治疗霍乱的方法。

报告称，凭此，增加胃酸加上药物治疗，疫情便可控了。并得出结论，霍乱可治，若有疫情暴发，务必设立一所隔离医院。

丸山茂在 1993 年的录像中提及，珠江水里，用显微镜可以确认，当时有霍乱菌"群聚蠕动"。

而难民所的水沟是直通江岸流入的，的场守喜之前还在难民所的四个水井里投放过细菌。

由于日本军部命令，佐藤俊二上东京取菌，的场守喜等直接向难民食用的"味粥"中投菌，引发大规模死亡这一"流程"，在日军内部也是绝密的。因此，我们认为，这份报告关于疫情原因的说法，显然是在不知情的情况下认定的，而 1939 名患者，也仅是上 10 万名死难者中的几十分之一乃至百分之一。我们听到七八百条难民船被拦截在南石头，一辆又一辆军车把在广州搜出的"漏网"的香港难民运到南石头，其数量之大，不在 10 万人之下。对照这样一份"疫情报告"，产生的恐怖无以描述。

这份报告自是一份有力的佐证，从中能读出更多的真相来。

我们不妨看看日本《大东亚战争陆军卫生史》第七卷中"难民"一节里的一段文字：

> 在香港，不知采取什么方法，市区清查出 300 来人，每人派给可吃 3 顿的粮食、100 日元军票，然后让他们乘上大小帆船，疏散到边远地区。

明明是第一批 46 万多人被驱离香港，其中，70% 送往广州，而送往广州的难民中，同样是有 70% 送往南石头，则至少有 20 万到了南石头。可按照上述说法，才 300 来人，显然是弥天大谎。当然，它毕竟还承认了"清查"这一事实的存在。而且，还有第二批呢？

这样一份"疫情"研究报告，又与此"卫生史"中的真真假假，当有怎样的区别？这份报告毕竟还承认了霍乱菌的存在，承认了大规模患霍乱的香港难民被用于实验的事实。

当年，美国人从日军细菌战罪魁石井四郎手中，廉价获取了所有的细菌实验结果，并且是这么说的：这些成果，也只有战争中出现大规模死亡时方可获得，平时是不可能的，因为那要遭到人道主义谴责，所以太难得了。报告中出现的 1939 人、1800 人、1011 人，无论是否有重合，如此规模，也同样只有战争中方可得到。而这仅仅是 1942 年日军的所谓"省立传染病院"的数字，那么还有 1943 年、1944 年、1945 年呢？丸山茂证言中提到，的场守喜制作了各种报表，包括投菌时温度变化的曲线。显然，这也是所谓的实验统计，"纯病理分析研究"之中的一部分。可见，从难民船和难民所到检疫所，再进入所谓"省立传染病院"，是经过精心策划的。

如何进一步深入解读，从这份长达 5 万字的"疫情报告"发现更多的蛛丝马迹，我们期待着。

二、科学与真相
——同盟军，还是敌对者

科学与真相，是同盟军，还是敌对者？

丘村宏造的"疫情"研究报告，无疑是科学。运用科学及其系统进行的研究，分类都很细致，几万字、几十张图表，颇具科学的严谨性，这是毋庸置疑的。

但有一条，它的前提是假的：不是香港难民把霍乱菌从战地带到广州，而是日本一个医学博士特地派人从东京军医学校专门取来了高效的沙门氏菌、霍乱菌，使用的第一天便出现了死亡。

的确，战乱每每会带来疫病，因为死了不少人，一时不能收殓……这有很多的可能性，因此，借战乱宣称发生了疫症，足以让人相信，从而掩盖了真相。

这也是"科学"，掩盖真相的"科学"推理。

本来，科学是可以揭示真相的，是真相的同盟军，但在这里却成了伪造的助手、谎言的支持，掩盖了真相，与真相敌对。

一个二战时的德国党卫军宣称：

> 不管这战争如何结束，我们都已经赢得了对你们的战争，你们没有人能活下来作证，就算有人能幸存，世界也不会相信他的话。历史学家可能会怀疑，讨论研究这些问题，但他们无法定论，因为我们会毁掉所有的证据，连同你们一起。即便留下一些证据，即便你们有人活下来，人们也会说，你们讲述的事情太可怕了，让人无法相信——他们会说这是盟军的夸大宣传。他们会相信我们，而我们会否认一切，包括你们。集中营的历史将由我们来写。

这段话，让听者寒彻骨髓深处。

换个地方，石井四郎会同他说的一模一样，佐藤俊二也一样，更何况哈尔滨平房 731 总部已被他们在撤退时炸毁，中山医 8604 总部的鼠疫跳蚤制造"厂"也被夷为平地，南石头的"化骨池"如今也荡然无存。

当我们接近真相，揭出 10 万人死难的真相时，不仅有人认为"太可怕""无法相信"，甚至提出所谓的反证：某个专家认为，"化骨池"用强水太高昂了，汽油烧也太贵，但用汽油、柴油、石灰处理尸体，却言之凿凿……

由于沙门氏菌、霍乱菌是肠道菌，不可能在骨头上留下痕迹，因此有人在 70 多年后的白骨中，没检验出沙门氏菌，来否认一切。可鼠疫、炭疽杆菌，在迄今仍存活的老人烂脚上留下的痕迹，他们却选择了鸵鸟对策，视而不见。

当然，我仍相信科学，或许，以后还有办法检测出一切的。目前，世界上开始推进的散裂中子源检测法，当比碳 14 检测法更强。

真相也许有可能被掩盖，但不可能完全被掩盖，永远被掩盖。

我们相信科学，我们更要真相，真相比一切都更重要，没有真相，就没有正义！

失去真相，我们会失去未来。

作为一个作家，我很需要现场感。我想，作为一名科学家，也是这样。历史学家，更是这样。

因此，每每写有针对性的文章，我总要到现场去走一走，去体悟，几乎每次都可以捕捉到灵感，甚至发现真相。

对南石头，我一直有这种强烈的现场感。在那里，我听到了死难者的呻吟，看到了浑浊的江水上覆盖的大大小小的难民船，甚至嗅到了化骨池的死亡气味——至少，这 20 多年里，我去那里已不止 100 次。

这次，对"省立传染病院"，我也一样。

短短两个月里，我去了不下五次。

我们找到不远的临近珠江水面的三排平房，类似吊脚楼的病房，其规模超出了我们的想象。后来，更被用作纸厂的疗养院。但有人否认那曾是日伪的"传染病院"，因为在纸厂的厂志上记下的，是广州解放后，专门为职工在江边建了个职工疗养院，且有职工在疗养院下面的照片为证。因此，我们找到的，只是后来已被结束了的疗养院的病房——整个疗养院也早已不在这里。这几排病房也转给了自行车厂当宿舍。如今，住的仍是自行车厂的老人。

毕竟，领我们找到这几排病房的吴建华老师，是 20 世纪 50 年代生人，已 60 多岁。而他的母亲、93 岁的钟大眼，虽然知道一些，可当时还是年轻女子，不敢到处乱走，没到过这个地方。凭吴老师的指正，也未必可以确认。

后来，我们终于找到了当年临水的"传染病院"两排病房的老照片，疑团可以解开了。病院、病房相距不远，构成了一个整体。

可我还是坚持一次又一次去。

我需要……现场感！

三、对将香港难民当实验品的日伪"省立传染病院"的寻找

2019 年 6 月 9 日，我们应湖南文理学院日军华南细菌战研究中心的约请，到达该学院所在地常德。

众所周知，抗战中著名的常德战役中，日军丧心病狂地使用了细菌武器，这才在久攻不克的状况下，最终"获胜"。而该研究中心，是依托国家社科基金特别委托重大项目"中国南方地区侵华日军细菌战研究"（14@ZH025）建立起来的。广州日军"波"字 8604 部队的细菌战罪行，也在他们的关注下，并在该学院学报上发表过我们多篇相关的研究论文。在上级党政部门支持下，他们不仅派人到过日本，并且从日本购回不少相关的历史文献、研究论文，尤其是当年的"研究成果"。10 日，我、王利文、吴军捷与该中心主任陈致远教授等座谈，他们提供了相关历史资料，让我们查找。

不久后，我再次应陈致远教授邀请，于 7 月 2 日到该学院与同时到达的日本反战人士和田千代子等人交流。7 月 3 日，查找出多篇与广东、海南相关的日军作为"研究成果"的一批论文。其中，有我们前面提到的日本陆军大尉丘村弘造（原"波"字 8404 部队成员）的 60 页论文《广东华人霍乱患者之调查研究》，中佐渡边建、栗田吉荣所撰写的《急性霍乱死亡及战地霍乱症状》，以及曾在《大东亚战争陆军卫生史》里专章写有粤港细菌战的江口丰洁的关于东莞虎门竹溪乡防疫报告手稿复印件和多篇论文……累计近百万言，近十篇文献资料。

其中，丘村弘造的论文里，直接写到了一批批香港难民被送入其"省立传染病院"进行实验，并获得了 10 多项"研究成果"。而论文涉及的时间段为 1942 年，正是日军侵占香港并大规模遣送香港难民至广州的第一年。据记载，日军为了减少粮食诸方面带来的压力，准备把 170 万香港居民压缩到 10 万。第一年头几个月里，已经令香港减员了 46 万多人。

据报载，其中 70% 被送到番禺市桥，到市桥后继续溯水到南石头的又有 70%，数量十分惊人。

由于时间、遣送对象都十分明确，尤其是所描绘的香港难民的情状，处于饥饿状态、营养不良乃至上呕下泻等，与我们事先已查明的被拦截在南石头并被分流至难民所和检疫所的香港难民的情状是完全一致的，其中已被送入难民所的上 10 万人，则"人间蒸发"了。

只是我们不曾，一度也未能深入查下去的是：被所谓验出有问题的香港难民，在送到检疫所隔离之后，又再到了什么地方？是死是活，是当作实验对象，还是"放还"回难民所？

当然，丘村弘造论文里称，香港难民来一次，就把霍乱带进广东（州）一次——其实，由于香港难民达到数十万之多，对广州日伪当局构成巨大的威胁，广州日伪政府才要严防死守，不让香港难民进入广州，全部予以拦截；已进入广州的，也得每天早晚各报告两次，均得送去"招待所"（难民所）。但论文里也明确交代，有至少 1939 名香港难民是在 1942 年 1 至 12 月被送入日伪"省立传染病院"。

为此，我们开始了多方面的寻找。

（一）查找相关文献与史料

那么，这个"省立传染病院"又在什么地方？

论文中称，这个传染病院是在广州河南——河南是老百姓的习惯称呼，即海珠区。而海珠区面积很大，如今各种医院也很多，如市二医院、省二医院，过去还有陆军医院等。但是，日伪时期，这些医院均未被当作"传染病院"，更没冠以这个院名。

我们查找了广东省卫生志、广州市卫生志，关于日伪时期的医院记载，均没有这个"省立传染病院"，而日伪时期的史料与文献，坦率地说，相应不全。在广东省档案馆，我们查找到 1929 年，当时政府在黄埔、南石头建了各一栋一模一样的海关检疫小洋楼。开始，我们认为是曾被用来当水上派出所的那栋两层楼，可是，上次原文化部副部长、文物局局长励小捷来视察这栋楼时，在门廊顶部看到了清晰的"株式会社"等印迹，那是日本水泥袋的标记。显然，至少这门廊已是日军 1938 年 10 月攻陷广州之后外加的。

日本老兵丸山茂 1995 年 11 月来南石头指证当年细菌战遗址时，对这栋楼、难民所所长楼和尚遗留地下部分的"化骨池"，都予以了认定。可他当年在南石头参与相关罪行时，是在江边搭的临时建筑中住的，连吃饭也是单独支锅煮的——避免会受到投下的细菌传染。

曾给《羊城晚报》写信、署名"梁生"的人，后经当年与他一同种菜的 93 岁老人钟大眼证实，其姓名为梁明。他在信中提道：

> 由水路入广州的难民船全部停泊在南石头海港检疫所河面，约有七八百船难民。日军荷枪实弹，上刺刀，一批批把难民押上，上检疫所的空地，不论男女老少都要脱裤，光着屁股朝天，有七八个穿白大褂的人，手中拿着一个东西探入每个人的肛门之内……押上押下有数天之多……

经检疫，难民大部分被押去稍南边的南石头难民所，少部分则押进了检疫所的隔离室，也就是门廊顶上可看到日文的两层楼房。

梁明信中提到，检疫所这里有"下所"和"上所"之分，我们曾一度认为"下所"无疑是江边的隔离室，那么"上所"呢？

但是，丸山茂来，不曾指正出"上所"来。

（二）所谓"日军医院"与日伪"省立传染病院"关系考证

直到近年，再度进行深入调查，我们在曾认定的"下所"后边的山头上，找到了一栋更大的两层楼房，但是路况已有改变，"下所"北边修了一条上坡的大路。而当地居民说，这在过去是没有的。沿上坡大路走过去，大约一两百米，便是这栋楼。从当年难民留下的手绘图上看，可以确定是"上所"无疑。

在上所二楼的墙面上，至今仍可以看得出一个褪色的红十字，住在这里的居民称，这栋楼一直被叫作"日军医院"。当年有不少穿大褂的日本军医进去，附近还有类似厨房的两栋平房。不远处，本来有一个焚化炉，已被推平。

但是，仅这栋楼房和平房，其规模显然不足以成为"传染病院"，这是一个很大的疑点。过去，则一直被视为海港检疫所的一部分，或为日本军医的住所。

而从丘村宏造的 60 页论文里看，被送进传染病院的香港难民，仅记录下的就有近 2000 人，有的在病院中生存时间达一两个月。

因此，如此小的容量，不可能陆续送来这么多人住下，而且有红十字的楼房，不可能作为病房使用。可以认定是"日军医院"，也有染病的日本兵就近焚化——幸存者指证的焚化炉就在这里不远。据资料记载，日方依其传统方式，士兵染病后死亡的，均采取这一方式处理。

但传染病院的线索，分明就在江边码头把难民分流之处不远的地方。但如果找不到旧址——无论存在，还是已消失，均无法证明这也是传染病院的一部分。

（三）第一次对可疑地段的探测

直到 11 月 8 日，几乎是从常德回广州之后，五个月里，我与王利文、吴军捷再次到了南石头街道，在燕岗地铁站的楼上，参观街道举办的简单的南石头历史展览。有朋友带来了南石头西街一位退休老教师吴建华，我与之相谈甚洽，于是提出了这个"省立传染病院"的位置问题。

吴建华告诉我们，南石头村往北，过日本桥（码头），当年是纸厂做过疗养院的地方，之前有可能是日军的病房，有五排房子。

我随同吴建华即时上车去，同行还有金白等人，只是天色已晚。

来到有红十字楼坡下的一条马路，下坡可见有过去的水桥，而后是一栋有九层楼的居民房挡在前边。我们在两排平房中间的空隙站了下来，从形状上看，是一间间的单间，总共是两排三栋，而不是五栋。由于天色已晚，灯光太弱，方位的辨别都没弄清楚。

之后，吴建华称，他的母亲钟大眼 93 岁了，还较健康，早些日子摔了一跤，得坐轮椅了，我们一道上了南石西二街他家。

老人耳垂长得令人诧异，声音也很有中气，追述往事，说到日本人专门"征招"健康的年轻人去"喂蚊子"，去一次给一斤米。还说到，肖铮的祖父与另两个村民因进难民所拿了什么，被抓，他们没牵连别人，被杀在棣园村的"日本山"，那里有战壕，也烧人、埋人等。

吴建华讲到，几十年了，南石西的村民吓唬孩子还是那句话：抓你去喂蚊子！

可在哪喂蚊子？老人说，当时谁也不敢乱走，尤其是晚上更不敢出门，被日本鬼子抓走了，就没好果子吃。

已是夜深，我们只好告辞了。

过了几天，我把当时的大致印象画了个图，用微信发给吴建华。由于方位有误，吴建华重新绘了一个图，这是11月12日了。

原来，那座九层的居民楼，正好挡住了视线。居民楼后边便是珠江，左侧则是"日本桥"——伸向江中的码头趸位。

（四）再度上现场辨认

为了进一步查实那二排三栋平房的来龙去脉，我准备再走一趟。

11月17日，来自香港中文大学的美术教师李维忠，与市里美院的几位老师，一上午则由我带着，上了南石头，再经过红十字"日军医院"。在吴建华的指引下，找到了那两排三栋平房。

三栋平房旁边有一小间，正好住着当年吴建华老师的学生。寻访过去，该学生家长已是古稀老人，把几栋平房介绍了一下。原来，他们都是老自行车厂的职工，他们住的应是用来放杂物、冲凉并充作厕所的，处于五栋平房的最尾端。

这次看得很清楚了，二排房子就夹在临江的九层居民楼和自行车厂建的鸳鸯楼当中，鸳鸯楼是用来给年轻职工结婚住的。而九层楼很明显是近年的建筑，鸳鸯楼的外层剥落，出现的是红砖，这也是解放后才有的。当中这两排房子，则是水泥构件，排水管形状、木檐等，则是当年日本人留下的。

这两排房子是纸厂置换给自行车厂当职工宿舍的。当时，这个范围为纸厂的疗养院，而自行车厂厂址，就在难民所原址上，也就是在原惩教场、镇南炮台上。之后，则升级为五羊本田摩托车厂。2018年9月，该厂被最后破拆、推平，引起很大反响，尤其《中国新闻周刊》发表了记者宋春丽的文章。

我认为，经过这次实地考察，日伪"省立传染病院"原址大致可证。这两排平房，是该院的病房区，有两栋病房，各为7至10间。另外，一栋短一点的，也有3至4间。

（五）寻找原纸厂疗养院的图纸

但这还不够，我们需要找到纸厂 20 世纪 50 年代初疗养院的地图。而已找到的 1955 年航拍图，那一块地方已经很模糊，放大了看也不清晰。

我所在的华南理工大学，其造纸专业是很出名的，广州造纸厂的高管、高工均出自这所学校。几年前，也曾由华工建筑学院为其做过规划。很快，这个规划便找到。

可惜，即便是 1955 年及之后的航拍图，分辨率都不高，所要找的位置依旧模糊不清，难以确认自 1955 至 1990 年地面建筑的变化。

于是，华工方面再度与纸厂联系，纸厂推荐刚退休不久的郭建平（工会干部）协助。我一见名字，便知他在 1995 年即以纸厂干部身份协助过南石头的调研。当时，他应是 30 多岁，后来也接待过我带的研究生吴雁、邓迪等人。经过一些曲折，这次终于又与郭建平接上了头。

但是，据他所查找的厂志，上面的记录却很简单，说解放后不久，纸厂从职工福利出发，在临江处建设了一所职工疗养院。并未提到，那里曾是"日军医院"，当然不可能提到"省立传染病院"。郭建平手上还有职工在疗养院门口留影的照片，但大门只可能是后来新建的。

而这才是真正的"下所"，并非那栋检疫所的隔离室。

（六）第三次重返现场与最后的确认

为解除这一困惑，12 月 8 日，我约请郭建平，带上了六名学生——陈雨桢、唐茹粤、杨晓鑫、凌小婕、何璐言、戴睿敏，还有香港中文大学的李继忠，再去南石头，这次，吴建华还约请了一批幸存者的后人，如吴伟泰的儿子、女儿等。在江边座谈后，再一次去实地考察。

郭建平、吴建华都认为，九层下方原临水的吊脚楼病房已拆毁，江水已退出十多米了。而夹在鸳鸯楼之间的两排病房，即当今自行车厂职工的旧住房，则是原"日军医院"的病房，困惑终于不存在了。只是二排五栋病房，仅余三栋。

这样，日伪"省立传染病院"的方位可以确定，以"上所"即"日军医院"为中心的附近四个建筑，除焚化炉不存外，另外三个尚在。下坡往北约 200 米左右，向江边方向左拐，夹在九层楼与鸳鸯楼中间的二排三栋二十间病房加杂屋的平房，则是当今仍旧遗存下来的"传染病院"病房。

而这二排之外的其他当年建筑，则已经不存在了。

经过数月的查找、考证，丘村宏造所说的"省立传染病院"终于浮出了水面。它离南石头难民所的距离，有近一里地，往北经检疫所、"日本桥（码头）"的临江地带，迄今遗留当可认定为文物建筑物的，有六栋之多。

从规模而言，已不存疑。

（七）最终的定位与测绘

12月21日，我与广州大学陈艳莉三名师生，对此做了测绘。同时，又发现原临江的地方，每相距2.6米，就有一个当年吊脚楼支柱留下来的铁片封住的残迹。

这个方位有力地证明了香港难民在南石头码头上岸后被"分流"，疑似患病者被送去的地方，便是这个"传染病院"。

仅依报告记录的，其进行的"实验"，有10多项内容，血液、胃液、尿、粪便等都有多项统计，光胃液检验的成果就达13项，还有眼、耳、喉部的检测。当然，年龄、性别、气温不同时的死亡率、症状、并发症、饥饿状态等，尤其是死亡过程，都有记录和研究。

无疑，不是处于战争状况，如此大规模的实验是无法做到的，这也是后来美国廉价获取日军生化武器实验医学成果的原因，也是佐藤俊二被提早释放，并被美军带走，再回到日本办了个旅馆，得以颐养天年，而没被清算的原因。

（八）新的线索与任务

丘村弘造的报告，仅仅是1942年一年的实验成果，但之后，1943年、1944年的呢？

报告中称，是香港难民把霍乱带到广东的，但现在大家已经知道，根据丸山茂的揭发，是"波"字8604部队长佐藤俊二下令从东京陆军医院取来高效率的霍乱菌，投入难民所的食物中，才造成难民大规模死亡的。这个离难民所不到一里远的"省立传染病院"，只是其中做实验的地方。在佐藤俊二离开8604部队，到了南京"荣"字1644部队任部队长后，更建了个"血清工厂"，直接从活着的中国人身上抽取血清，解放后才在当地发掘出无数断头、截肢的无名尸体。

在这里，我们还需要指出的是，在丘村弘造的报告中，出现了约200个有名有姓的香港难民。

让我们更进一步深入调查，为10万死难于细菌战的香港难民申冤！

四、完整的"现场"
——从难民所到"省立传染病院"隔离房区

丘村宏造的研究报告称,其"收治"对象全是香港难民。我怀疑这个"传染病院"就在南石头附近,而已知的"上所",则已是当地百姓所称的"日军医院",也有说是日军的"军医宿舍"。但无论前者,还是后者,都无法确认,纵然上边的确有个红十字的标志,但是从大小而言,与报告中称的 1939 名患者的关系,却仍存在疑点。即使这 1939 人是陆续进入,有进有出,死亡的时间分别从短的几天到一个半月不等,但"腾空"的频率总归是跟不上。而检疫所的日本军医总共 12 人,住不了这么一栋两层楼,旁边的焚化炉,却又未必应付得了"传染病院"40% 的死亡率。

把检疫所的隔离室认作"下所"——这 20 年,倒是一直这么认为的,它与"上所"也并不对称。二者加起来,就够得上一个"传染病院"么?

直到吴建华带我们找到"日本桥"边上疗养院未拆完的几排旧病房,我们才觉得,这才够得上是"传染病院"所用的病房,而从菜农梁明信中所说的,它们正好在"日本桥"那边——而这才是他信中所称的下所。

只是,香港难民又是如何来的"下所"呢?

过去我们一直认为,香港难民是下船检疫后,被视为"有问题"的,便送到隔离室。也许,到隔离室后,再往传染病院去。但是,如今从隔离室到上所的路,是后来才修的,之前并没有。

直到查看我的学生廖文采访肖铮的录音:

日军用机动帆船拉人到检疫所。

从难民所,经兴隆大街,只能到隔离室,这在检疫所范围之内,隔离室是检疫所的一部分。检疫所南侧,是南石头的深水码头,大小船均可泊下,再沿江走上百米,左拐,再又是上百米,再左转,才是难民所大门。如仅去检疫所，用得上机帆船么？这个，恐怕是小不上肖铮当时无法跟进的不通。其实，检疫所北边，是另一个码头，有伸出去的铁桥的戛位，专泊日本军队的机船，所以才叫日本桥。这里上岸不远，也就是如今作自行车厂宿舍的几排房子——就是原日伪"省立传染病院"。

我沿着这条路线往复走上几次，终于弄明白了。走陆路，过兴隆大街，不仅惹人注目，选中的难民当然是得了病的，势必会引起传染，连日本兵那么小心也有被传染的，只能自我焚化。可大街上一走，传染开了，难民所的秘密就守不住了，难民所外的疫情更无法控制。

因此，才用上专门的机帆船从江中北上一里地。

从香港到广州，用的是客轮、拖船和大木船。

而机帆船走江面，显然可起到隔离作用。有被治愈的难民，也可以用机帆船送回难民所。

对所有证言而言，唯有梁明把这"下所"说清楚了：

> 从南向北是：难民所—南石头码头—检疫所—日本桥军用码头—"省立传染病院"隔离房区（下所）。

这是完整的"现场"，我们过去 20 年也没搞清楚。

到此为止，整个证据链也就连接起来了，无可否认！"传染病院"成了这个拼图的最后一块。

往水井里、"味粥"里投菌，也许并非"技术活"，但统计表的制造，却绝对是一种科学的需要。

而到了"传染病院"，包括 40% 以上的霍乱最高的死亡率重写，却完全是"科学"了，是生物学、生化技术……

普里莫·莱维在《遇难者和幸存者：奥斯威辛后的四十年》一书中义愤地说：

> 虽然我们见证了在广岛和长崎发生过的可怕事情、古拉格的耻辱、无谓而血腥的越南战争、柬埔寨自我灭绝的屠杀、导致许多人失踪的

阿根廷战争，以及所有残忍而愚蠢的战争，纳粹的集中营体制无论从规模上还是性质上仍然是独一无二的……从来没有如此多的人类生命在清晰透着技术智慧、狂热盲信和残暴手段下干了那么短的时间内逝去……

可惜，他并不知道南石头。
若知道的话，他会怎么描述？

五、被作为"实验品"的部分难民名单

仅存的受难者及死难者的名单是至为珍贵的，虽然他们只占总名额的百分之几。

我们只能在丘村宏造的研究报告中找到一部分。

但无论如何，我们也应记录下，不仅为还留下名字的他们，还为没能留下的——全家均被杀人灭口等更多的无名者。

其中，丘村宏造的报告中，有204人的姓名。

第三章中有：

第12表名单

主诉／入院所见／经过：

余虾仔	范 松	芦郭氏	廖 成	关 霖	潘兆淮	简 仕
黄 龙	赖郭氏	芦 运	苏坤元	芦 氏	黄陈氏	廖树芬
染 色	谭 余	陈阿好	岑 鸾	阿李氏	黄李氏	蔡 冰
顾汉景	赵 有	潘金德	简 仁	关 金	叶舒文	陈 京
张君保	邓 氏	李 氏	谭 荣	刘荣氏	吴嘉带	崔 牛
李 氏	曾 应	李仲明	苏 大	招 章	梁 根	张 锡
黄 生						

第5表名单

胃液：

黄 氏	陈 澶	刘 瑞	莫 氏	叶英成	潘 二	冀 群
陈李氏	刘 远	陈满衰				

第6表名单

胃液：

崔雄秀 苏 郭 氏 张 铁

吴亚苏　　余　林　　亚　伦　　黄　竹　　汤　氏　　薛　流　　陈益娟
芦　炳　　黄　伍　　邵　芳　　林陈氏　　梁　成　　唐武海　　李　能
李　聪　　张　平　　李　好
第9表
吴亚苏　　崔　雄　　蓝　炳　　黄　伍　　李　龙　　杨　心　　黄　淇
李　东　　罗　观　　李　玉　　李　好　　张　平　　李　彩　　余　三
康　顺　　杨　氏　　钟汤氏　　陶　清　　陈　氏　　鞏　韦　　梁　生
黎康健　　靳黄氏　　赵　氏　　袁　氏　　彭　岳　　张淡衡　　吴尧带
招徐氏　　刘　碧
胃液：
张　氏　　何　氏　　胡　爱　　叶　林　　贲　氏　　叶锦文　　吴李氏
岑　海　　叶梅运

同在第三章的，还有：

轻症例：
潘文基　　曾三女　　黄　苏　　陈　缇　　罗　能　　朱　彤　　任周氏
李　日　　郭陈氏　　梁　瑞　　严　好　　刘火财　　周凤翔　　李观好
黄翟氏　　梁亚彬　　黄　钉　　曾　成
中等症例：
黄富朝　　李　金　　何　顺　　李大彪　　周　生　　陈　佩　　岑德堂
具云鹤　　何年任　　刘　元　　徐财兴
重症例：
曹　贞　　潘祯氏　　芦付氏　　吕　正　　江　培　　梁二妹　　彭　群
刘　氏　　欧　礼　　张　金　　岑　氏　　欧　锦
死亡例：
黄耀初　　张　飞　　邓　玉　　伍　氏　　邓耀秀　　凌　武　　黄何氏
陈芦氏　　何　氏　　何　带　　潘　牛　　梁　环　　刘　妙　　张春元
梁　均　　梁　润　　吴如光　　童　州　　冯　问　　曹　遽　　莫　欧
黎　登节　　辉　黎　　沈　　侯小陶　　马黄氏　　玉　英　　朱关氏
邓　珍　　麦黄氏　　蔡　馥　　陈　带

尿量：

钟郭氏 余 林 毕耕棠 伍 洪 林 工 刘梁氏 何 氏
邓 托 邓 初 张 平

尿量：

梁 四 × 氏 何 凌 袁问廊 廖 江 汤 氏 欧 炭
黄 胜 取 地 耽 珍

这 204 个名字，加上采访到的受害者，以及他们提到的死者名字，累加起来，也就 300 多个吧，连一船人的数字都不够。而这 204 个名字，也仅仅是被拉到"传染病院"有记录的 1939 个"实验品"的 10%。

我们当凭此得知，这场大屠杀被掩盖得如何严密！

如那个纳粹分子所说：历史得由他们来写，因为没有人找得到证据，就算找到少许，他们也完全可以否认，因为一般人都会认为"这是绝对不可能的"。

我想套用他的一句话，集中营（包括南石头难民所）的历史将由他们来书写。

"波"字 8604 部队长佐藤俊二是少将，还是医学博士，后来调到南京 1644 部队任部队长。在那里，他设立了骇人听闻的"血清工厂"，从中国人身上抽取大量血清，后来在那里发掘出来的尸体大都被斩头去脚，可见，为获取中国人的血清，佐藤俊二采取的是何等残酷的手段。二战结束后，他在伯力受审，隐瞒了在南石头的罪行，被判刑 20 年。但很快就被提早释放，回到日本不久，很快又被美国人带走。同臭名昭著的细菌战罪魁石井四郎一样，他没有被追诉，最后回到日本，办了个旅馆，得以颐养天年。

如《死亡工厂》一书的作者哈里斯所说，战争刚一结束，美国政府就同石井四郎会谈，签订了一项"浮士德式的契约"：交出一切实验纪录，交换条件是不予惩罚、予以保密。当然，更不会被追诉。

一直逍遥法外的细菌战罪魁石井四郎，当天就是这么与美国讨价还价的："如果以文书形式保证他及手下免除战犯追诉，他愿意提供细菌作战的细节资料。"他最后如愿了。

石井四郎的生活无人打扰，直到 1959 年死于喉癌。731 部队的其他工作人员一直飞黄腾达：有的身居东京长官之职，有的升任日本医生协会主席，有的当上了国家奥林匹克委员会主席。

美国陆军细菌化学基地的两个博士——西鲁与宾库塔，专门为免除石井四郎及其属下罪行打了报告，凸显出美国人的量化思维。而石井四郎则是摸准了美国人的思维方式，以区区 700 美元为诱饵，换取了为一批利用细菌大屠杀的罪犯脱罪，逃脱了审讯。结果已是众所周知。美国政府做出了极端利己主义的决定：鉴于日军军队细菌战情报的重要性，美国政府决定对日军细菌战集团的所有成员免于战犯起诉。

早在 1925 年 6 月 17 日，美国、德国等 37 个国家就在日内瓦签署了《日内瓦议定书》。

1971 年 9 月 18 日，美国、英国、苏联等 12 个国家提出了一个《禁止生物武器条约》，全称为《禁止细菌（生物）及毒素武器的发展、生产及储存以及销毁这类武器的公约》，1972 年 4 月 10 日经联合国决议，美国、英国、苏联分别在华盛顿、伦敦、莫斯科签署，1975 年 3 月 26 日公约生效。

第九章　南石头大屠杀的性质

从 1994 到 2004 年，十年！

纵然丸山茂 1995 年 7 月与 11 月，一年间两度来到广州请罪，尤其是后一次，带来的由神奈县柳濑幼稚园和川琦市市场保育园的日本儿童折叠的祈愿和平的彩色纸鹤就有 2450 只。

我不知道这个数字有什么意义，在场的我，却有个冲动，在读完丸山茂的讲稿后，总还觉得他仍有很多的话没说，记录的也未免粗略了点，如果尚有机会，应与他有一个长谈。可惜，我当时会懂日语的朋友不曾跟来，这一闪念，错过也就错过了。

但是，重建纪念碑，尤其是建立一个有相当规模的、足以承载这一悲剧分量的大屠杀遇难同胞纪念馆的努力，我始终不曾放弃。

也正是 2004 年底，我被聘为广东省政府参事。

而我的第一份建言，乃至十年后最后一份建言，也都是为南石头粤港难民而写的，最终的建言就是建立这么一个纪念馆。

第一份建言的时间是 2005 年 3 月 9 日，当年的第 7 期。

最后一份建言的时间是 2015 年 2 月 13 日，当年的第 9 期。

前后相距又刚刚是十年。

在第一份建言中，我重申了原来在 1995 年的报告文学中的呼吁"建立一个相应的纪念馆"。

当年，我在报告文学中说：我曾当过政协委员，如果今天还是，我当写上这么一份提案：应当有一个沉重的纪念碑！应该有一座铭记历史的纪念馆！

也就是在这一年，2005 年 3 月，我所在的华南理工大学，由院士何镜堂牵头中标的南京大屠杀遇难同胞纪念馆的设计，这是从国内外 13 家著名设计单位的方案中竞出的。

我对其冥思厅墙上的祈愿诗一直感铭于心：

> 让白骨可以入睡，
> 让冤魂可以入眠；
> 把屠刀化铸警钟，
> 把逝名刻作史鉴；
> 让孩童不再恐惧，
> 让母亲不再泣叹；
> 让战争远离人类，
> 让和平洒满人间。

无论如何，南石头大屠杀的性质，比南京大屠杀有过之而无不及。

第一，南石头是非战争状态下的大屠杀，没有枪声的大屠杀，对象全部是无辜的香港难民；

第二，南京大屠杀采用的是常规武器，而南石头采用的是生化武器，即细菌武器，这是国际法禁止的；

第三，死亡人数更无法统计，多少香港难民是全家被灭口，甚至带上亲戚，而杀人手段不是非理性的，而完全是理性的、技术性的、有组织的，使用上了现代科学手段，尤其是进行了极为残酷的活体解剖。

……

还可以列出第四、第五，但这三条就够了。

迄今，又有多少人意识到这几条呢？

奥斯威辛集中营中，最后还有没杀尽并被解放出来的犹太人，而南石头完全是"有进无出"，几乎没留下一个活口。

奥斯威辛的屠杀者大都有名可考，在受害者面前出现过，而南石头的屠杀者几乎全是隐蔽在幕后，制作鼠疫跳蚤投放，从东京军医学校运回沙门氏菌，等到温度适宜时偷偷放置……无人知晓他们的身份。

更令人愤慨的是，奥斯威辛的屠杀者大都受到了惩罚，逃亡在外的也一直被追缉，无一侥幸；而南石头大屠杀的指挥者、主谋者及直接投放者，大都逃脱了审判，有的还得到了"宽大"处理，他们甚至在战后创办了"绿十字"企业，继续在危害世界、危害人民。

同样，还可以继续做出比较，但这些还不够么？

是的，南京大屠杀遇难同胞纪念馆终于建立起来了，"12月13日"的国家公祭日也确定了，然而，南石头纪念馆的建立仍遥遥无期，甚至一些必要的考证还没展开。

也许出于一种隐约的、不无悲观的考虑，在 2005 年的建言中，我提出：建议由省、市牵头，在省、市档案馆举办"东方奥斯威辛"的专题展览，并适时组织全市中小学生参观，以受教育。

无疑，这只是退而求其次的办法。

最终，一如所愿，在广东省档案馆举办了"东方奥斯威辛"的展览，并由广东省政府参事室（文史馆）、广东省档案局（馆）联合召开了开幕式。

《南方日报》以整版予以报道，标题如下：

广州首次举办日军在穗细菌战专题展
显示南石头难民营被杀十万人以上
"东方奥斯威辛"见证日军暴行

报道指出，展览主办方说："今天所揭露出来的仅是冰山一角，这一惨烈的事件当引起全世界的警醒，在这个意义上，东方奥斯威辛的被揭露，是具有世界性意义的。"

又一个十年过去了，适逢抗战胜利 60 年，广东省各大报纸，也对此做了不少报道。同时，报道的还有，1938 年日本飞机对广州的大轰炸、日军掳去上千粤童学"驾驶自杀性飞机"。

广东省档案馆的展览，是我与该馆处室一道，领着多名位研究生一道制作的，有数百幅图片资料，参观人数也达到了数万，后来还到了刚刚建起的广州大学城巡回展出。

结束后，广东省档案馆还专门建立了"网上展厅"。

广东省电视台在"社会纵横"栏目中，为我做了十多分钟的专题报道。

当然，报道的深度也较十年前大了，包括运尸用了猪笼车，香港仅 1942 年春便减少人口 46 万，邓岗斜"万人坑"……这次，钟瑞荣与另一位幸存者肖铮讲出了更多的真相。

这次，英国媒体刊发了题为《二战结束 60 周年专题报道》。报道一开始就指出，二战期间，南石头细菌武器杀害港粤难民的史实"至今仍鲜为人知"：

> 侵华日军 731 部队在中国秘密进行大规模细菌试验和细菌战，已经广为人知。但是，侵华日军在中国其他地方进行细菌战的历史黑幕，却还远远没有揭开。二战期间，日军"波"字 8604 部队在广州建立"奥斯威辛"式的难民营，使用细菌武器屠杀港粤难民的史实至今仍鲜为人知。

揭开尘封的历史

郭成周寄来日本老兵丸山茂 1993 年的一份揭露信件和两幅草图。丸山茂是日军原 8604 部队的第一课细菌检索班的班长。他在信中说，他们的"部队对外称是华南防疫给水部，部队长是佐藤俊二大佐"。"该机构较为庞大，配备 1200 多名专业人员的师团级单位。本部下设六个课。其中专业将校 100 人。"他还提供了各课的人员组成、职责和简况。

日军进行活体细菌试验场的粤海港检疫所以及用细菌武器屠杀中国人的南石头村难民营旧址，则是由谭元亨找到并先行访问了健在的幸存者和知情人。

死亡营幸存者肖铮

住在广州市南石西的肖铮老人是从粤港难民营死里逃生的一位见证人，今年 75 岁。"1940 年，我 10 岁左右，没有吃的，日本人来了。饿得实在受不了，自己进了难民所。不久，我弟弟也因为家里没饭吃来到难民所。但是，弟弟吃了日本人的饭后，没几天就开始经常性地全身发冷。我就把捡来的破棉被往弟弟身上堆。但是，弟弟很快停止了呼吸。"

他说，弟弟得的怪病很快出现在他自己身上。开始全身发冷，接着又开始烂腿，脚脖子上的疤痕至今还清晰可见。他说，当时难民所里很多人都烂了腿。据有关专家分析，这是感染日军细菌武器伤寒菌和炭疽菌的典型症状。肖铮腿上的疤痕至今仍清晰可见。肖铮向我展示了一张根据记忆所画的当年南石头难民营简图。

肖铮说，这个地方在日军来之前是惩教场。日本人把它改成了难民收容所，起初收容的是广州市无家可归的穷人。1942年开始收容香港难民。

香港难民落入虎口

谭元亨教授说，香港于1941年12月26日沦陷后，日军大量遣返难民回内地。"到2月4号之前，短短一个月里，香港难民已经被遣返了46万人。香港整个160万人，不到一年时间，香港人口已经降到不到60万人。也就是说有90多万人离开了香港。离开香港的那么多人哪儿去了呢？从丸山茂的证词来看，大部分走水路，主要是到广州。因为没有别的线路。而广州根本不让难民进入。"

日本老兵丸山茂1993年的证词说："那些人从珠江溯流而上，涌向广州市。军方为了保持广州市地治安稳定，不让他们进入广州市，关在南石头难民收容所里，施以惨无人道的细菌战。收容所的南水部负责人是的场守喜。"

的场守喜良心发现

的场守喜把秘密偷偷告诉了老朋友丸山茂。"军方为了保证广州市区的治安，把来广州的难民安置在南石头收容所。但由于香港来的难民太多，收容所已人满为患，命令南水部用细菌杀死他们。很不幸，任务落到了我的头上。我直接听取部队长佐藤俊二的口头命令。"

的场守喜告诉丸山茂说，他们起先是往水井里投放伤寒菌和副伤寒菌，但难民不喝生水，也不吃没烹炒过的食物，所以井里投放细菌没有用。后来他们专程从东京运来了沙门氏菌，投放到为难民准备的稀粥和饮用的汤水里。当晚就出现患者。肠炎沙门氏菌患者的死亡率很高。难民尸体就地埋葬。一层层堆积，到后来，附近连掩盖尸体的泥土都没有了。

证词触目惊心

广州纸厂基建部门退休老干部梁时畅作证说："当时广州造纸厂搞扩建平整土地的时候，民工发现很多骨头。那些骨头是一个坑大概一丈长一丈宽，一层一层，没有棺木。骨头很多很多。那些坑大概占地100公尺长，50米宽。坑很深，起码都有四五公尺深。"

佛山的冯奇老人是南石头难民所少有的幸存者。他的书面证词说："一下子就死去几百人。伪政府派人将尸体抬去难民所外乱葬岗草草埋葬。日本人还强迫难民打防疫针，但很多人打后发高烧、抽筋，不几天便倒地不起。这时已建好两个大化骨池，死了的或快断气的都丢下化骨池。化骨池有4米多高，正方体，混凝土筑成。尸体放满后，加放药水封盖好。过了10到15天，开盖时多在深夜，臭气冲天。"

粤港难民之墓纪念碑

日军在粤港难民营到底屠杀了多少中国人呢？谭元亨教授说："我从各方面的资料判断，这个数字真正无法估计。其中有一个难民的证词说，光那一片土地上掩埋的就有十万人。那么除了掩埋的，运到外面扔掉的，这个就无法估计了。"

广州造纸集团宿舍区一个自来水塔围院，生锈的铁门紧紧锁着。在高高的水塔旁，一个灰色矮小墓碑孤零零地立在丛生的杂草中。靠近铁门看，才模糊看清碑上"粤港难民之墓纪念碑"的字样。据说，这个碑是1995年由几位民间人士为了纪念被日军细菌战杀害的港粤难民而自发竖立的。

1995年11月，原日军"波"字8604部队老兵丸山茂第三次来到广州，在粤港难民之墓纪念碑前长跪不起，碑前挂满了他从日本带来的几百只千纸鹤。

60多年过去了，昔日荒凉恐怖的南石头已经旧貌换新颜。难民收容所的旧址现在变成了五羊摩托车集团。很多人至今还不知道，一栋栋高楼之下埋有多少粤港难民的冤魂。他们也不了解，热闹喧嚷的南石头曾经发生过类似奥斯威辛的悲惨往事。

第十章　叛卖者

一、"浮士德式的契约"

没有人能完整理解臭名昭著的 731 部队长、日军中将石井四郎，在战后的 1958 年——距离日本战败已经 13 年了，仍踌躇满志地在某次会议上宣称"是细菌部队拯救了日本国家"。

这当然不仅仅指他与美国达成的"浮士德式的契约"。

我们不妨先了解一下。

就在战争结束之际，贪生怕死且贪渎成性的石井四郎等人，找到了美国人，达成了向美国全面提供细菌部队 731 研究成果的协议，从而免除了他们被作为战犯审讯的厄运。

这比"浮士德式的契约"更为肮脏，更为无耻！

美国陆军细菌化学基地的两个博士——西鲁与宾库塔，专门为免除石井四郎及其属下的罪行打了报告，请愿道：

> 石井部队的资料是长时间积累的研究成果，花费了几百万美元，这样的资料是我们的实验室根本得不到的，因为我们不可能搞人体实验。为了搞到这些资料，我们只用了 700 美元，连 731 部队花费的零头都不到，这笔买卖太廉价了。

几句话，凸显出美国人的量化思维。

而石井四郎则是摸准了美国人的思维方式，以区区 700 美元为诱饵，换取了一批利用细菌大屠杀的罪犯脱罪，逃脱了审讯。

结果已是众所周知。

美国政府作出了极端利己主义的决定：鉴于日军军队细菌战情报的重要性，美国政府决定对日军细菌战集团的所有成员免于战犯起诉。

何止是细菌战的实施者免于起诉呢？

上至二战东方战场的最高指挥者、决策者日本天皇。

甚至受到东京审判，名列战犯之列的岸信介之类，战后不一样堂而皇之当了日本首相么？

日方曾不无骄横地宣称，据统计，他们有过 36 次细菌战的"重大胜利"——这些"重大胜利"造成了多少人死亡，尤其是无辜平民的死亡，统计了么？而在这 36 次"重大胜利"中，南石头大屠杀算不算一次？显然不算，因为是在"没有战争"情况下发生的。

这"浮士德式的契约"算不算——对美国人可是完胜呀！

大批战犯得不到审判，反人类罪行得不到清算，迄今仍有人否认这一切，也算是"胜利"吧？

但远不止这些。

成功地掩饰下来，较之德国法西斯的毒气室，日本的细菌杀人更是无声无息，不为人所知。这种杀人于无形之中的形式，倒是可得意扬扬地称之为"胜利"了。

因此，他们可以抵赖。

如同当年德国法西斯所为，被视为"绝对不可能"一样。

二、政治因此而“正确”

历史早已把日美双方的细菌战资料的交易，称为“魔鬼的交易”或“浮士德式的契约”。因为这一交易，使一大批犯有反人类罪行的进行细菌战的日本战犯逃脱了远东国际军事法庭的审判。

1945 年 8 月 15 日，日本裕仁天皇宣布“终战”。日本无条件投降后，美国有关部门就开始为获取日本细菌部队进行人体实验、细菌实验、细菌战及毒气实验的各种数据，寻找追踪以石井四郎为罪魁的一批逃回了日本的细菌专家。寻找他们，并不是为了把他们绳之以法，送上历史的审判台，而是为了从他们手中得到平时无法得到的细菌实验数据——只有战时，才可能采取这种大规模实验、杀戮方式，获得其所追求的科学数据。

至于为什么要这些数据，则不言而喻。

而这些细菌战战犯显然也在待价而沽，他们深知手中资料的价值——这毕竟是以上百万人的死亡为代价获得的。

于是，一系列戏剧性的故事发生了。

仅以石井四郎为例。1945 年 12 月 3 日，一个消息从他的老家千叶县山武田村传出，在之前的 11 月 10 日，该村已为石井四郎举行了葬礼——也就是说，这个恶贯满盈的家伙伸腿了。但是，美军这天却得知，这个消息不假，葬礼是举行过了，可葬礼却是假的，因为石井四郎并没有死，而是借此潜伏了下来。

这种装死假葬未免小儿科了点，立即就被美国人识破。与其说是装，不如说是试——试一试美国人的深浅。

这一天，还有一份备忘录，记载了石井四郎的“来龙去脉”，这里就不细数了。关键在于，美国人已掌握了更深一层的情报：人体实验和细菌实验与实战才是日本细菌部队的核心机密。

当年 12 月 28 日的情报就记载有：

石井四郎离开（哈尔滨平房）时拥有大约 100 万元的巨额现金，情报线人因为他没有作为战犯被逮捕而感到奇怪。

第二年 1 月 7 日的情报更有：

按照美国国防部 1946 年 1 月 6 日的意见，石井四郎在满洲指挥过细菌战实验活动，应予以逮捕并审判。盟总对敌谍报部的记录未能揭示石井四郎的行踪，也没有向日本政府提出逮捕石井并引渡给美军的要求。

奇怪么？其实，是执行者被蒙在鼓里，因为这时石井四郎也成了情报本身，美国寻找他，已不是作为战犯通缉了。"政治正确"已悄悄换为一桩人类历史上最肮脏的交易。

1 月 11 日，盟总化学部主任怀特塞斯上校对 731 部队第二任部队长北野政次进行了问讯，得知了 731 部队更多的细菌实验、细菌炸弹的情报。此时，美军已要求封锁这些消息了。

而石井四郎的行踪，还在追寻中。

直到 1 月 19 日，远东国际军事法庭成立。世界的东京审判不日就要举行了，但石井四郎还在"躲猫猫"。

这个"躲猫猫"，当是在择机而行。

果然，到了 2 月 5 日，美军终于"发现"了石井四郎。

负责这方面调查的美军汤普森中校就在石井四郎家中，对其进行了问讯。显然，这并不是针对战犯的方式，反而是在友军气氛下的谈话。

尽管石井四郎闪烁其词，做了大量隐瞒，但汤普森还是从中察觉到了什么。比如，731 部队成员已经串供，资料的销毁并不真实，力图把细菌战活动减低到最少范围……

讯问持续在 2 月 5 日至 3 月 11 日之间，还询问了北野政次——同是部队长，军医中将。后期，石井四郎交代的情报突然激增，显然不会是因为什么良心发现、出于忏悔，唯一的解释是，他得到了"（询问结果）不会作为战争罪行证据来使用"的暗示，并以此作为交换条件求得豁免——他是如愿了。

末了，汤普森得到的结论是：日本害怕会遭到生化武器的报复，所以不太可能使用细菌武器。不过，他也认为，日本人不曾得到美国同时也开展了细菌武器研究方面的信息。

他的结论是有意而为，还是真正被骗？读者可以判断。

有一点却是不难意识到的，交易在进行中，讨价还价。

作为最早询问石井四郎、追查 731 部队罪行的美军方面的直接负责人汤普森，没过多久便自杀了——这却是确定的。

而 1947 年 10 月接任的微生物学家希尔、病理学家维克多，当然，他们本身亦是军方的人，一同对石井四郎、北野政次等 22 人进行了询问——请注意时间，这已是 1946 年 5 月 3 日远东国际军事法庭正式开庭之后两年多了。

本来，在远东国际法庭上，美国法官莫罗上校已着手调查日军细菌战、化学战问题，并被指定负责日中战争工作小组。他提及了一份备忘录，指证石井四郎为细菌战罪魁，用活人实验，然而，他却于中途突然被召回国了。大约是出于对免究细菌部队罪行的做法不满，另一名美国法官萨顿——他与莫罗一道上中国作过调查，在庭上念了中国的证据。

> 敌方多摩部队将被俘的我国人民带入医院实验室，向他们体内注射各种有毒细菌，试验其反应，由于该部队是最秘密的机构，所以，无法弄清死者的确切证据……

法庭为此大惊失色。

审判长韦伯站起来，打断了萨顿，称："这个问题就说到这里吧。"

就这样，远东法庭仅剩下这么一段小插曲。

因此，继续调查的希尔·维克多在最后的补充中称：调查中搜集的证据很大程度上补充、完善了之前所获得的信息，这是日本科研人员花费几百万美元、历经数年获得的研究成果。这些数据都是通过接种细菌传染病原体获得的人体感染率，由于进行这种人体实验受到良心的谴责，所以在美国实验室无法获得。为获得这些数据，我们花费了 25 万日元，但是这与实际研究的成本相比，实在微不足道。

25 万日元，才合几千美元，美国人的生意经打得很精。

但出了一个"小小"的漏洞，731部队中有两个成员被苏联俘虏并有所交代，所以苏联要求对石井四郎等进行问询。这下子弄得美国人手忙脚乱，试图对石井四郎加以限制，只与美方合作。好不容易，才对美、苏联合询问做了安排。

最终，由于美方对石井四郎做了承诺，"明确豁免石井四郎等人产生了非常良好的效果"。

远东司令部于1948年6月6日是这么回复美国国防部的："并没有足够的证据来支持其对战争罪行的指控……在这些不确凿的指控中，所谓有受害者，指的是被用于细菌实验的囚犯、农民和平民……不存在指控他们的充分证据……都未列入……日本重大战犯名单。"

终于，1947年9月8日，美国国务院密电回复麦克阿瑟：

> 美国当局从美国安全保障的立场出发，不追究石井及其同伙的战犯责任。日本细菌战经验，对美国的细菌研究计划具有重要价值。第731部队的细菌战资料对美国国家安全保障上的价值，远比利用它追究石井等人的战犯罪重要。

一锤定音，政治因此而"正确"了。

日本细菌战半个多世纪来未得到深究，其根源乃在此！

第十一章　不再失声

一、博物馆与纪念馆

　　我来自一个建筑世家。父亲是抗战后黄埔港修复工程主任，他当时的身份是联合国华南公署的成员，后来是广东水利厅的工程师。支援内地工业时，他到了武钢当时下属的中南锰矿公司；舅舅也在武汉的中南设计院当总工程师。我自小好跟着父亲跑工地、绘图纸，也参加甚至主持过多项建筑设计，西江上作为两广分界的标志广信塔即是在我主持下设计的，还有六祖禅院等。我同时作为一个作家，更重视建筑的历史内涵和文化底蕴，所以我很欣赏著名建筑家李布斯金的著作《破土：生活与建筑的冒险》一书的题记：

　　　　伟大的建筑，一如伟大的文学作品，或者诗和音乐，都能说出人类灵魂的精彩故事。

　　我想说下去的是，一座博物馆与纪念馆，更可以嗅得出历史的血腥，见识人性的残忍，尤其是发出对未来的警示。

　　在东方这片土地上，我们还不曾有真正意义上的警示碑——仅仅是纪念碑。其实，南石头更需要的是警示碑，上面应该有几句振聋发聩的箴言，让目睹者永志不忘。对于恶者，那些卑鄙无耻的记忆，将永远似不绝的往复不已的噩梦，令其永世不得安宁；同时，也让所有人，善良的人们，不断地唤起内心的良知——在德国，就有这样的警示碑，让后代认识历史，而且严戒对战争的美化，反思二战中德国给世界带来的灾难，并以此来寻找德国的未来：这是我作为中国作家在德国访问时真切感受到的。

但是，在日本，可有这种警示？迄今，仍有人，不是少数，否认南京大屠杀，否认侵略，当然，也不承认有细菌战。他们不竭余力地去美化其所谓的"大东亚战争"，包括对香港的洗劫——说成是从白人殖民者手中解放了香港人。他们不承认，一部致使中国人伤亡三千多万的战争罪恶的历史，拒绝认罪，甚至把战犯祭祀在靖国神社，以供后人膜拜。

战败后，美国占领当局曾要求日本摒弃神道教为国教的地位，当时，同样是多数的日本人表示欢迎，认为可从此摆脱军国主义。但在1951年，日本由军人组成的右翼团体，要求释放全体战犯，为靖国神社正名。他们一直为此努力，并一步步地达到目的。直到如今，不仅已有战犯出任日本首相，历届日本国会里，也有不少议员不顾世界舆论，坚持亲自或间接去拜祭靖国神社，而日本首相及政客，更几乎每年如此。

双手沾满中国及世界上无辜的难民鲜血的战犯得到拜祭，而无声埋在地下的上10万香港难民，迄今仍无处可供拜祭——直到2018年，我才有机会带上若干香港团体上南石头点上几炷香。

在神社前面，栽有樱花树，树上公然可以挂上作为侵略者、杀人集团的日本帝国各师团番号——自然包括日本"南支派遣军"的番号，"南支派遣军"里包括"波"字8604部队，还有著名战舰名称的白色飘幡。就近的一面混凝土墙上开了几个洞，里边放有包括各种颜色的石块——它们来自莱特岛、瓜达尔卡纳岛、关岛等，当然少不了美军死亡最惨重的硫黄岛，不是为悼念反侵略的美军，而是为了纪念杀害美军最多的日本战争狂人！

没有最后的统计，南石头最终死了多少无辜的香港难民，虽然当时的场守喜有过统计并由胡苏往上报送，但这些统计资料在"发挥了作用"（用来细菌研究）后有没有被保存下来，或者保存在何地，是否毁了，还是全交给了美国人，我们迄今一无所知。

我们所能知道的是，南石头难民的死亡人数，绝对不会少于死在南太平洋上的日本兵。

同时，也不会比长崎、广岛这两个死于原子弹之下的任何一个城市的日本人少——"原爆之下没有无辜者"，美国人如是说。因为这两座城市均为军事基地，在全民疯狂的情况下，这些城市所有人都参加了战争或无一例外地支持侵略战争：这是我们所理解的。

　　然而，长崎已建立了一个和平公园。

　　南石头却什么也没有，至少到今天。

　　而长崎和平公园中，最显著的，也是体量最大的标志，是被日本侵略造成死亡数量最多的中国人送的雕塑《和平少女》。

　　这座《和平少女》伫立在这么一个独特的公园入口处。一个天真纯洁的中国少女，背倚岩石，舒展双手，仿佛在卫护着岩石上的白鸽，身上着一条雪白的长裙。她微微回首，含着笑意，深情地注视着停在她臂膀上的和平使者白鸽。飘逸的长裙，流畅的长发，优美的曲线，活泼的形象，令人驻足忘返。她栩栩如生，饱含温情，呼之欲出，又显得超凡脱俗，有一种不寻常的宏大气魄——可不，她是代表着中华民族来到这里的和平使节，自然包含有我们民族的美好气质。作品吸收了中国龙门、云冈石窟雕刻的真韵，竟似有观音的宽厚、慈悲与平和，又巧妙地把古代碑碣和人物雕塑结合起来，文字与形象统一起来，深深地透出一种和谐、美好的和平气氛。中国少女象征着和平，白鸽是和平的化身，二者和谐地相处在一起，宁静、安宁，分明在宣示着和平是神圣不可侵犯的！

　　谁侵犯和平，便就是犯下了不可饶恕的罪行！

　　然而，颇为吊诡的是，当年，作为雕塑家的潘鹤当时要到日本亲自指挥《和平少女》现场安装，竟差点没去得了——在出发前几天，他坐的车在广东恩平附近出事了。车从七八米高的桥边上翻侧，栽了二个筋斗，翻倒在河边烂泥里，小车撞断了一棵树，又撞断了桥边的防护柱，只差一米便落到水中，再侧上一米则撞爆在河边水泥坝上，惊险之至。

　　车玻璃全碎了，门打不开，司机已血流满面，潘鹤用手撑住车顶，也随车打了三个筋斗，手掌骨断了也没感觉，只顾把司机从车前玻璃窗上拉出。司机大哭对不起他，他连扶带拖，把司机弄上了七八米高的斜坡，一时有几十人围观，竟无一人出面抢救，只议论个没完，说什么这个地方有鬼，前几天翻车又死了人……

　　潘鹤拦了几十部车都没拦住，最后才偶然截住了一部停下来看热闹的车子。

　　看热闹的司机说，我也是鬼迷迷地停住了车，让你撞上了。可不管那么多，救人要紧，赶紧把负伤的司机弄上车，送去抢救……后又叫当地政府再把司机送回广州。

直到这时，潘鹤还不知道自己手断了，仍继续去了湛江，当晚照旧喝酒吃肉，直到第二天回到广州照透视，才证实骨折了。

在车里翻了那么多个筋斗，只断手算是大幸了——他又一次死里逃生。

就这么打着石膏绷带，他参加了《和平少女》的剪彩仪式。

当时的日本首相中曾根康弘还关心地问他："你是不是在塑像时弄断的？"

然而，他没料到，《和平少女》竟与他一样，不久竟也蒙了难。

被反华分子在石像脚部涂上一小块红漆。

为此，长崎还正式成立了一个"保护少女雕塑的市民大会"。

邪恶之徒所为引起了广大日本人民的义愤，中国大使馆也随即提出了抗议，表示了中国人民的愤慨……很快，长崎县知事、市长便上我使馆表示道歉，众多当地的知名人士，以及广大的老百姓，也纷纷向我驻长崎总领事馆发电报、打电话，或者写信，以表示慰问，也转达歉意。

一时间，当地可谓天怒人怨，千夫所指，几个歹徒陷入了道义的罗网之中，搬起石头砸了自己的脚。长崎市民自觉地组织了起来，发起了"以鲜花与和平之心保护雕像"的市民大集会，络绎不绝地向和平公园里这个蒙难的"和平少女"献上鲜花、黄手帕和精心折叠的"千羽鹤"。人们的和平意识又一次高涨，他们呼吁："以非暴力制止暴力，维护日中友谊，维护和平！"

最早发现雕像被污损的长崎市民谷口棱桦等人，遂于第二年1月24日召开了"保护少女雕像市民之会"的准备会，决定以后每月11日——也就是"雕像蒙难日"，为向和平少女雕像献花日……每年都邀请潘鹤作为和平代表参加该保护少女雕塑的市民大会。

几天后，《和平少女》雕像经过精心的清洗，焕然一新了。

著名佛学大师池田大作先生，对中国代表团的负责人说，中国赠送和平雕像之举在日本全国已经引起了巨大的反响，我确信在一百年、二百年，甚至一千年，必将掀起更大的和平的滚滚波涛。

也许，这只是一种反讽：日本从来就没为和平作出过任何的努力与贡献。

我们无意为这次车祸说三道四。毕竟，中国人是宽宏大度的、不念旧恶的。祖宗的遗训也永远是以德报怨，讲放下屠刀，立地成佛。

我只希望，我们的雕塑家，在未来的一天，也给南石头雕塑一座更有深意的和平少女的纪念碑与警示碑合一的大型雕塑。

而我在调研最剜人心肺的情节是，被骗上或押上从香港到广州南石头的日本船上的难民中，每每有小女孩抱住母亲含泪追问：妈妈，我们这是回家么？

可她，包括她的母亲，一船人，近千条船的香港人，永远都回不了家，一上船，便是上了不归路！

尽管这时，攻陷香港的战火已经熄灭，虽然发给他们少得可怜的大米还有烧焦的味道——没烧过的大米早运到了南太平洋的战场上。

似乎已"和平"了，没有枪炮声。

而在没有枪炮声的"和平"中，南石头难民依旧在每天上百人、几百人地死亡。

但参拜靖国神社的日本首相却说，参拜同样是为和平祈福。

他们心目中的和平与战争究竟是什么？无声的杀戮莫非等于和平？

这是对和平的亵渎。

这让我又重新回想到日本老兵丸山茂为南石头大屠杀写下证言的标题——"无论有多么完美的借口，走向战争都是罪恶"。

而不同的版本，则是"走向战争都是罪恶"。

显然，这是与"和平"相对而言的。

我们当由此理解当日日本老兵的忏悔。

前一个标题，多少还有些自辩或自慰，因为"完美的借口"毕竟有过。

后一个，则放弃了这一理由。

但又如何理解后一个呢？

大阪国际和平中心的宣传册上，是这么说的："我们生活在一个自由而富饶的日本，但战争阴云依然笼罩在我们上空。'十五年战争'教会了我们很多东西。最重要的一点就是，根本没有所谓的正义战争。"

也就是说，战争没有正义与非正义。

这也是丸山茂忏悔书标题的来源。

意识到这点，"十五年战争"——从 1931 年的"九一八"算起，一开始就是强加在中国人头上的，无论怎么狡辩都无济于事，那就必须承认罪行，并且对战争受害者赔偿。

细菌武器杀人更是不可饶恕的，决不容忍粉饰与美化，因为它比已是罪行的战争更为邪恶，更为冷酷，更为残忍！

当年，丸山茂的忏悔，与日本一个带有标志性的历史时期是分不开的。

毕竟，20世纪90年代初，日本的"无罪"化有所松动。

1989年，作为发动侵略战争的罪魁天皇终于呜呼哀哉了，被麦克阿瑟保护下来的这一体制象征的代表人物的存在，给战后历史带来了不少的遗憾乃至后患。裕仁一死，至此，日本老兵不再三缄其口，他们是亲历者，虽然有不少怙恶不悛，但是也已有人开始反思忏悔，对历史持一种清醒的态度。

因此，战后的保守党，一直盘踞政坛的自民党才第一次输了选举，左翼的社会党及其联盟才得以一度执政（仅此一次），首相村山富市坦言承认二战时的日本侵略史，以东史郎为代表的一批日本老兵才纷纷上卢沟桥、南京等地请罪。丸山茂也于1995年两次来广州中山医学院、南石头指证细菌战场所并公开了他的忏悔录。当然，还不止他一个，还有井上睦雄等几个，所以1995年3月18日《纽约时报》登载的文章中才有这样一句话："至少20万中国人死于人体试验。"

这么多日本老兵的证言，当然已不是孤证了，而几十、上百个中方的证言，还能是孤证么？

也只有在这种尊重历史的氛围下，中日友好方可得以推进。当日，丸山茂来请罪，也得到广州人，包括南石头受害的居民们的谅解，以至于丸山茂觉得，中国人应该用石头来打他，不应该把他视为贵宾欢迎，这样他更受不了。

中国人的恕道就是如此。

然而，中国人并没有想到，过不了多少年，这种认罪也就似一阵风过去了，否认南京大屠杀的言论愈来愈无耻、愈张狂。参拜靖国神社的，不仅仅是战犯，也愈来愈密集，"侵略"改为"进击"，以"解放大东亚"自诩进一步抹杀了其大屠杀的罪孽。

1995年11月5日上午11点15分，我忘不了当日本老兵丸山茂来到"粤港难民墓"下跪拜时，一个围观老百姓说的：

说到底，你只是一个士兵，一场战争却让士兵来认罪，这算是怎么一回事？

的确，这之前，德国前后两任总理——勃兰特、科尔——都分别在以色列的犹太人受害者纪念碑前、波兰华沙的犹太人纪念碑前跪拜谢罪。

他们个人并非当日的施害者，但他们代表的是国家。

而日本呢？

村山富市之后，不少首相都试图否定或修改"侵略"这样的字眼，这已是众所周知的事实。

而在广州，可供跪拜的却只是一个小小的墓碑。

二、发出自己的声音

我耳边总响着这样的声音：

"这不是我个人的追诉，而是我们共同的民族良知遭到了蛮横无理的蹂躏。"

"是呀，推土机无视的是一场巨大的民族与历史文化浩劫。难道他们就不认同自己是中国人么？"

"别说了，我又听到了十万冤魂在呻吟……"

"我听到的是几十部打桩机巨大的声响。"

"这几十部打桩机就砸在十万冤魂的白骨之上，才让我听到他们永远不会停止的呻吟呀！"

"你挡得住推土机，你顶得住打桩机么——这已是历史！"

"你忘了我同样给你们说过的另一句话，在权力社会，建筑是与权力争真理，在金钱社会，建筑同样是在与金钱争真理。这也是历史，更牢不可摧的大历史。不管这里将来会建起什么东西，它都必须对曾经强加于此的恐怖的反人类罪行所造成的巨大的历史悲剧发出自己的声音，而不应就此掩盖掉一切。"

我有这样的"幻听"不是无缘无故的。

毕竟，我所在大学设计院的前辈，就曾拿出过享誉中外的同类设计作品——虎门炮台鸦片战争海战馆、侵华日军南京大屠杀遇难同胞纪念馆扩建工程、长春烈士陵园等。前辈在其间的理念，如南京纪念馆的三大概念——战争、杀戮、和平，与之相对应的三大空间意境——断折的军刀、死亡之庭、铸剑为犁，让他尤为感奋，特别是原址发掘的"万人坑"，成为参观序列的高潮和重点，让人立即联想到南石头多次发掘出，且每次都有数以千计的骷髅头，无法计数的白骨……这种刻骨之痛，是一辈子也无法平复的。

而日军这一反人类罪行，迄今仍鲜为人知，所以建这么一个纪念馆，意义重大，更能振聋发聩，令侵略者无法不认罪！

我每每会脱口而出，用尽丹田之气追问："9·11"死的是近 3000 人，而"万人坑"里埋的是上 10 万人，你们在为什么人张目？灵魂是不会在恐怖袭击中坠入大坑中死亡的，灵魂是死不了的……

是的，我常常想起李布斯金在《破土：生活与建筑的冒险》中，关于他所深入的"9·11"遗迹的描述，那种"现场感"是刻骨铭心的。李布斯金说，他当时无法解释，为何越是深入坑底，就愈能真切或清晰地感受到那样一股扳倒世贸中心的暴力与仇恨，这让他感到巨大的失落，令他浑身乏力。

不过，我更记得，之后，李布斯金则称："他同时也感到另一种力量的存在，那便是自由、希望、信仰。人性的力量依旧在此根深叶茂。"

李布斯金更有力地表述了自己的愿景：不管这里将来会建起什么东西，它都必须对强加于此的恐怖行为所造成的悲剧发出自己的声音，而不应就此埋没掉一切。

我正是凭着这样的理念，多次回到了"万人坑"的现场。

从 1994 至今，我不知有多少次去过南石头，带学生，带港人，也带相关部门的领导。这里是城郊，离珠江西水道不远，基本上一平如砥，鲜有起伏，可以看得出，江边往里几百米，都是冲积带，过去就是河道。再往里，才是坡地，但山坡也不算高，也就十几米吧，这种地形，有可能作为战场么？伏击水道的船只，则嫌远了，一坦平原，全是开阔地，是打不了仗的。但山坡上的凹陷，隐隐约约，却引发我一阵阵不安。这种感觉是从来不曾有过的，似有一股股凉飕飕的阴风，直灌心底，令我直打寒战。

这里的植物都长得分外茂盛，根本不需要施什么肥料。问农民，说年复一年都是这样，所以征地时讨价还价得很厉害。坡顶上，有一座破旧的小庙，供奉的是土地神，但已废弃很久了，更没有香火。有人说，这里打过仗，山坡上有此凸凹，大概是挖的战壕，天长日久，也就推平了，至于打的什么仗，语焉不详。

周围的农民，过去大都是菜农，以供应城市的蔬菜为主业。再就是药农，但种药草的其实不多，大都是靠外边采购，自己加工的，过去维持生计不容易。

不远，则是珠江西南水道。

我总是希望从中获得某种"现场感"。

夜里不知道为什么，一闭上眼，我便会想到当日纳粹在欧洲对犹太人的大屠杀，奥斯威辛集中营中已形同骷髅的犹太人，那已渗不出多少血来，白花花露出的胫骨、踝骨，南石头那被扔到卡车上已濒临死亡的难民，骨殖交错的深坑……思维很乱，但又很明白，这只能是大屠杀所留下的。莫非在这片山坡上，曾有过骇人听闻的，却迄今仍被隐瞒得严严实实的大屠杀死亡惨案发生？

在欧亚大陆那一端的惨案，同样在这一端发生过？

在梦中，南石头大屠杀遇难同胞纪念馆早已成型。

我已经在搜集大量的资料，虽然自己的单位已经有了南京大屠杀遇难同胞纪念馆的成功设计作品先例，可作为典范，还需要借鉴更多同类建筑，柏林的犹太纪念馆早听说了，会有机会去见识的，而美国大屠杀纪念博物馆，则已在美国的首都华盛顿建好了，纪念二战中在纳粹集中营里被杀害的 600 万犹太人，三层展室里有一个再现了集中营之祸首——奥斯威辛的场景，一个展示了业已消失了的犹太人城市的历史，还有一个则是驱赶犹太人走向死亡的恐怖过程——这让我联想到上百万香港人为了逃离而被骗上大小船只，一直开到了南石头日军检疫所旁的轮船码头，被拦截下"检疫"，而大部分难民都走向死亡的悲惨经果……这让我得到启发，陪同电视台上"万人坑"周遭拍下的录像，至少可以剪辑出数以百计的图片，加上采访的其他内容，寻找到的实物，还有其他。如有可能，去城外找回数以千百万计的装有白骨的金斗罂……一个毫不逊色的大屠杀遇难同胞纪念馆也就呼之欲出了。

中国人死于日军细菌战的，同样数以百万计！

我到过华盛顿，专门找到了有关史料。设计师说过，这个大屠杀纪念博物馆里面有几个隐喻。首先，是根据作曲家阿诺德·施昂拜格未完成的歌剧而发声的。施昂拜格是因为纳粹的上台，不得不走上流亡的征途，而这个歌剧，也是他一生中唯一创作的，却因此无法完成。前两个乐章华丽辉煌，第三乐意章只是在重复，而后是持续的停顿，终于成了未完成之作，为听众留下空缺。显然，犹太人的悲惨历史，已无法由艺术来表述、来容纳，于是需要这么一座历史性的建筑，来承载其沉重……

人们分明看出来了，建筑的平面之所以有这么多人为的曲折蜿蜒，正是在外部的强力下，是暴力，具有骤发性的爆炸力所造成，连墙体都倾斜、扭曲了——外表都呈现痛苦状来。而内部同样是扭曲的空间，不仅是阴森、沉重，而且有震撼和冲击，这暗喻着犹太人悲惨的命运。

博物馆里面有一条走廊通道，通向的是流亡者的公园，在位于外院的一块倾斜的坡面上，由49根高低不等的混凝土立柱构成。人们可以感觉到，因为地面是倾斜的，立柱给人以不垂直的空间感，任何人走上去，势必头晕目眩，步履维艰，举目茫然。这与一个大迁徙的民族，在几千年中，始终背井离乡、漂泊不定、无处安家的惨痛历程是相关联的。参观者最后回到了地下室，从那里离开。设计师称，正是没有最后空间来结束这段历史，或者不曾告诉观众有什么结论，以造成无尽的"空白"，并让这种空白在他们脑子中持续下去。这是在残酷的摧残下，永远留下的无法消除的空白。

我感到窒息，更感到一种被撕裂的痛楚。

这也是设计者所想要达到的效果。

我一直在咀嚼着几个字眼：晦涩还是含蓄，失重还是超俗？

这也是苦难的遗嘱么？

一位人类学家曾这么说：

> 苦难的双重性——既能把人塑造成有道德的社会成员，同时又是一种人性恶，体现为以社会宏伟工程之名强加给个人的痛苦。

我曾经写下过如下文字：

> 我看了李布斯金的英文原著，我发现我们之间有不少共同点，譬如，我们都很重视"现场感"。当他参与世贸重建项目的设计竞赛中，他是所有参加设计竞标者中，唯一一个到现场参观，要求下到"9·11"事件后留下达近五万平米、二十多米深的大坑中的设计者，一如他所

说的，当他与夫人尼娜深入世贸原址地下，触揽到地下连续墙，把手放到墙底潮湿、冰凉、粗糙的表面时，不详是性灵的顿悟，而是得到了启发，意识到，一种奠基于民主理念的建筑哲学。

因为这，在强手如林的竞争中，他的设计中标了，成为重建项目总体规划建筑师。要知道，同时有多少出色的方案，多少著名建筑师志在必得！

当时参加设计竞标的建筑师来自世界各地。他们几乎所有人都抱定的一个宗旨是：用以抚慰人心、吸引人的中性空间。毫无疑问，这种圆融、中庸、平和的构想，也与我们的传统观点有某种相通之处。

但是，李布斯金并没有这么看，而且觉得，如果遵循这种理念，就才真正无未来可言，历史从来就不是"中性"的。

中国古诗意境中，有"山重水复疑无路，柳暗花明又一村"，"山重水复"有时被写成"山穷水尽"，这当更切合犹太人曾面对的生存困境。所以，在博物馆中设计了一个空间，漆黑一片，伸手不见五指，唯有头上一道很远的裂缝渗出微弱的光线，可在底下几乎看不到这一裂缝。光何在？希望何在？可以说，设计把意境发挥到了极致。

似乎光说这一点就行了，可我还得说博物馆的地面与通道，地面是倾斜的，让来人迷失方向，甚至眩晕。道路不断发生曲折、断裂，且起落不已，坑坑洼洼的——我这么说，一定会联想到中国抗战历史上走过的血路。

当李布斯金面对新任的柏林都市发展局局长的质疑时，他的回答是："局长，如果您只按照过去发生的事情来做，那柏林是没有未来的。从一扇传统的门无法走进犹太人的历史……"

不过，你知道，我之所以抓紧飞柏林，也有迫不得已的原因，为的是南石头大屠杀遇难同胞纪念馆，这个至今仍没有甲方委托的项目。虽然我已经给市政府提交了建言，也把规划的草图给了文物局，虽说没有反馈，不过，"万人坑"的商住楼开发，一直不见进展，也是一种反馈，至少开发商不敢鲁莽地把推土机开上去，可见还是有希望的。

在某种意义上，南石头大屠杀遇难同胞纪念馆，与这个柏林犹太人博物馆，以及奥斯威辛纪念馆等的构思，要接近得多。所以，此行，我也算是一箭双雕吧，同时为两个博物馆寻找参照、启迪，好激发更多的灵感。

犹太人、中国人：同样是"永被放逐"、生命不息；

奥斯威辛、南石头：同样是大屠杀，同样针对的是弱者；

毒气、细菌：同样是现代科技带来的最残酷的杀人手段。

我知道，南石头上十万死于细菌毒害的粤港难民中，大部分是香港人，法西斯的大屠杀，是不分犹太人、香港人或欧洲人、美洲人、亚洲人的。

应该说，之前，我的设计理念已初步形成，到柏林参观之后，这一理念我更加坚定了。

我所确定的主题是：回忆之墓。

我不是说要把中国人的苦难史埋葬起来，其实，中国的陵墓，总是把最有价值、最辉煌的、也极具代表性的文明遗物作为陪葬的，否则，我们今天也无以从陵墓中考证出信史来。如马王堆汉墓中所存的老子《道德经》，就与流传至今的版本不同。埋藏起来，不是为了忘却，而是为了保护，保护已有的历史记忆。

诚然，会有人，或许是绝大部分人，会把这一博览中心的理论化为：安抚香港人、削平冲突、客观平和，甚至猎奇，把痛苦作为把玩的珠宝……

只是，一部南石头史给历史的启示是什么？

对未来的指向又是什么？

不会有人认真回答这些问题。

当我写出东方奥斯威辛时，我是给当日尚在萎靡、困顿中的港人一棒喝，让香港人不再以此为耻，而大声表明自己的身份，苦难没什么可悲的，可悲的是自卑，是精神上的贫困。

这也是李布斯金在"9·11"大坑中感悟出的建筑哲学。

这同样是我的历史哲学。

至于南石头大屠杀遇难同胞纪念馆，在这之前，我曾绘制了主馆的一幅草图，现在，当会让它更完善，它应当是名副其实的"东方奥斯威辛"。我不敢设想，在中国，死于日本法西斯细菌战的中国人到底有多少？过去说保守的估计至少是100万，那时还没发现这个南石头，那么南石头之后，这个数字是否会逼近犹太人死于集中营的数字？

不过，我也知道，这无非是我的个人幻想。

因为，我曾与一个房地产商有过对话。

我这么劝房地产商："其实很简单，你接受我们的方案就行。"

房地产商直摇头："不简单，占地那么大，我少建多少栋 30 层楼的商住房，损失多少收益？一天一个地王，我们等不起。"

"这块地还没有到你们手么？"

"到了，早就开工了，不是这个手续卡住，就是那个条件不够，还有国内外的气候……说下来，也简单，一如你说的，你如果只做一个纪念碑的方案，放到合适的位置，这地我们分分钟就拿到手了。"

当然，不仅如此，因为"万人坑"永远是这里的人民心中最大的痛，不会淡然地无视历史的。

第十二章　拨开历史的重重阴霾

一、南石头，我们将如何表述

建一个纪念馆为什么这么难？

十多年前，有社会责任感与历史良知的记者，就针对南石头大屠杀发出过这样的追问。

今天，这个追问仍一样振聋发聩。

在东北地区，除了有烈士纪念馆外，还有日军731部队罪证陈列馆、"九·一八"历史博物馆等专题馆；在华北，七七事变发生地的卢沟桥，有中国人民抗日战争纪念馆；在华东，是我们提到多次的南京大屠杀遇难同胞纪念馆；在西南，有四川建川博物馆——而这还是私人博物馆，以一己之力，寻找、收购众多的抗战历史文物……

然而，在华南，我们却没有一个相匹配的纪念馆或博物馆。

不是这里不曾受到日本侵略者的血腥屠杀。

我们都知道日军的大亚湾登陆、对广州的大轰炸，也知道粤北战役——日军直到战争后期才打通粤汉线，可见抵抗之持久、激烈，更知道双方死伤惨烈的桂南昆仑关战役。

当然，香港的沦陷，东江纵队的血战，举世闻名的抢救文化名人及国际友人，包括美国飞行员……而更恐怖的，是对粤西、粤北的细菌战，以及我们自1993年以来才知道的日军利用细菌武器进行的南石头大屠杀。

还有很多。

就仅仅是在穗港澳大湾区，日军的细菌战罪行已罄竹难书。

可是，在这至少有两亿人口的华南地区，并不曾有一个颇具规模的有历史震撼力的抗战历史博物馆。

广州没有，香港也没有。

不是过去，财力难以支持。

对于大湾区，经济从来就不是问题。

问题却在这里：历史的警示，我们不在乎么？后代的爱国主义教育，我们不在乎么？谁也不会这么说。

我们仅仅在莞、深的村镇，有那么一两个东江纵队的纪念馆，不仅地处偏远，而且规模很小，缺乏影响力，且不足以概括整个华南地区，甚至两广的抗战历史，更别说对粤港难民的南石头大屠杀了！

一个拥有相当的历史容量、思想分量并足以警示整个人类的纪念馆或博物馆，早就应该在上10万难民丧生之地的南石头建立起来了！

业已变窄了的南石头珠江江面，水流是那么浑浊、湍急，靠对岸的江中小岛上的车歪炮台，如今仍丝毫无损，沉默地掩蔽在岛上的丛林当中，可此岸的镇南炮台，早已消失得无影无踪了。连20世纪90年代还可见到的几米高的残座也被铲平了，长上了绿草，不是大地在健忘，也不是历史健忘。

早在第一次鸦片战争与第二次鸦片战争之间的短暂和平日子里，道光三十年，即公元1850年——熟知历史的都知道，1840年爆发了第一次鸦片战争，1842年签订了屈辱的《南京条约》方停战，英国割走了香港岛；1856年又发生第二次鸦片战争，著名的十三行毁于战火之中；1860年更签订了中英《北京条约》，英国更进一步割走了九龙南半岛——正是两次鸦片战争之间，通过修复旧炮台及新建炮台，从而形成了这一江口上的大黄滘炮台群，其中包括早建于1817年的江心中的龟岗台（即车歪台）和沙腰台，以及东岸的南石头台（也就是镇南台），还有西岸的东塱台。这几座炮台，统称为大黄滘中台、东台、西台。当时，其目的仍在于阻遏英军从水上进犯广州。可惜，这都没能挡得住侵略者的野心。

这一前一后两次鸦片战争的结局之一，便是港岛与九龙半岛的被割让。

不是巧合，也不是机缘，南石头也好，镇南炮台也好，就这么与香港的屈辱、悲剧早早联系在了一起。

南石头，似乎成了黑煞之地、不祥之地。

到了 20 世纪初，这里更被当时的执政者辟当为"惩教场"，用来关押需要处罚、教化的犯人。惩教场占地 47 亩，有井字形监房一座，分东南西北四层，上下两层，近 200 个监仓，可容千人；后扩建，当中的"口"成了"日"，有近 400 个监仓了。

到 1927 年，上海发生"四一二"反革命事变。三天之后，广州这个民主革命的策源地，也同样发生了"四一五"反革命政变，汪伪政府大规模地抓捕、屠杀共产党和革命群众。

南石头惩戒场，立时便成了关押政治犯的班房。

数以千百计的共产党人、革命志士，便在南石头惨遭杀害，不少名人更被麻布袋装上，绑上石头，沉入南石头江中。鲁迅在文章中提到的中山大学学生领袖毕磊便如此。

鲁迅在《三闲集》中写道："果然，毕磊君大约确是共产党，于 4 月 18 日（应为 15 日）从中山大学被捕。据我的推测，他一定早已不在这世上了。这看去很是瘦小精悍的湖南青年。"1928 年冬天，毕磊牺牲一年半之后，鲁迅仍对人说："毕磊死了，是被铁链锁住死的。"

毕磊，1902 年 7 月 13 日出生在湖南省长沙一个贫寒的家庭。他自知家贫，读书机会得来不易，因此学习十分勤奋、刻苦。1922 年中学毕业后，他考入广州的广东高等师范学校（后改名为广东大学，再改名为中山大学）英语部读书。

1924 年 1 月国共实现第一次合作后，广东成为全国革命的中心，群众运动蓬勃发展，青年学生团体也相继出现，一些原来不过问政治的青年学生，也逐渐开始参加政治活动。1924 年，毕磊在学校参加了国民党，还参加了由广东高师学生组织的标榜信仰三民主义、主张"伸张民权"的"民权社"，在那个中间偏右的团体里，毕磊主编《民权》杂志。目睹帝国主义在中国大地上的侵略暴行和国民党政府的政治态度，毕磊不知所从，处于极度彷徨和矛盾中。

9 月，广州一些进步青年团体联合成立了广州革命青年联合会，以进一步发动和团结广大青年，参加国民革命运动。毕磊积极参加这一活动，被选为联合会的执行委员，具体负责宣传工作。不久，毕磊被选为广东大学学生会主席，还被选为广州学联的负责人之一。1925 年秋，毕磊参加了共青团；同年底，他又光荣地加入了中国共产党。不久，他担任了中共广东区委直接领导下的学生运动委员会副书记，积极协助恽代英工作。

1927 年 1 月，鲁迅应中山大学的聘请，从厦门到广州中山大学担任文学系主任兼教务主任。中国共产党广东区委员会十分重视鲁迅的到来。区委书记陈延年指示中山大学党团组织一定要积极做好接待鲁迅的工作，配合他开展好活动和战斗。陈延年还亲自指定当时担任中共广东学生运动委员会副书记的毕磊，代表党组织公开与鲁迅进行联系，积极协助鲁迅了解和掌握有关情况。毕磊积极执行党交给的这一光荣又重要的任务。

"四一五"反革命政变中，毕磊被捕。反动军警对他严刑拷打，用铁链把他捆绑起来，惨无人道地用刺刀向他身上乱戳。毕磊被灭绝人性的敌人折磨得死去活来，面对反动军警的严刑拷打，他宁死不屈。国民党反动当局一筹莫展，于是下令将毕磊绑上石头，沉入南石头江中。毕磊壮烈牺牲时，年仅 25 岁。

同时牺牲的还有中共著名的早期青年运动领导人萧楚女。萧楚女是中国共产党优秀理论家、中国青年的良师益友、《中国青年》杂志的创始人之一。他的名言"人生应该如蜡烛一样，从顶燃到底，一直都是光明的"，正是他的真实写照。1926 年 1 月初，萧楚女到广州，任国民党中央宣传部干事兼阅览室主任，协助代理部长毛泽东编辑《政治周报》。1926 年 2 月，被聘为全国农民运动委员会委员。1926 年 5 月，担任第六届农民运动讲习所专任教员，遵照所长毛泽东的意见，制订教学计划。1926 年 11 月，农讲所结束，萧楚女到黄埔军校任政治教官，并兼任黄埔军校国民党特别党部宣传委员会政治顾问，参加指导全校的政治工作，被誉为杰出政治教官。1927 年 4 月 15 日，萧楚女被反动军警从病房拖走关进监狱。1927 年 4 月 22 日，蒋介石电令将萧楚女秘密处决。

1927 年 4 月 22 日，南石头城监狱内，一排士兵站在刑场上，萧楚女、刘尔崧、熊锐、李森等 40 多名共产党人和革命者，高唱着《国际歌》，从不同的牢房走上刑场。行刑官走到萧楚女面前说："萧教官，你不是常把自己比喻为蜡烛，照亮别人，毁灭自己吗？你这根蜡烛快要熄灭了，在这生死一瞬间，你愿意改悔吗？"萧楚女高声地说："你们杀吧！真正的共产党人是不怕死的，共产主义运动是镇压不了的。总有一天，人民会审判你们这班狗豺狼！"

熊雄，1892 年出生，江西宜丰芳溪镇下屋村人。早年参加辛亥革命，加入中华革命党。后留法勤工俭学，加入少共旅欧支部和中国共产党，并在德国和苏联留学。回国后，在黄埔军校任教，是周恩来之后军校政治部的实际负责人。东征胜利后，熊雄担任黄埔军校政治部副主任，后任中共广东区委委员。当时，周恩来已离开黄埔军校，熊雄实际上代表共产党主持军校政治部的工作。他根据"军事与政治打成一片"的教育原则，制订政治教育计划，向军校学生灌输孙中山的三民主义和马克思列宁主义的基本理论知识。著名的共产党人恽代英、萧楚女、高语罕、张秋人、韩麟符、于树德、熊锐等均受聘为政治教官。熊雄亲自讲授"军队中政治工作"与"本党宣言训令"两门课。他孜孜不倦地教导青年要分清敌我、热爱工农、团结群众，要做到不贪钱、不要命、爱国家、爱百姓，抛弃个人功名利禄观念，为被压迫民族的利益和工农的利益而奋斗牺牲。他建立和健全了各项工作制度，努力办好黄埔军校的宣传阵地《黄埔日刊》。1927 年，他被捕后同样关在南石头，几天后即壮烈牺牲。1984 年 8 月，聂荣臻元帅亲自写下"熊雄烈士永远活在我们心中"的条幅，以缅怀其辉同日月的生平。

刘尔崧，1899 年出生，广东紫金人，字季岳。1918 年入广东省立第一甲种工业学校读书，任校学生会主席。五四运动时，参加领导广州爱国学生运动。1921 年春，参加广东共产主义小组。历任青年团广东区委书记、中共广东区委工委书记、中华全国总工会执行委员、广东省工代会主席、省港罢工委员会顾问，曾出席中共第三次全国代表大会。长期从事职工运动，组织领导广州工团军参加平定广州商团叛乱和讨伐陈炯明的东征战役和北伐战争。在广州"四一五"反革命政变中被害。1926 年，参加国民党第二次全国代表大会，代表国民党中央工人部作关于工人运动经过的报告。4 月，主持召开广州工人代表大会第一次代表大会，被选为执行委员会主席。随后，中华全国总工会决定在广州召开第三次全国劳动大会，由刘少奇、刘尔崧等五人组成筹备委员会。1927 年，蒋介石发动"四一二"反革命政变后，刘尔崧参加中共广东区委召开的紧急会议，研究对付国民党反动派的武装袭击问题。不幸于 4 月 15 日被捕，关押在南石头监狱。

黄居仁，广东早期青年运动杰出领导人之一。大革命时期，与阮啸仙、刘尔崧一起，被誉为"东江三杰"。

1920 年，黄居仁就读于龙川县立中学（今龙川一中）。1922 年考入广东省立第一甲种工业专科学校。1923 年加入中国社会主义青年团，1925

年 3 月转为中国共产党党员，任共青团广州地委书记兼组织部部长。1926
年先后任共青团广东区委组织部部长、代理书记，中共广东区委青年运动
委员会书记、国民党中央农民部特派员等职。1927 年任共青团广东区委书
记，同年 8 月任中共汕头市委书记。其间接应周恩来率领的南昌起义军入汕。
后任中共广东省委特派员、巡视员等职。同年冬，参加广州起义。1928 年
任中共惠阳县委书记、中共广东省委巡视员。同年秋，联系、恢复广州地
区党团组织工作时，与妻张雪英（共青团广州地委副秘书长）一起被捕。
夫妇俩一同被关进了南石头，1928 年于广州就义，黄居仁时年 25 岁。

邓培是中国共产党创建时期的党员、中国工人阶级的杰出代表、早期
工人运动的领袖和著名活动家。他的一生，为中国的革命事业，特别是早
期的铁路工人运动作出了重要贡献。1927 年 4 月 15 日，广州的国民党反
动派发动反革命政变，派出大批军警，搜捕共产党员和革命者。邓培在全
国铁路总工会广东办事处不幸被捕。反动派把邓培捆绑起来装入黑布袋，
秘密押到广州市公安局。在狱中，敌人威逼利诱，要邓培交出共产党员、
工会干部的名单，遭到邓培严词痛斥。他十分坚定地对敌人说："你们听
着，共产党员是不怕死的，你们用尽所有酷刑，我都不怕。我宁死也不投
降，这就是我最后的回答！"邓培始终严守党的机密，宁死不屈。1927 年
6 月 22 日夜，邓培在南石头惨遭敌人秘密杀害，时年 44 岁。邓培牺牲后，
1927 年 6 月 27 日，中共中央在致第四次全国劳动大会的信中指出："邓培、
李森、刘尔崧等同志在广州之死难……其惨烈当为中国工人阶级及本党永
远不忘之事。"

著名的中共早期领导人萧楚女、熊雄、刘尔崧、邓培、李森、何耀全、
熊锐、陈复、沈春雨……数以百计，皆"消失"于南石头。

他们有的是"四一五"反革命政变中被抓的，有的是广州起义失败后
被抓的……

可以说，大革命时期在广州的革命先烈，相当一部分殒身于南石头。
南石头的血腥味已够浓重的了，所淤积的鲜血已太多了。

然而，更大的劫难仍在后头。

无独有偶。

在欧亚大陆的另一端，在德国法西斯臭名昭著的集中营中，有一座我

们并不陌生的"布痕瓦尔德集中营"。在成为犹太人的死亡营之前，也是关押、屠杀德国共产党人的地方，所以之前有"红色的奥林匹克"之称。那里同南石头一样，许多著名的共产党人和革命者皆被关在此。二战前，德共主席恩斯特·台尔曼就是于此就义的。1945 年 4 月，这个集中营解放之际，欧洲多国的社会主义者联合发表了《布痕瓦尔德宣言》，发誓要"连根铲除纳粹恶势力"。

那里，还保留了台尔曼遇害的牢房——可惜，南石头牢房一间也不曾保留下来，有那么多革命志士曾被关押在这里。

而那里的万人坑遗址上，更有颇雄伟的纪念碑。

一座有 45 米高的钟楼，其钟声响彻周遭上十平方公里。

还有沿途十八座巨型石头高塔，上面有按其民族传统立的巨大圣杯，用来象征所有国民不幸陷入纳粹魔爪的国家。

钟楼外还立着好几组囚犯的巨型雕塑，他们正打碎身上的镣铐，高举露有筋骨的石拳头……

同样，直到 1983 年——南石头侧的邓岗斜也几乎在同时，建筑工人也在布痕瓦尔德集中营外围的森林里挖出过一堆人骨。死在那里的犹太人还有个统计数字，大致有 6.5 万名男女和儿童。在南石头的日军有过统计，却成了绝密，没有公开，但遇难人数远多过这一个数字。

只是，无论是纪念当年的革命志士——如布痕瓦尔集中营那样，为萧楚女、熊雄等的英雄业绩而立像，还是如为犹太人受难者立碑——这里为香港难民被细菌武器杀害，规模更大，当树立更多的标志，同在"万人坑"……

万人坑的发掘，展示出土坑不同的层面，三层白骨上的三层泥土，或许更多，是可以做到的——六层、八层，甚至十层的断面，记录下的不仅仅是侵略者的凶残，还有被虐杀者向这个世界的控诉。它的震撼力，不会比柏林、华盛顿的纪念馆差。

从当初惩戒场对革命志士的杀害，到成为难民所对香港难民的有组织、大规模的生化武器大屠杀，当我们超越意识形态或国家、民族、宗教的局限，从全人类的生存思考，我们难道看不到，一种至今仍力图扳倒人类文明业已垒起的大厦的暴力，一种来自动物性的仇恨并没有在一次又一次战火甫息之后消失，甚至不曾平复下去？

邓岗斜的"万人坑",永远是香港人心中最大的痛,不可以淡然处之。

面对承载着沉重历史不仅仅具有象征意义的南石头,我们将如何表述它、揭示它,并非解题那么简单,更不是罗列出一切就可以一了百了。历史从根本上来说,就是对真实的揭露,无论这真实是如何丑陋、如何残酷,都是不容加以伪饰和抹杀的。这是历史的良知所在,这一良知是以累积的一代又一代、一个又一个世纪的鲜血和白骨构筑起来的,否则,无以直面铁色的过去,更无以争得稍为暖色的未来。

博物馆或纪念馆就是历史。

当然未必是完整的历史。

伦理的、审美的,也就是应然之则与卓然之则,从来取代不了历史的实然之则,这实然之则未必是决定论的,却是无法躲得开的。

二、至少应有两座雕塑

会有这么一天，南石头大屠杀遇难同胞纪念馆当以其应有的历史容量、思想分量和真实性所拥有的震撼力，最终出现在它应该在的地方。

它的应然之则：人类不应无视这一巨恶，这一反人类的血腥的恐怖罪行，无论在世界的任何地方，尤其是在它的发生地。

它的实然之则：历史的真实，无论多么残酷，怎么铁色，多么难以令人置信，却是曾有过的、发生过的，无法回避或抹杀掉的。

它的卓然之则：惨剧发生的根源在于，思想的、人性的，乃至科学性技术性与组织严密性，从而激发出人道主义高亢的抗诉。

我们能实现这些原则么？

纪念馆当提炼出这样的主题，不是简单地布展。它讲的不仅仅是故事，目的也绝非宣传，而在于揭示真相。无论真相是多么痛苦、多么残忍，也都得说出来，说下去，说到根本上！

纪念馆前，至少得有两座巨型雕塑。

一座是当年牺牲在南石头被捆石沉江的数以千百计的革命先烈群雕，他们为了理想，为了中华民族的崛起，为了对抗专制独裁而献出了宝贵的生命，为了缔造一个新中国义无反顾，每个人都有可歌可泣的英雄故事。

他们都有名有姓，当不难查找，可以镌刻在群雕的底座上。

人民将永远纪念他们。

还有一座，则是香港难民群雕，他们所有人的面貌大都很模糊，只能依稀辨别出是男人、女人，是老人、儿童，当然，也有孕妇。他们瘦骨嶙峋地堆积在一起，没有悲壮，只有无声的惨烈。他们有的到死，还不知道自己怎么死的……这也许是垒积的白骨、不成型的尸体，他们的无告，他们的哀叫——却非呼天抢地，而是亘古的寂灭。

而他们都无名无姓，他们是整个家庭连同亲戚一次性被杀害，无法留下任何姓名。

我们想纪念他们，却无法还原他们的姓名和体貌。

但无论怎样，还是需要这样一个雕塑。

这也许是一种对照。

这边，也许能列出几百个名字。

那边，一个也没有，但死亡的，却不是几百、几千个，而是几万、上10万个，甚至更多。

他们都是牺牲者。

却是不同形式、不同意义，包括不同时代的牺牲。

两座雕塑同立一处，当不仅仅引起这样的联想。

同样，无论是有名抑或无名，生命的价值都是一样的：我们不可以无视任何一个无辜的生命！无名甚至更让人警醒，更让人感到历史的沉重，这不仅仅是因为数量的巨大，每个生命都是不可以剥夺的。当然，我们还会努力去寻找被害者的名字，虽然每每遭遇的是失望。

我们应当思考的还有很多。

两座群雕，同在一起，也是一部整体的历史，一部是反抗的、振奋的带有理想主义的历史，它可以说是指向未来，指向人类的愿景；而另一部则是沉默的、令人窒息的，甚至是让人沮丧的历史，它仅仅是回溯过去，指斥非人道的恶行，祈愿以后不再有这样的惨剧发生。

南石头不仅属于广州，属于香港，属于亚洲，它更是世界性的。

毕竟，生化武器仍大量存在。

毕竟，南石头之后，在朝鲜战争中，我国东北也受到细菌战的攻击——而这显然来自日本逃脱了审判的细菌战犯的"成果"。

毕竟，在越南战争中，大规模地撒播在农田上的"橙剂"，近半个世纪后也未能根绝其后患。

而今，在中东等地战场上，也仍有不绝于耳的关于生化武器被使用的报道。

人类的劫难并不曾终结。

南石头在今天，也就更有警示意义。

结　语

从 1945 到 2021 年，抗日战争胜利已经 76 年了。

从 1995 到 2015 年，我在广东省人民政府参事任上快十年了。任期内的第一份参事建言是为南石头提交的，而卸任之前的最后参事建言是关于建立广州南石头屠杀遇难同胞纪念馆，这样的一头一尾，主题都是南石头。

从 1993 到 2017 年，我与研究生们为此主题进行了长达 14 年艰苦深入的调研。

2015 年 7 月，西苑出版社出版了《粤港 1942：南石头大屠杀》。这部 30 万字作品是我 20 多年来带领 20 多名硕士生、博士生深入现场进行调研的最终成果。在该书中，我的结论是：

之所以德国法西斯使用毒气在奥斯威辛等集中营杀害了数以万计的犹太人一样被视为"大屠杀"而非毒气战，是因为其对象是手无寸铁的无辜老百姓。那么，当日本法西斯运用细菌，在南石头难民所等处杀害了上 10 万粤港难民之际，我们同样应视为"大屠杀"，而不能称之为"细菌战"，因为其杀害的对象，更清一色是无辜的难民，尤其是香港沦陷之后被迫"疏散"回广州的难民，而非战争。因此，过去在我们曾有过的调研、历史报告中，把南石头大屠杀说成是"细菌战"，显然是没有抓住这一事件反人类的实质。经过进一步的深入调查与研究，今天，我们终于有充足的理由，把发生在广州南石头的灭绝事件，视为日本法西斯的大屠杀罪行。这对于日本法西斯而言，则是更无法抵赖的了。毕竟，在南石头这方寸之地，不曾发生过什么战争，也不曾响起过反抗的枪声，上 10 万甚至更多的粤港难民，是在寂寂无声中被屠杀、被虐杀的，其手段更令人发指。尤其是与之相关联的活体解剖，其残忍程度，可谓登峰造极。

这是人类屠杀史上最黑暗也最恐怖的事件。1942 年刚开始，沦陷后的香港实施了"返乡政策"。全港 160 万人到最后只余 60 万，约 100 万人不是被杀便是逃亡。其中，数十万是 1938 年从广州逃到香港又逃回去的。然而，当他们再从香港重返广州时，占领广州的日军却借口广州三年多已治理为"皇道乐土"，不可以让数十万难民涌入影响治安，把他们拦截在进入广州的南石头江面上，大部分被抓进了南石头难民所。日军细菌专家佐藤俊二即派飞机到东京军医学校运来了沙门氏菌，投到难民的粥水中。仅这样死去的香港难民，就至少有 10 万之众。而留在船上的，同样也未逃过这一厄运。当时的难民船，把整条江面都盖满了。

当年从事这一罪行的日本老兵丸山茂等人，曾于 1995 年几度来到南石头和作为 8604 细菌部队总部的中山医院磕头请罪，并留下了证言。1994 年，最早指出这些证言中提到的大屠杀所在地 "滩石头"（"南石头"）的广州市前副市长、防疫专家陈安良，则论证面积达近万平方米的"万人坑"，依照日本老兵揭露的"E 式尸体处理法"，仅 2 米多的深度，在尸体腐化坍塌后再倒一层，只要三层，就有 10 万以上。这与幸存者钟瑞荣等人的证言完全一致。但是，陈安良已于 1998 年去世，大量证人也在这 20 年间相继去世，包括指证日军从 1942 到 1944 年（其中，香港先后有 1942 年、1943 年两次大规模的难民遣返）用两部猪笼车，夜以继日地运送难民尸体倒进"万人坑"的肖铮等老人，也在 2014 年辞世了。所余下的幸存者、见证人，已经少而又少了。

无疑，这是一次惨无人道的大屠杀，而非细菌战——纵然是用细菌杀人，但被杀害的并非军人，而是手无寸铁的粤港难民。过去，我们一度视之为"细菌战"，是沿袭日方证言而形成的。因此，南石头大屠杀与当年的缅泰死亡铁路、菲律宾的巴丹死亡行军属同一类反人类罪行。这无可否认，无法推诿，与南京大屠杀一样令人发指。

纳粹屠杀 600 万犹太人的罪行，在已有的调查和被披露的史实上，无疑是多得多，并且至今仍未曾停止。对纳粹罪犯的追捕与追诉，也同样未曾停止。可是，比纳粹杀害更多无辜者的日本法西斯，别说对罪犯的追诉了，就是对其罪行的揭露也还远远不够！让我们铭记欧盟国际论坛通过的关于大屠杀的如下宣言："纳粹德国对犹太人的屠杀从本质上说是对文明基础的否定。大屠杀史无前例的特征使之永具全球意义。……由纳粹策划和执行的大屠杀的严重性必须铭刻在我们的集体记忆中。……在人类社会仍然面临有计划的屠杀、种族灭绝、种族主义、反犹主义以及排外行径的情况下，国际社会必须承担与这些邪恶行径做斗争的神圣职责。我们必须一道坚持大屠杀这一铁定事实，反对否认大屠杀发生的各类分子。我们必须加强人民的道德义务以及各国政府的政治承诺，确保后代子孙能够理解大屠杀发生的原因和对大屠杀后果的反思。"

对南石头大屠杀，当如是说。

纵然我们曾在广东省档案馆和大学城举办过关于南石头大屠杀的"东方奥斯威辛"专题展览，迄今在广东省档案馆"网上展厅"的同名展览里仍可以检索到数以百计的图片。但是，对这一重大反人类罪行的揭露，这些还仅仅是个开始。

为此，2015 年，在《粤港 1942：南石头大屠杀》出版后，我再度建言由广州市海珠区文化馆及南石头街道立项。因为抗战期间，还有岭南大学集中营、宝岗集中营等分布在该区。具体立项建议如下：

1. 鉴于幸存者、见证人及当事人陆续去世，我们应尽快采取抢救措施，为尚在的幸存者留下音像与文字资料，为后人保存珍贵的历史记录与证据。

2. 对南石头尚在的大屠杀遗迹，包括检疫所、难民厨房、镇南炮台遗址（当时亦用来关人）等加以保护。难民所虽然已不存在，但周边的历史记忆仍存。

3. 发掘"万人坑"遗址。1950 年、1982 年，在今日南石头派出所近侧数千平方米地面上，因建职工宿舍曾先后多次发掘出三四层难民的遗骨，其中有部分用瓦罂装满运到增城掩埋。虽说 70 年过去了，但地下仍可能找得出更深层的碎骨，有必要进行目标明确的发掘。这均是日本法西斯罪行的铁证。

4. 在遗址上，建立"南石头大屠杀受害者纪念馆"。除了数以百计的图片、众多音像资料，尤其是中日双方各自数以百计的证言，加上有可能找回的敛骨的瓦罂、地下再发掘的遗骨等，是有足够分量建一个纪念馆的。

5. 建立"南石头大屠杀受害者纪念碑"。

广东是受日本法西斯蹂躏最严重的地方，南石头大屠杀的罪行是日本右翼无法抵赖与推诿的，此时不做，更待何时？此时不做，我们将有何面目面对万人坑中的 10 万冤魂？！

大事记

1925 年 6 月 17 日

《日内瓦议定书》，全称为《禁止在战争中使用窒息性的、有毒的或其他类似气体和细菌武器作战方法的日内瓦议定书》，在瑞士日内瓦签署，日本政府加入了该议定书。

1932 年 7 月 5 日

日本陆军省批准陆军军医学校设立细菌研究室，石井四郎作为主要成员开始研究细菌武器。

1932 年 12 月 8 日

日本陆军省批准经费 208989 日元用于扩建陆军军医学校防疫研究室。

1933 年 4 月

关东军临时病马收容所设立细菌研究室。

1934 年 9 月 23 日

日军细菌实验场的人体实验秘密被揭露。

1935 年 8 月 1 日

石井四郎晋升为陆军军医中佐。

1936 年

加茂部队在哈尔滨平房地区选址测量，准备大规模建造细菌战基地。

1936 年 6 月 25 日
关东军防疫部正式设立，731 部队将 6 月 25 日作为创设纪念日。

1937 年
加茂部队开始研制攻击型细菌炸弹。

1938 年 6 月 30 日
日本关东军司法部发布了第 1539 号命令《关于在平房附近设立特别军事区域》，平房特别军事区域占地面积为 120 平方千米，由平房镇、日本空军 8372 部队、731 部队营区及周边构成，所在地居民被强制迁移或限制出入特别军事区域。

1938 年 10 月 12 日
日军在大亚湾登岸，之前已对广州实施近了一年的大轰炸。

1938 年 10 月 21 日
广州沦陷，整个广州城硝烟滚滚。数十万广州市民逃往香港或乡下。

1939 年
平房军事特别地区细菌战基地各项基础设施和实验设施营建完成。加茂部队陆续迁往平房军事特别地区，加茂部队旧址作为第三部继续使用。

731 部队开始大规模研制"宇治型"细菌炸弹，并进行了大范围的野外实验。

1939 年 4 月 18 日
南京"荣"字 1644 部队成立。

第 21 野战防疫部队改称"波"字 8604 部队，对外称"华南防疫给水部"。侵占广州原中山大学医院，设立其总部。

1939 年 6 月
日本陆军军医学校防疫研究室秘密移驻哈尔滨市宣化街，称加茂部队、石井部队，即 731 部队。

1939 年 7 月 7 日

关东军司令部发布第 78 号作战命令。731 部队在诺门罕战争中第一次进行细菌战。

1940 年

原惩教场被日军改为难民所。

在惩教场西北设立粤港海关海港检疫所。

1940 年 8 月 1 日

"关东军防疫部"变更代号为"关东军防疫给水部"。

1940 年 10 月 4 日

日军在衢州实施细菌战，空投染疫跳蚤及麦子、黄豆、碎布、棉花等物品，导致衢州暴发鼠疫。

1940 年 10 月 22 日

日军在浙江宁波实施细菌战，空投染疫跳蚤及小麦、面粉等物品，导致宁波暴发大面积鼠疫。

1940 年 10 月 27 日、28 日

日军在浙江金华实施细菌战，造成金华、义乌等地鼠疫流行。

1941 年

佐藤俊二大佐出任 8604 部队长，大量开始培养鼠疫跳蚤。日军向粤北等地播撒鼠疫跳蚤。

押解 2000 名难民到东莞厚街，晚上实施杀害。

加茂部队变更代号为"满洲第 731 部队"，若松部队变更代号为"满洲第 100 部队"，牡丹江支部为"满洲第 643 部队"，海拉尔支部为"满洲第 543 部队"。

1941 年 3 月
石井四郎晋升陆军军医少将。

1941 年 11 月 4 日
日军对湖南常德进行细菌攻击，空投染疫跳蚤 36 千克，以及布、帛、豆、麦、谷、棉花等物，造成常德大面积鼠疫流行。

1941 年 12 月 25 日
香港沦陷。

1942 年 1 月
日军实施"归乡政策"。

1942 年 1 月 11 日
首批香港难民上船返回广州等地，七八百艘船舶被堵截在南石头江面。仅 2 月，香港就送走达 46 万人。

1942 年 1 月
佐藤俊二下令用飞机去东京军医学校取回沙门氏菌后，难民所死亡人数由每天几十上升到一二百人。风雨天达数百人，所内已设有化骨池。
"归乡"船上也出现跳蚤，船上香港难民大量死亡，被扔尸江中。

1942 年 5 月 5 日
侵华日军第 9420 部队在新加坡成立。

1942 年 6 月—8 月
日军向浙江金华、兰溪等地空投鼠疫、赤痢、霍乱等病菌，造成大量平民死亡。

1942 年 8 月 1 日
石井四郎调任华北方面军第一军任军医部长，北野政次任 731 部队第二任部队长。

1942 年 8 月
日军在江西玉山实施细菌战，散布鼠疫、霍乱和副伤寒病菌，并将细菌投放到水井、河流和食物中，造成大量村民死亡。

1943 年 2 月
佐藤俊二调南京任"荣"字 1644 部队长。

1943 年 2 月—1944 年初
日军再度实施"归乡"政策。香港人口由 170 万降至不足 60 万人。
南石头自 1942 年 1 月至 1944 年间，死亡上 10 万人，大都埋在邓岗斜，采用所谓"E 式尸体处理法"。
不时以数百难民为一组，押送往粤北，作为细菌源传播。

1944 年 3 月
已晋升为少将的佐藤俊二任关东军第五军团军医处长。

1945 年 3 月 1 日
石井四郎重任 731 部队长，晋升中将。
北野政次调任侵华日军第 13 军军医部长。

1945 年 5 月
佐藤俊二下令搜捕老鼠，为生产细菌武器服务。

1945 年 8 月 9 日—14 日
731 部队销毁细菌战、人体实验等罪证，炸毁本部及支部主要建筑，狼狈逃跑。

1945 年 8 月 15 日
日本无条件投降。

1949 年 12 月 25 日—29 日

苏联在哈巴罗夫斯克设立军事法庭，对包括佐藤俊二等 12 个日本细菌战战犯进行公开审判，即伯力审判。审判记录编辑成《前日本陆军军人因准备和使用细菌武器被控案审判材料》一书出版，并译成中、英、德、日、朝鲜等文本发行。

1945 年 8 月

伯力审判中，佐藤俊二在东北被苏军俘虏。

1947 年 10 月

国民政府发掘出化骨池中数百遗骨，运往七星岗，并立碑。

1949 年 12 月

佐藤俊二被判 20 年徒刑。

1953 年

邓岗斜发现万人坑。

1956 年 10 月 9 日

石井四郎病死于东京。

1958 年

自行车厂成立。发现难民所内到处有白骨，尤其是墙垛底下均是一大坑一大坑的人骨头。

1981 年 7 月 19 日—10 月 3 日

日本作家森讨诚一撰写的《魔鬼的乐园》在《赤旗报》连载。

1981 年 10 月

美国记者约翰·威廉·鲍威尔在《原子科学家公报》上发表文章《一段被隐瞒的历史》，披露了日美交易的历史事实。

1981 年 11 月

森村诚一撰写的《恶魔的饱食》出版发行，并被译成中、英、俄等文本，揭露了 731 部队进行细菌武器研究、人体实验的历史事实，在国际社会引起强烈反响。

1982 年

在纸厂宿舍地基挖掘时，又发现大批尸骨。

1984 年

日本文部省删除了教科书中关于 731 部队的记述。

1985 年 8 月 13 日

英国独立电视台播出了电视纪录片《731 部队：天皇知道吗？》。

1985 年 8 月 15 日

侵华日军第七三一部队罪证陈列馆正式对外开放。

1988 年

电影《黑太阳 731》公映。

1989 年 7 月

日本陆军军医学校遗址处发现人骨，9 月成立"陆军军医学校人骨问题研究会"。

1989 年 9 月

中央档案馆等编辑出版了《日本帝国主义侵华档案资料选编·细菌战与毒气战》。吉见义明将手抄的《井本日志》在《朝日新闻》发表。

1992 年

丸山茂在日本参观 731 部队展时，良心发现，揭露南石头大屠杀真相。丸山茂在《短歌草原》杂志发表揭露"波"字 8604 部队细菌战罪行的文章《走向战争都是罪恶》。

1994 年 3 月

谭元亨通过陈安良，查找出丸山茂证言中的"滩石头"是当时的"南石头"所在摩托车厂，揭开了调查 8604 罪行的序幕。

1994 年 6 月

谭元亨带着电视台记者、学生等到南石头调研，并着手写 10 集电视剧《黑色 8604》剧本。

1995 年 2 月

日本民间成立日遣化武问题调查团。

1995 年 3 月

谭元亨完成长篇影视小说《东方奥斯维辛》。

1995 年 7 月

丸山茂第一次来广州，到中山医原 8604 总部一一指证。

1995 年 7 月 31 日

黑龙江省社会科学院与日本日中友好协会在哈尔滨举行了"反对侵略，维护和平"座谈会。731 部队展开始在日本巡回展览。

1995 年 8 月 15 日

侵华日军第七三一部队罪证陈列馆新馆建成，重新布展后对外开放。

1995 年 9 月 22 日

《南方都市报》报道，8 集电视剧《黑色 8604》投拍。

1995 年 11 月

丸山茂第二次来广州，到南石头谢罪。

1996 年 3 月

话剧《火红木棉花》在北京公演，演出受到欢迎。

1996 年 5 月

《十月》杂志（1996 年第 3 期）刊登谭元亨的长篇纪实文学《来自东方"奥斯威辛"的追诉》，呼吁建立南石头纪念馆。

1997 年 3 月

西北大学出版社出版的《民国时期重大事件纪实》（第 3 卷）收录谭元亨的文章《来自东方"奥斯威辛"的追诉》。

1999 年 5 月

中国青年出版社出版了谭元亨的影视小说《东方奥斯维辛》。

2000 年 7 月

哈尔滨市社会科学院与哈尔滨电视台共同完成了赴日本跨国取证，采访 731 部队成员 20 余人。

2001 年 9 月 18 日

湖南文理学院细菌战罪行研究所成立。

2002 年 8 月 27 日

日本东京地方法院作出一审判决，承认二战期间日军实施细菌战并杀害中国人民的历史事实，但是驳回了侵华日军细菌战中国受害者的所有赔偿请求。

2005 年 1 月

谭元亨参事建言，提出建立南石头大屠杀遇难同胞纪念馆。

2005 年 8 月

谭元亨的报告文学《日本细菌战：黑色"波字 8604"——来自东方奥

斯威辛的追诉》和影视小说《东方奥斯威辛纪事》由南方日报出版社出版。

2005 年 8 月
广东省档案馆、参事室举行"东方奥斯威辛"展览。

2006 年
"东方奥斯威辛"展览在广州大学城巡展。

2006 年
侵华日军第七三一部队旧址被列为全国重点文物保护单位。

2006 年 11 月 18 日—19 日
湖南文理学院和世界抗日战争史实维护联合会联合主办的"日本细菌战罪行国际学术研讨会"在湖南常德召开。

2007 年 9 月 4 日—5 日
哈尔滨市社会科学院与蒙古国防大学联合主办的"历史的教训和当今时代——二战期间化学和细菌武器实验国际研讨会"在乌兰巴托市召开。

2006 年 10 月 18 日
哈尔滨市社会科学院与韩国碑林园、韩国忠清大学联合举办的第二次731 部队罪行国际研讨会在韩国清川召开。

2008 年 7 月
专题纪录片《不灭的记忆》，在黑龙江电视台播出。

2011 年 8 月
电视纪录片《日本细菌战》，在中央电视台播出。

2012 年
侵华日军第七三一部队旧址列入《中国世界文化遗产预备名单》。

2013 年 5 月 10 日

《武陵学刊》（2013 年第 3 期）刊发谭元亨、郑紫苑的论文《被历史忽略的罪恶——对佐藤俊二华南地区细菌战罪行的新探究》与廖文的论文《"井上睦雄证言"与侵华日军"波"字第 8604 部队的生化战罪恶》。

2014 年 2 月 27 日

十二届全国人大常委会第七次会议经表决通过，决定将 9 月 3 日确定为中国人民抗日战争胜利纪念日，将 12 月 13 日设立为南京大屠杀死难者国家公祭日。

2015 年 2 月 13 日

谭元亨再度写参事建言，呼吁建南石头大屠杀遇难同胞纪念馆。

2015 年 7 月

西苑出版社出版了谭元亨的专著《粤港 1942：南石头大屠杀》。

2015 年 8 月 15 日

侵华日军第七三一部队罪证陈列馆全面开放。

2016 年 7 月

广东省省长在纸厂规划上批复"可考虑建馆"。

2016 年 11 月 26 日—28 日

广州市城市规划勘测设计研究院工程师到南石头旧址调研。

2017 年 3 月

全国政协提案建言，建立广州南石头侵华日军细菌战大屠杀遇难同胞纪念馆。

2017 年 2 月 22 日

原文化部副部长、中国文物保护基金会理事长励小捷一行到广州南石头旧址考察调研。

2017 年 5 月
编印画册《香港人不应忘记》。

2017 年 6 月
编印画册《广州人更不能忘记》。

2017 年 9 月 18 日
广州市地方志办公室举办广州南石头侵华日军细菌战大屠杀展览。

2018 年 3 月
全国政协提案再度建言，建立广州南石头侵华日军细菌战大屠杀遇难同胞纪念馆。

2018 年 8 月 18 日
香港历史博物馆举办南石头侵华日军细菌战大屠杀讲座，谭元亨、王利文等主讲。

2018 年 9 月
南石头旧址被部分破拆。

2018 年 9 月 27 日
谭元亨、杨宏烈来到南石头旧址破拆现场，未能进入。

2018 年 10 月 1 日
在广州海珠区统战部协调下，吴军捷、谭元亨、杨宏烈进入现场，大规模破拆停止。

2019 年
谭元亨多次赴湖南文理学院华南日军细菌战研究所，查阅日军在南石头近侧设立的广东"省立传染病院"等相关资料。

2020 年 5 月

全国政协提案建言,在南石头旧址建立纪念馆与和平公园。

2021 年 3 月 31 日

广州市文物局将"南石头监狱与海港检疫所"列入第九批市级文物单位,开始考古发掘,现出"井"字形地基。